花落雲暮間

2

風文創 221

木嬴 著

目錄

第十一章 五味糕點

回到逐雲軒，錦雲一改前態，十分賢慧殷勤。「相公勞累了一天，淨手用飯吧？」

葉連暮感到受寵若驚，等洗過手上桌，錦雲更是破天荒地主動給他挾菜，葉連暮有些暈乎乎的，不過很受用。

用過晚飯後，丫鬟端了飯菜下去，葉連暮這才問錦雲。「妳打的是什麼算盤？」

錦雲拿著剪刀修剪盆栽，輕笑道：「我能打什麼算盤？你那兩個大丫鬟是不是你的心腹？我若是出手，你會如何？」

「除了林嬤嬤，逐雲軒都是眼線。」葉連暮端茶輕啜，氤氳霧氣掩蓋下瞧不清他的神情，只聽他淡淡話語，頓了頓，又加了句。「沒準兒林嬤嬤也是。」

錦雲喀嚓一下剪錯了杈枒，撇頭看著他。林嬤嬤可是他娘溫氏的陪嫁丫鬟，又是他的奶娘，若連她都是眼線，這逐雲軒也太可怕了。

「你既然知道，為什麼不管？」

「特地留給妳處理的。」

「……你待我真好。」錦雲說得咬牙切齒。

葉連暮走到錦雲跟前，親暱地捏著她的臉，眸底是似笑非笑的神情。「若是連妳都處理不了她們，別人就更不用說了。如果想安穩，就不要動她們。」

錦雲一愣。「可是我已經動了，怎麼辦？」

葉連暮看著錦雲那「花不足以擬其色，蕊差堪狀其容」的臉頰，鳳眸閃過笑意。「這為夫就沒辦法了，除非妳主動把免死金牌交出來，不然各房只能一直爭下去了。岳父只用了一招，不單把妳拉了進來，為夫也逃不過去了。」

錦雲聽得頭疼。「免死金牌而已嘛！我不就幫安府要了一塊，有那麼重要嗎？」

葉連暮點頭。「國公府的免死金牌似乎有些不同，祖父當年說過，只有家主才能拿。」

「也就是說，誰拿了誰就是一家之主？」錦雲訝異不已。

「……這麼說也成。」

錦雲眉眼彎起，笑到見牙不見眼。想不到免死金牌背後的意義這麼重大。「我爹怕你欺負我，給我要了個寶貝，別人就先不說了，但是你以後要聽我的，這是國公府的家規，我先試試效果怎麼樣！轉身，出去遛一圈。」

「……」葉連暮無語了。

錦雲睜圓了眼睛瞪著他。「你怎麼不聽啊？」

葉連暮覺得有必要給錦雲講講綱常倫紀。「我是妳相公，夫為妻綱，妳得聽我的。來，陪為夫去花園裡走一圈。」

「我有免死金牌！」

「我是妳相公！」

「免死金牌比你大！」

「……為夫身高七尺，加上妳，它也沒我大。」

第二天，錦雲用過早飯，去寧壽院給葉老夫人請安，葉二夫人又訓斥錦雲了，數落她不懂禮數，葉大夫人病了，她都沒去請安，又說起訂親信物。昨天寧王妃去瑞王府送訂親信物時，瑞王妃提起免死金牌，意思是也想要，可惜了，這東西就一個。

說來說去，就是要錦雲交出免死金牌，錦雲全當耳邊風，吹過就散。

葉老夫人拍著錦雲的手道：「以後跟暮兒一樣喚我聲祖母吧，暮兒可找妳要過免死金牌？」

錦雲心裡有抹狐疑，不知道葉老夫人為什麼這麼問。「相公沒找我要過。」

葉老夫人眸底閃過溫和。「那便好，暮兒打小就調皮，又愛闖禍，找妳要也別給，好生收著。」

錦雲嘴角勾起一抹笑來，狠狠點了下頭，再撇頭就見到幾位夫人變了臉色，葉老夫人這可是變相支持她，就連相公葉連暮要免死金牌她都不給了，更別提她們。

錦雲徹底心定了。

妳們就明裡暗裡地要吧！我是不會給的。

葉二夫人扭緊手裡的牡丹繡帕，心想：同樣是孫兒，老夫人怎麼就偏疼暮兒，銘兒不也是她親孫子，就因為暮兒是她親手養大的，所以就格外偏疼他些？

葉老夫人眼角餘光瞥著幾位兒媳，端起茶輕啜著，暗自搖頭。國公爺已經將免死金牌給了錦雲，也沒有要收回來的意思，是什麼樣的心思早明擺在那裡了。從皇上登基起，祁國公府注定就是暮兒的，暮兒可是皇上的親表哥，又是嫡子、嫡孫，連皇上不願意娶的皇后，暮兒都挺身而出替皇上娶了回來，將來請立世子的奏摺還得皇上同意，皇上那一關他們誰能過得了？

暮兒與皇上的信任無間，就連國公爺都感慨，將來國公府可就依靠暮兒了，他們不知道巴結著點，還處處挑剔，眼皮子就不能往前面看。

從寧壽院出來後，錦雲又特地去東苑給葉大夫人請安，結果遇到葉大夫人在會客，錦雲聽了兩句，好像是有人上門求娶大小姐葉姒瑤，不過葉大夫人似乎不願意。

錦雲進去後請了安，葉大夫人就讓她幫著送客出門了。送完人回逐雲軒後，張嬤嬤領著幾個鋪子的管事到了，錦雲又見了管事。

會見過管事後，已是午時了，也不知道葉連暮會不會回來用午飯，她正要吩咐時，就見穿著一身絳紫色錦袍的葉連暮邁步進來，柳雲自然而然拿帕子幫他拍去身上的灰塵。

錦雲眨巴著眼睛瞧著，葉連暮擺擺手。「妳們都下去吧。」

柳雲手一滯，青竹和谷竹兩個已經邁步出去了，柳雲抿了抿唇瓣，福身退下。

錦雲疑惑地看著他，只見葉連暮從懷裡掏出來兩張紙給她。「妳要的地契和房契。」

錦雲聽得微愣，隨即眸底閃出光芒，接過地契翻看著。「謝相公了，那鋪子多少銀子買下來的？」

「八千兩。」

「這麼便宜，你沒騙我？」

「我騙妳做什麼？只是鋪子要合併裝修，似乎有些問題。」

「不如拆了重建如何，建個三層的高樓？」

醉香樓夠氣派的了，不過她的兩間鋪子合併整建，至少也比醉香樓大一分，再加上樓高三層，定會讓整個京都驚訝，未開張先轟動，一想到此，錦雲笑彎了眉。

錦雲起身要去拿筆墨來畫圖，結果葉連暮攔住她，又拿出一張紙，她怔了下，嘴角的笑緩緩綻開，雙眼冒出燦爛的光來。「是窯廠的地契？」

葉連暮輕咳了一聲。「不是。」

錦雲大為失望。「那這是什麼？」

葉連暮鳳眸微挑。「昨兒妳讓我給皇上的香水，皇上送給了威遠大將軍的女兒，只是被打碎了，沐大小姐自責不已，跑去向太后請罪，太后讓皇上再送一瓶給她。」

錦雲眉頭皺起，她寶貝到不行的玫瑰香水，被打碎本來就肉疼了，他還讓她再給一瓶？她正要回絕時，突然想到什麼。

「這不會是大將軍和太后的試探吧？」

葉連暮眸底帶笑，點點頭。錦雲鼓起了腮幫子。「可是我並沒有第二瓶了，不知道沐大小姐喜歡什麼花？」

葉連暮扯了下嘴角，她問的不是一般的隨意，他哪裡知道人家沐大小姐喜歡什麼花？「蘭花吧，蘭花品性高雅，不少人都喜歡。」

蘭花，錦雲只有紫羅蘭的，不過她可不想輕易就拿出來。「我有什麼好處？」

「一千兩銀子，夠不夠？」

錦雲笑靨如花，有銀子自然好說話了。「是你付的還是皇上付的？」

「皇上。」

錦雲一把拿過銀票。「雖然我是虧了點，不過現在正是缺銀子的時候，就勉為其難地賣給他了。」

吩咐青竹去取紫羅蘭香水，錦雲又問：「香膏呢，有沒有什麼動靜？」

葉連暮還真的特地問了下，四盒香膏，一盒給了沐太后，一盒給了李皇后，一盒給了蘇貴妃，餘下的一盒派人給太皇太后送去了；原本送香膏，李皇后和蘇貴妃是高興不已，可是當皇上送玫瑰香水與沐依容的時候，李皇后就在太后宮中將瓶子一打開，聞到一股香味，當即臉色就高興不起來了。

香膏比不過香水，皇上中意威遠大將軍的女兒，再加上鬧出打碎香水一事，沐依容進宮請罪，太后故意讓皇上再送一瓶，這是試探皇上是不是真的喜歡沐依容，若是喜歡，自然會想辦法再送一瓶子，將來沐依容進宮，恩寵不消，若是再生下個兒子……

青竹拿來香水，錦雲笑著遞到葉連暮手裡。「皇上去的時候，你就說這是你從皇上那裡要來送給我的，皇上為了滿足沐大小姐，又特地找你要回去的。」

「有必要這樣說嗎？」葉連暮皺眉。皇上會把送出去的東西又要回來嗎？這貶低了皇上，也貶低了他。

錦雲重重地點了下頭。「之前明明說只有一瓶，這麼快便又出現了一瓶，就不那麼珍貴了，越是難得到，越能體現皇上的鍾愛之情，連送出去的都要回來了，太后和威遠大將軍還會猶豫嗎？」

現在只是一瓶香水，沒準兒聽在沐太后和威遠大將軍的耳朵裡就是后位了，錦雲不相信太后沒想過從娘家挑個姪女進宮鞏固家族地位，現在皇上成心示好，太后願意試探，表示已經動心了。

葉連暮聽錦雲這麼說，忍不住伸手捏住錦雲瓊鼻。真不簡單，她沒見過太后卻連太后怎麼想的都知道，他哪敢告訴皇上這些東西是她自己製的，原本就有些擔心皇上發現她的好。

葉連暮忽然想到另外一件事，道：「再過幾日，太皇太后就要回京過壽了，妳要好生準備一份壽禮。」

次日晌午，葉連暮就把窯廠的地契交到錦雲手裡了，於此同時還有一方調動暗衛的權杖，其中四個守在院內，聽候吩咐。

錦雲很滿意這樣的安排，正想叫暗衛辦事時，突然，外面傳來一聲「啊」的驚叫。

錦雲聽得一怔，眉頭皺起，叫聲是從小院傳來的，她忙轉身出去，才走到台階，就見小院圓形拱門處走進一大一小兩個俊朗非凡的身影，兩人並肩走過來，真是異常養眼。

大的是七王爺葉容軒，小的是十王爺葉容頃。

葉容軒邁步走近，邊走邊道：「逐雲軒的丫鬟膽子好像變小了不少，又不是頭一次見到我了，竟然喊刺客。」

葉容頃連著點頭。「嚇我一跳，我還真以為有刺客呢。」

「以後走大門進來。」葉連暮無奈道。

葉容軒挑了下眉頭，以往從來沒說要走大門啊，今兒竟然要求走正門了，不尋常。

葉容頃卻是看著錦雲，錦雲這才反應過來，她忘記行禮了，忙福身道：「給兩位王爺請安。」

葉容頃擺擺手，一臉大度。「起來吧，以後跟我就不必這麼客氣了。」

錦雲聽得汗顏。

小屁孩，我和你可沒這麼熟好不！

葉連暮卻有些弄不懂他們兩個幹麼來了。「找我有事？」

葉容頃點頭如搗蒜。「太后要給七王兄選王妃，七王兄說娶了媳婦的人過得比較慘，生不如死，我們來看看……」

葉容頃才說到一半，嘴巴就被葉容軒給捂住了，他唔唔地叫著，漂亮的丹鳳眼瞪圓了。

錦雲一臉無言，娶了媳婦的人生不如死？她輕咳一聲。「我去給你們準備茶點，你們聊。」

兩位王爺是逐雲軒的常客，進屋就把首座占了，然後上下打量葉連暮。

葉容頃故作大人般感慨道：「連暮表哥果然消瘦了。」

青竹端了茶水上來，然後直奔廚房，錦雲正挽著袖子做糕點，見青竹鼓著腮幫子進來，不由得挑眉笑問道：「怎麼了？」
青竹把托盤擱桌子上，氣呼呼地道：「還以為那兩個王爺來找少爺是有天大的事呢，沒想到竟然是不知道從哪裡得知少奶奶欺負少爺的消息，就想著來看看少爺娶了少奶奶過的是怎樣生不如死的日子。」
錦雲哭笑不得，真是有閒情逸致的兩個王爺，今兒怎麼也不能讓他們白跑一趟。錦雲伸手一抓，就是一大把的鹽，再就是糖，也是一大把，青竹瞧得眼睛瞪大了。「少奶奶，妳這是？」
「第一次做糕點，有些生疏。」
小半個時辰後，錦雲端著糕點進屋，兩位王爺仔細打量她，上回在宮裡見過後，兩人就覺得葉連暮不該這麼喜歡她，經過多方打聽，威逼利誘，終於得知某男被踩的消息，樂得兩人是前俯後仰。
報應啊！想當初將他們兩個吊在樹上，總算有人把他踩在腳底下了。
再看自家王兄，後宮兩個女人，哪個都不是簡單的角色，每天是苦不堪言，因此兩位王爺都怕娶媳婦了，所以太后一提議娶王妃，兩人立馬逃之夭夭，決定來個實地考察，要是碰上家暴，他們還能圍觀看好戲。
錦雲把糕點奉上，笑道：「這是我親自下廚做的糕點，你們嚐嚐味道如何？」
葉連暮拿起一塊，咬了一口，他眉頭不皺，錦雲眉頭反倒皺了起來。「味道怎麼樣？」
「還不錯。」

葉容頃和葉容軒兩人各拿了一塊，很給面子一人咬了一大口，一嚼，臉色立馬變了。

錦雲憋笑道：「好吃就多吃點，別客氣。」

葉容軒嗆得咳嗽起來，一副想吐不能吐的淒慘表情。

葉容頃連著擺手。不行了，他就算是想給面子，也忍不住了，他可不想死。葉容頃忙吐了出來，然後瞪著錦雲。「妳這是什麼糕點？味道這麼奇怪。」

錦雲撇頭看著吃得神色自若的葉連暮，眸底閃過些什麼，當日洞房花燭夜的時候，她特製的五味散味道極其難嚥，他也照樣喝下去了，今天這糕點也是，他怎麼回事？

錦雲咳了聲道：「這是我獨家秘製的五味糕點。」

葉容頃板著張俊美的小臉。「妳騙人，我吃過五味包子，跟妳這五味糕點完全不同。」

「怎會相同？五味包子是用海參、母雞、腿肉、冬筍、大蝦為餡心做成的，我這個五味糕點是鹽、糖、醋、酒、胡椒製成的。」

葉容頃俊臉滿是不可置信，一個勁兒地灌茶水，看著葉容軒。「七王兄，你說得不錯，真是生不如死。」

葉容軒見葉連暮吃得歡暢，以為錦雲偏心，特地嚐了嚐，然後他用一種怪異的眼神看著葉連暮，滿含同情。沒想到，都吃習慣了！

手上的糕點還剩下小半塊，見屋子裡的人一直盯著他，葉連暮放也不是，吃也不是，半晌冒出一句。「我從不挑食。」

這不是不挑食的問題，這東西根本就是毒藥！就是毒藥都比這個好嚥些。

葉容軒覺得嗓子裡冒火，咕嚕又灌下去一杯茶，他瞅著桌子上剩餘的糕點，眸光飄忽了下。「可能是我沒體會到，一會兒打包，我帶回去慢慢品嚐。」

「……」錦雲無言，不知道他又想去害誰了。

之後葉連暮送兩人出府，這兩人瀟灑地從院子翻牆出去，堅決不肯從大門走出去。

錦雲拿起自己做的糕點輕抿了一口就吐了，回頭看著葉連暮。「味道還不錯？」

「為夫剛剛吃下去的在院子裡全吐了。」

「……」錦雲無言。

錦雲拉著葉連暮回臥室，按住他坐下，緊緊盯著他。「老實交代，你到底吃出味道來沒有？上一次我就懷疑你有問題，果然如此。」

上一次？葉連暮想到了那杯酒。「妳說的是洞房花燭夜那回？」

錦雲眉頭皺成一團，難道她猜錯了？「你知道有問題還喝？」

葉連暮盯著錦雲，他當時就懷疑有問題，因為聞起來味道很怪異，但還是喝了下去。

「妳加了什麼在裡面？」

錦雲沒有回答，而是瞅著他，大膽質問。「你是不是沒有味覺？」

葉連暮點點頭，這不是什麼隱晦的事。柳雲站在一旁，眼睛都瞪圓了，少爺沒有味覺，怎麼可能呢？她們都知道少爺很好伺候，從不挑食，廚房的婆子多年來一直沒更換過，原來是少爺沒有味覺！

錦雲怔住，沒想到一個失去味覺的人竟然這麼坦然，彷彿雲淡風輕一般，心底浮起疼惜。「從什麼時候起就沒有味覺了？」

「應該是我十歲那年吧，不記得了。」

十歲，如今他十八歲，那就是整整八年時間了。八年沒有味覺的生活，不知道他是怎麼熬過來的？

錦雲還想多問，丫鬟掀了簾子進來，福身道：「少爺，老爺找您有事。」

葉連暮出了房門後，錦雲還愣在原地，過了半晌，吩咐道：「去找林嬤嬤來。」

谷竹快步走出去將林嬤嬤喚來。林嬤嬤一來，進門望著錦雲，恭謹行禮道：「不知少奶奶喚奴婢來有何吩咐？」

錦雲便問林嬤嬤為何葉連暮會失去味覺的事。林嬤嬤也怔住了，沒想到錦雲會發現葉連暮味覺有問題，便娓娓道來。「那是少爺十歲的時候，大少爺和二少爺一起受了寒發高燒，大夫人只顧著照顧二少爺而疏忽了大少爺，等發現的時候，大夫都說沒得治了，老夫人生氣，就把大少爺從東苑接去寧壽院住了。寒症倒是慢慢治癒了，只是味覺卻失去了，也找了許多大夫來看過，都沒有效用，漸漸也就放棄了，再加上少爺吃喝並未有其他異常，大家也就忘記了這事。」

八年時間，的確夠久的，久到都遺忘這事了……

錦雲鼻子有些酸澀。「那洞房花燭夜吐血又是怎麼一回事，我怎麼聽說每個月總要吐上一、兩回？」

林嬤嬤搖頭。「這事奴婢也不清楚，少爺十四歲在皇宮做伴讀時，經常闖禍，國公爺就送少爺去瓊林書院讀了兩年書，有一回和人打架受了傷，回來調養就開始吐血，一直到現在也沒有痊癒。」

錦雲聽得腦殼脹疼，一想到葉連暮說的那話，這逐雲軒全部都是眼線，甚至連林嬤嬤都有可能是。

葉連暮對東苑感情不深，錦雲感覺得出來，當他和二少爺葉連祈一起發燒，葉大夫人照顧親兒子而疏忽了他，致使他失去味覺到現在，換做是她也不會對東苑有什麼感情，還有當日葉老夫人讓大夫人別管逐雲軒的事時，大夫人說的那些話，錦雲有些懂了，因為葉老夫人曾經為葉連暮的事而責怪過她。

「大少爺的處境跟小姐有些相似，都是沒了親娘，可小姐到底要好一些，不過就是吃些苦頭，好歹身子健康。」張嬤嬤直抹眼睛道。

錦雲苦笑，真正的蘇二小姐早就被害死了，她不過是李代桃僵罷了。失去味覺這事，她在醫書上見過不少，有各式各樣的原因，大多都是脾胃失調引起的，她決定替葉連暮治好味覺。

錦雲在屋子裡徘徊，思量會有哪些可能及應對的方法。

等了好半天，葉連暮才掀簾子進屋來，見她來來回回踱步，有些不解。「出什麼事了？」

錦雲三步併作兩步拉著他坐下。「我給你治好味覺。」

葉連暮盯著錦雲，他知道她懂醫術，可是能治好他的味覺嗎？他找過多少大夫，都搖頭說沒辦法，沒見過這樣的症狀。

錦雲幫著葉連暮把脈，又看他舌苔，黛眉緊攏。「你的脈象有些奇怪，平穩中似乎有一絲浮躁，細細查看，又彷彿是錯覺，舌苔不像有事的樣子，可卻沒有味覺，不應該啊！」

葉連暮見錦雲那麼關心他，心裡像抹了蜜一般甜，甜意在整個軀體裡渲染開，他將錦雲抱坐在膝蓋上，把玩著她方才把脈的手，彷彿是什麼寶貝似地，笑道：「娘子不必心疼，為夫命大，只是沒了味覺而已，當年祖母說，我病重險些救不活，是遇上個老大夫用的猛藥，只是有個問題，可能會有後遺症。」

的確，有些猛藥能有大效，但是遺留的問題會很大，有些甚至是終生的。「後遺症便是失去味覺？」

「為夫也不知道，祖母說那老大夫說後遺症可能是變傻或眼睛耳聾都有可能，但是能保住性命，是祖父當機立斷給我餵了藥，不然我可能早就不在人世了。」

葉連暮說起來輕鬆，可聽在錦雲和青竹她們的耳朵裡卻是有如驚濤駭浪，那可是沒命啊，比起變傻和眼睛耳聾，失去味覺的確不算什麼了。

「後來沒有找過那個老大夫？」

「找過，不過他是個遊方郎中，尋找了許多年，直到去年才有他的消息，可惜他已經去世了。」

錦雲皺眉頭，怎麼會這樣？

「那當年他給你用的藥方子還在嗎？給我看看。」

那會兒他才十歲，又病著，哪裡會有藥方了？要是有也在祖母那兒，葉連暮轉身吩咐青竹。「妳去寧壽院問問可有藥方子留下。」

一會兒後，青竹拿了藥方回來，泛黃的藥方上各種藥的劑量都不少，用藥更是大膽，但不可否認是個好方子，逼不得已的時候可以用來保命，至於後遺症完全看服藥之人的體質了，錦雲細細研究藥方，然後配了帖藥出來，讓青竹抓了藥並熬好。

稍晚，錦雲端著藥去了書房，葉連暮正在看書。柳雲在一旁服侍，見錦雲捧著藥湯進來，有些怔住。「少奶奶，沒有大夫給少爺把脈，妳怎麼送藥來給少爺服用？」

錦雲看著這個沒有行禮就直接質問她的丫鬟，眉頭斂沈。「妳先出去。」

柳雲雙手緊握沒有動，錦雲臉色更沈冷。「我的吩咐都不管用了是嗎？青竹，讓人來拎她出去。」

青竹果真就過來了，柳雲撲通一聲跪了下來。「是藥三分毒，哪有隨意亂開了服用的？萬一少爺出什麼事，誰擔這個責任？」

錦雲好笑地看著她。「妳怎麼知道這藥不是大夫開的？我縱使向天借膽，也不敢這麼明目張膽害自家相公吧？爺每日都去皇宮，遇上太醫開張方子回來很稀奇嗎？還是我以後給少爺吃些什麼都必須經過妳的同意，要不讓爺把開藥方子的太醫請來給妳看看？」

柳雲臉頓時僵住，她沒想到這一層，這些年少爺吃的藥都是她親手熬的啊！少爺的藥方子也全是交給她的，這回怎麼會……

柳雲想著自己使了銀子從小院婆子那裡打聽來的消息，少奶奶喜歡看醫書，偶爾還煎藥、製藥，便斷定這藥方是少奶奶自己開的。此時，柳雲的眼睛不由得望向葉連暮。

錦雲也看著葉連暮，嘴角勾起一抹冷笑來。「相公，你的丫鬟我是管不了了，你自己來吧。」

葉連暮親眼見柳雲這麼無視錦雲的吩咐，錦雲是他的嫡妻，又親自端了藥來，難道會害他不成？

他臉色陰沈。「拖出去，以家規處置。」

柳雲傻眼了，甚至連青竹拖她出去都沒什麼反應。

錦雲把藥送到葉連暮跟前。「我依照藥方子開了帖藥，你先試試看。」

葉連暮沒有絲毫的懷疑，端起來就喝盡了，真是豪氣。錦雲把蜜棗遞上，葉連暮怔住了，促狹地看著錦雲，鳳眸湛亮。「娘子，妳忘記這藥是治什麼的了？」

錦雲愣然撫額，訕笑不已，若真是需要蜜棗來壓住嘴裡的藥味，那就不需要喝藥了。見葉連暮不吃，錦雲把蜜棗塞自己嘴裡了。

才出書房，南香就道：「少奶奶，大夫人派人傳話來，後天是遂寧公府楊老夫人的壽辰，到時候要妳與她一塊兒去。」

兩日轉眼即過。

出門拜壽，錦雲不好再梳著姑娘頭，便換了髮髻，去寧壽院請安時，葉老夫人還以為她圓房了，鬧出不少笑話，別的不說，葉老夫人急著抱曾孫，對葉連暮不圓房的事很生氣。

錦雲跟著葉大夫人等人坐上馬車來到遂寧公府門口，見有兩隻石獅子，大方氣派，進門祝賀的人絡繹不絕，遂寧公府不愧是與祁國公、永國公、安國公並列大朔王朝四大國公府。令人惋惜的是，安國公府六年前被奪去了國公封號，一脈漸漸敗落了。

兩個婆子一瞧見祁國公府的馬車停下，忙笑臉迎了上來引領賓客入內，只見裡頭亭臺樓閣，九曲迴廊，鍾靈毓秀，奇石羅布，花木扶疏，大氣雅致。

屋子裡，坐著七、八位貴夫人，歡笑聲不斷，見錦雲進去，屋子裡的笑聲沈了下去。錦雲有些不適，幹麼這麼看著她？她臉上又沒有什麼髒東西。

葉大夫人一行人給楊老夫人請安後，一位夫人便笑著對葉大夫人道：「才說到妳，妳就來了，可真是巧了。」

葉大夫人笑道：「那我可是錯過了，方才都說什麼了，我可得補上。」

那夫人輕動了下手裡的繡帕，說及葉連祈與瑞寧郡主的親事，屋子裡又是將葉大夫人一陣好誇，誇她教子有方，葉大夫人連著擺手，謙虛不已。

一位年紀約莫三十五、六歲的夫人放下手裡的茶盞，用帕子輕拭去嘴角的茶漬，笑看著錦雲。「這就是不久前轟動京都的祁國公府大少奶奶吧？」

立后一事，再加上賜婚，錦雲之名京都早已人盡皆知了，可惜，她早前被養在青院，與外界接觸太少，這些人都沒見過她，不免對她感到好奇，尤其是那些傳聞。

這會兒見面，眾人把錦雲是從頭打量到腳，大家都沒說什麼，倒是有位夫人出聲了。「果然不錯，琬兒，往後可得多向葉大少奶奶學習。」

上官琬的臉色有些難看，但還是努力維持笑容。

四下不少夫人嘴角都是一抹笑，瞧熱鬧的意味太過明顯，眾人皆知葉連暮和上官琬的親事，卻半道退婚了，哪個有心氣的姑娘能忍受這樣的恥辱？定會比鬥一番的。

錦雲才坐下，多日不見的四妹蘇錦容便質問道：「幾日沒見二姊姊，二姊姊氣色似乎好了許多，前兒我進宮還聽大姊說起，她召妳進宮，妳怎麼沒有去見她？」

錦雲笑道：「貴妃召見，我哪敢不去，只是半道上把腳給扭了，便回府了。」

蘇錦容知道事情的經過，看見錦雲，不找她點晦氣，心裡就不舒坦，要不是四下有不少的大家閨秀，蘇錦容真想罵她，葉大公子從皇上那兒要了瓶香水來送給錦雲，她明知道寶貝，不送進宮給大姊，還自己留著，結果呢？不還是被要了回去。

想到皇上已經下旨冊封威遠大將軍的女兒沐依容為賢妃，蘇錦容心裡就氣悶不已，她是最巴望大姊蘇錦妤坐上皇后之位的，身為皇后嫡妹，身分之尊貴不用說，可現在呢？皇宮裡已經有個李皇后，再來一個沐賢妃有太后撐腰，大姊幾時才能登上后位？

還有錦雲，葉大公子不是不喜歡她的嗎？怎麼還會討香水送給她？不是應該厭惡她嗎？難道祁國公府顧及右相府的權勢，不敢將她怎麼樣？

蘇錦容心想，得讓祁國公府的人知道，蘇錦雲對右相府來說就是潑出去的水。

由於屋子裡人太多，楊老夫人為盡地主之誼，便讓楊府小姐帶其他姑娘逛園子。

花園裡，花團錦簇，二、三十位姑娘走在園子裡，環珮叮噹響，此起彼伏，甚是悅耳。

錦雲走在後面，青竹和谷竹緊緊跟著，只見迎面走過來兩位姑娘，一個身著大朵牡丹翠綠煙紗裙，上頭繡著水仙散花，低垂的鬢髮斜斜地插著一支碧玉簪，長得花容月貌；另一個身著淺藍色的錦裳，裙襬上繡著細碎的櫻花，頭插玲瓏白玉簪，綴著細細銀絲珍珠流蘇，薄施粉黛，朱唇不點即紅，柔若無骨、豔麗三分。

兩人在錦雲跟前停下，錦雲詫異地看著她們，幾個人就這樣對視著，誰也沒有說話。

倒是兩個姑娘忍不住了，其中一位輕咳一聲。「我叫趙玉欣，安遠侯世子趙琤是我兄長，我聽他提起過妳，早前就想去國公府拜訪妳了，今兒總算是見到了。」

另外一個姑娘也道：「我是夏侯安兒，我的兄長乃靖寧侯世子夏侯沂，是他讓我們兩個與妳交好，不能惹怒妳。」

錦雲額際滑下兩條黑線。「很高興認識兩位，我叫蘇錦雲。」

夏侯安兒和趙玉欣兩個互望一眼。因為兄長互結好友，所以性子活泛的兩人經常玩在一處，兩位姑娘也知道自家大哥的立場是站在皇上這邊，平日對右相府沒什麼好感，如今竟破天荒提及錦雲，還讓她們與她交好，這可是頭一遭啊！做哥哥的有吩咐，做妹妹的哪敢不照做？

趙玉欣道：「妳比我們大幾個月，以後我們就喚妳一聲錦雲姊姊吧，妳叫我玉欣，叫她安兒就好了，我們去那邊玩吧。」

大家閨秀們在玩遊戲，錦雲走近時，一個有著五彩羽毛的毽子朝錦雲飛了過去，夏侯安兒喊了一句快躲，錦雲還沒反應過來，毽子已經砸在身上了。

京都玩毽子的規矩，落到誰跟前，誰就得撿起來繼續踢，還要踢的比前一個人多，不然要罰抓蝴蝶。

蘇錦容笑著走過來。「二姊姊，方才我踢了五十六下，妳超過我就好了。」

錦雲拿著毽子，看著蘇錦容眸底得逞的笑，錦雲再傻也知道她根本是故意的，想看自己出醜，可惜了，毽子這東西，在前世她也略懂。

錦雲一口氣踢了五十七下，然後笑道：「我要找人了，該躲的躲啊！」

錦雲說完，重重一用力就把毽子踢飛了，一回頭，就見毽子直線降落，哐噹一聲傳來。

「好妙的踢法，踢到投壺裡去了。」

錦雲嘴角抽了下，竟然全躲開了，不知道這怎麼算？

忽而，就聽一個姑娘氣呼呼道：「誰踢的毽子，把我的箭都給打了！」

這邊一堆玩毽子的人，那邊一堆玩投壺遊戲的人，錦雲好巧不巧用毽子把人家投壺用的箭給打掉了。

錦雲看著那姑娘，秀眉緊攏，一聽四下說話聲，才知道自己撞上了誰，原來是溫王府清容郡主，據說脾氣不大好，有些火爆。

清容郡主朝錦雲走過來，一路瞪著她。「我好不容易才投中一個，都到瓶口了，妳還給我砸了出來，妳說這事怎麼算？」

錦雲有種麻煩上身的微涼之感，忙福身行禮。「錦雲無意砸到郡主的箭，還請郡主見諒。」

清容郡主皺了眉頭看著錦雲。「妳就是從東翎湖裡撈出兩顆黑珍珠的蘇二小姐，上回被當成刺客抓去風月閣的祁國公府大少奶奶？」

錦雲眼角抖了下，輕點了下頭。她可真是聲名遠播。

清容郡主上下瞄著錦雲，然後問：「方才我沒投中，該受什麼懲罰？」

一名姑娘回道：「去抓一隻蝴蝶來。」

清容郡主瞅著錦雲。「若不是妳，我也不會受罰，這懲罰妳就替我受了，抓隻蝴蝶來這事就算了。」

丫鬟遞上一支網兜，清容郡主拿過來塞到錦雲手裡，錦雲無言以對，早知道還要抓蝴蝶，她幹麼要踢毽子，直接去抓不就好了？

一旁的丫鬟指著園子裡的蝴蝶問：「郡主，您喜歡哪一隻蝴蝶？」

清容郡主挑中一隻，指給錦雲道：「就那隻吧，最漂亮的那隻。」

清容郡主瞅著錦雲，見她盯著蝴蝶不動，忍不住催促道：「還傻站在這裡做什麼？只有一炷香的時間，過了時辰懲罰會更重。」

夏侯安兒和趙玉欣兩個上前幫著說情，清容郡主鼓著腮幫子。「我是那麼不通情達理的人嗎？」

清容郡主脾氣火爆大家都知道，不過這一回可不算什麼，的確是錦雲錯了，替她受罰也應當。錦雲穿花拂葉，可是那蝴蝶就是不給面子，她越追，它就越往遠處飛，錦雲只得跟著它跑。

前面不遠處，有七、八位世子少爺在賞花，涼亭裡還坐著幾位，瞧見錦雲帶著兩個丫鬟一路追過來，不由得有些詫異，因為男女有防，這一處本是給男賓觀賞，不會有閨秀女眷過來的。

錦雲一雙眼睛就盯著蝴蝶，完全沒注意到不該來這裡，青竹和谷竹見七、八個執扇的男子盯著自家小姐，兩個丫鬟的臉火辣辣地燒著，抓著錦雲的袖子。「少奶奶，我們該回去了，這裡我們不該來。」

錦雲指著那蝴蝶，咬牙切齒道：「都追一路了，不抓住它太可惜了。」

她跟蝴蝶槓上了，不抓住它，她心裡會不舒坦，再說，誰知一會兒回去那更慘的懲罰是什麼，反正都追過來了，該丟的臉也丟過了，不如趕緊抓住趕緊走。

錦雲拎起網兜就撲了過去，可惜又撲空了。

涼亭處，左相府大少爺桓宣、二少爺桓禮和幾個人在品茗，聽到有悶笑聲傳來，桓禮撇頭望過去，見到錦雲，不由得睜大了眼睛。「又是她！」

桓宣也望過去，見到是錦雲，眸底閃過一絲笑意，輕搖了下頭，不過是隻蝴蝶罷了，逮不到換隻就是了，怎麼追到這裡來？

桓禮已經拿起石桌上的摺扇，邁步過去了，直接走到錦雲跟前。「妳這女人，有沒有點自覺啊，這裡都是男子，妳跑來做什……」

錦雲眼睛就跟著蝴蝶跑，聽到桓禮說話，秀眉一皺。「先別說話。」

桓禮一張臉窘得通紅，眼睛一眨，錦雲網兜一撲過來，四下全是倒抽氣聲，錦雲把網兜罩桓禮腦袋上了，青竹和谷竹兩個都想鑽地洞了。

錦雲心想，她不是故意的，偏偏剛才那蝴蝶往他玉冠上飛，她想也不想就扣了過去，這會兒蝴蝶在網兜裡了。

錦雲鬆了口氣，就聽桓禮氣衝腦門吼道：「還不趕緊把網兜拿走！」

錦雲忙把網兜拿起來，結果網兜一拿，蝴蝶就飛了，她氣得直跺腳，轉身就要追過去，卻被桓禮一把拽住胳膊。

錦雲撇頭看著他。「你幹麼？」

桓禮磨牙。「妳問我幹麼，妳把網兜罩我頭上連句道歉都沒有？」

錦雲皺眉，明知道她撲蝴蝶，還往這裡竄，耽誤她時間。

一旁的谷竹急道：「少奶奶，蝴蝶沒了。」

錦雲忙側身去找，上下左右掃視，就是不見蝴蝶，不由得急了，追了半天，蝴蝶不見了，她不是白忙活了？

桓禮瞪著錦雲，他長這麼大還是第一次因為蝴蝶被人給忽視。「妳就那麼喜歡撲蝴蝶？」

錦雲聽了，將脖子一梗。「誰喜歡撲蝴蝶了！」

桓禮皺眉。「不喜歡那妳還撲？」

錦雲翻了個白眼，誰說撲蝴蝶就一定喜歡的？「是清容郡主喜歡，我都追半天了，現在好了，不知道飛哪裡去了，你賠我一隻。」

賠她一隻？這女人還真說得出口，撲到他了，不但不道歉，還讓他賠一隻蝴蝶。

只聽錦雲道：「要不是你擋在這裡，我肯定撲到它了。」

桓禮吧嗒一下把扇子打開，猛搧風，彷彿這樣能降火氣。

此時，溫王世子邁步走過來，走到錦雲跟前把手掌張開，正是那隻她追得牙癢癢的蝴蝶，錦雲忙抓了過來。

「謝謝。」

溫王世子笑道：「清容怕是又鬧脾氣了，委屈妳了，我替她向妳道歉。」

錦雲側目，想到那回在風月閣誤抓刺客一事，也認出了溫王世子。

青竹在一旁拽著錦雲的袖子，再不回去，可就過了一炷香了，錦雲忙回道：「這回是我錯在前，郡主沒委屈我，告辭。」

說完，錦雲立馬轉身，桓禮還想抓住錦雲，直到桓宣走過來，桓禮這才不敢，氣呼呼地整理被錦雲弄歪的髮冠，想著得找個機會給她點教訓才是。

當錦雲匆匆忙忙趕回去，園子裡還有五、六個姑娘在抓蝴蝶，錦雲走過去，突然被人撞了一下，錦雲受到驚嚇，手一鬆，蝴蝶就飛了。

那人忙道歉。「對不住，我不是故意的，妳沒事吧？」

說話聲有些耳熟，錦雲抬眸就見到上官琬，她手裡拿著一支網兜，一臉歉意地望著她。

青竹指著那蝴蝶。「少奶奶，蝴蝶飛了怎麼辦？」

清容郡主邁步過來，錦雲抿唇看著她，清容郡主瞪了錦雲一眼，然後看著上官琬。「是妳撞了她，讓我的蝴蝶飛了，妳去抓回來。」

上官琬臉色僵硬。「我不是故意的。」

清容郡主瞥了錦雲一眼。「她之前也不是故意的，她也去抓蝴蝶了，妳不是故意的，但是蝴蝶飛了是事實，總不能讓她再去抓第二回吧？妳惹出來的事當然妳去抓了。」

好個恩怨分明的小郡主！錦雲欣賞這郡主的性子。

上官琬瞅著飛遠的蝴蝶，秀眉攏緊，一旁遂寧公府的兩位小姐楊宛和楊瑜忙過來打圓場。

清容郡主瞅著楊宛，畢竟在人家府上，不能不給面子，不然回頭母妃知道了肯定要訓斥她了。不過這上官琬自詡才女，賢良淑德，竟然故意撞人，方才她可在一旁看得一清二楚。

「上官小姐撲了半天也沒抓到蝴蝶，不如讓她畫幅畫、彈首曲子以示懲罰如何？」

清容郡主揮了揮手裡的繡帕。「依照規矩來就是了。」

上官琬福身道謝，清容郡主瞅著錦雲，眸底閃過擔憂。「妳沒被撞傷吧？」

「多謝郡主關心，我沒受傷。」錦雲輕搖了下頭，又整理了下裙襬。

夏侯安兒和趙玉欣走過來，方才錦雲被上官琬撞上時，她們也看見了，心裡對上官琬的好感降了許多。

夏侯安兒四下張望了兩秒，小聲對錦雲嘟囔道：「往後妳離她遠點兒吧，因為退婚的事，她沒了臉面，心裡肯定很氣惱妳，偏偏她又是京都出了名的才女，我怕妳……」

清容郡主打斷夏侯安兒的話，一揮玉手，不以為意地道：「妳怕她做什麼？才女也不能蠻不講理啊，妳別怕她，真鬧出什麼事，有本郡主罩著妳。」

夏侯安兒被打斷話，臉更紅了，直撓額頭。趙玉欣望著清容郡主，神色有些微怔和疑惑，錦雲姊怎麼就入了清容郡主的眼，明明之前才惹怒了她，按理不應該啊！

只見清容郡主問錦雲。「妳是怎麼做到在水裡憋氣半天沒事的？我試了試，差點憋死在銅盆裡。」

「……」錦雲無言。

夏侯安兒和趙玉欣見錦雲神色從容，不卑不亢，談吐不凡，也頗為喜歡，四人就玩到一處了。

清容郡主因為性子耿直，說話做事沒有什麼心機，說一是一，說二是二，在一群溫婉的大家閨秀中脾氣顯得格外暴躁，也沒有什麼處得好的朋友，一次多了三個玩伴，她也高興。

錦雲跟她們聊著天，說的不外乎是京都最近有些什麼好玩的趣事、流行什麼，侃侃而談。當然，錦雲對京都外頭不怎麼熟悉，更多時候是扮演聽眾的角色。

半晌後，青竹扯著錦雲的雲袖。「少奶奶，好像有不少人盯著妳瞧呢。」

錦雲撇頭望過去，就見一大群大家閨秀都往她們這邊望，指指點點的，不知道在說什麼。

清容郡主眨巴扇貝般的睫毛，眸底露出疑惑，她們在這兒半天了，她也沒做什麼出格的事啊！

丫鬟去打聽一下，臉色古怪地回來了，福身回道：「七王爺和十王爺被罰了半年俸祿，還被送到大昭寺吃三天素齋……」

清容郡主不明白。「兩位王爺被皇上罰，關錦雲姊姊什麼事？」

「聽說是兩位王爺將葉大少奶奶做的五味糕點送入宮中，皇上吃了才病倒的，朝堂上還有五、六位大臣也都病了……」

清容郡主詫異地望著錦雲，滿目錯愕，皇上的吃食何等嚴苛，吃之前會有太監試吃，銀針試毒，怎麼還會病倒呢？

趙玉欣和夏侯安兒也望著錦雲，心裡疑竇頓生，忍不住問道：「是真的嗎？」

錦雲一臉汗顏，欲哭無淚，她能說不關她的事嗎？她就知道那兩個王爺不安好心，可不至於害得皇上也病倒吧？

蘇錦容邁步朝錦雲過來，精緻的面容因為憤怒顯得有些扭曲，眸底的怒火都能把錦雲給活活烤熟了。「我說爹怎麼破天荒沒去上早朝兩天了，原來就是吃了皇上賞賜的糕點鬧出來的！」

錦雲撓著額頭，青竹上前一步辯駁道：「糕點是少奶奶做的不錯，可那是做來招待兩位王爺的，兩位王爺說味道奇特，拿回去慢慢品嚐的，不關少奶奶什麼事。」

蘇錦容氣得臉一青，抬手就朝青竹打過去，錦雲伸手擋住，眸光冷冽地看著她。

真當她是軟柿子呢！她如今已經是祁國公府大少奶奶，在遂寧公府作客，被這四妹打了丫鬟回去，她的臉面往哪裡擱？即便她錦雲今日仍未嫁，她的人豈是她想打就打的？

錦雲握著蘇錦容的手，蘇錦容立馬想起當日討要黑珍珠，手腕差點被錦雲廢了的事，心生懼意，連忙將手收了回來。她瞪著錦雲，冷哼道：「誰讓妳逞能了，沒那本事就不要做糕點，那麼多人吃壞了肚子妳就高興了？」

錦雲語氣冷淡。「如何招待客人是我的事，還輪不到妳教訓我，糕點送出去，被用來招呼些什麼人，我還得派人去看著不成？」

蘇錦容被錦雲反問得一句話也說不出來，跺著腳帶著丫鬟走了，留下錦雲四十五度角望著頭頂上的藍天，心裡將兩位王爺狠狠咒罵了一遍。

此時，另一廂的大昭寺後山叢林中，「哈啾」兩聲傳來，葉容頃坐在一塊大石頭上打了個寒顫，前面是一堆火，火上兩隻山雞被烤得油晃晃的。他鼓著腮幫子，嚥著口水。「七王兄，好了沒有？我好餓！」

葉容軒拿了調料往燒雞上撒，瞥了他一眼。「急什麼，再有半刻鐘就差不多了。」

葉容頃的膝蓋靠著手肘，手肘托著下顎。「王兄最可惡了，我們幫他那麼大一個忙，他不賞賜我們也就算了，還罰我們到這裡來吃齋唸經給那些大臣們祈福，這也就算了，他還罰我半年俸祿，他又不是不知道我窮。」

葉容軒轉了轉烤架，繼續撒調料。「王兄這回心裡舒坦了，等我們回宮，你可以求他讓你自己去藏寶閣挑件寶貝，能抵你兩年俸祿了。」

葉容頃重重點頭，犧牲這麼大，不找點補償怎麼行？一想起在御書房碰上的場景，他忍不住大笑起來。

那日他們從逐雲軒回去，便直奔御書房，他們知道，每日這個時辰，右相他們就在御書房裡商議國事，之前右相和其他官員請皇上冊立蘇二小姐為皇后時，把錦雲誇得跟個什麼似的，賢良淑德、天下女子之典範，如今這糕點可是他們心目中的皇后做的。

當葉容頃把糕點擺上龍案，葉容痕瞅著那精緻的糕點，再聽是錦雲做的，伸手就要拿，只見葉容頃一個勁兒地給他使眼色。

葉容痕不知道他們打的是什麼算盤，便把糕點賞賜給那些大臣。

皇上賞賜的啊，誰敢不吃，最後一塊，葉容痕分了一半下來，另一半給了右相。

葉容痕沒吃，而是盯著他們，那七、八位分到糕點的大臣嚐了一口，就恨不得連舌頭都給拔了才好。

這哪是給人吃的！

葉容軒卻道：「這是葉大少奶奶親自做的糕點，叫五味糕，不同的人吃是不同的味道，我吃是辣的，十王弟吃是甜的，你們吃是什麼味道？」

一群大臣淚流滿面，他們吃是苦的，但是回答都是甜的，也有回答是辣的，真的很辣，一嘴的胡椒味。

葉容頃看著右相咬了一口，便問：「右相怎麼不全吃完？」

右相豈是尋常人，明知道是圈套，哪還會傻乎乎地全吃完？「女兒做的，留著回去慢慢品味。」

不過右相還是將嘴裡的糕點嚥了下去，而其餘大臣哪個敢不吃完啊，兩、三口都不嚼就吞了下去，等他們吃完後，皇上才讓他們回去。

當天晚上，診治過那些大臣的太醫得知皇上也吃了，便趕緊回宮替皇上診脈，於是皇上從太醫那兒知道幾位大臣病倒了，由於不能給右相機會說他是成心故意報復，皇上便讓太醫開了藥方子，然後把葉容軒和葉容頃找去，當著太醫的面狠狠訓斥了一番，把他們轟去大昭寺吃齋了。

皇上裝病，右相和一群大臣是真病了，兩天沒上朝了。

葉容頃聞著烤雞香，皺著眉頭。

「七王兄，王兄說連暮表哥沒有味覺，是真的嗎？」

葉容軒搖搖頭。

「我也是聽王兄說才知道的，應該是真的吧？不然那麼難吃的糕點他還說不錯，沒有味覺，也太淒慘了些。」

「我覺得連暮表哥還是沒有味覺好，不然真是生不如死了。」半刻鐘到了。

葉容軒拿起烤雞，深深聞了一下。

「嚐嚐你七王兄我深藏不露的手藝。」

葉容頃立馬撕下來一個大雞腿，狠狠咬了一口，才嚼了一下，臉色就變了，呸的一口吐地上了，哀怨地看著葉容軒。

「七王兄！你吹牛也換個時候好不好？我會被你害得活活餓死的，你這烤雞鹹死了！」

「怎麼會鹹呢？」葉容軒撕了塊肉擱嘴裡，隨即吐了出來。「我這個也鹹，難道我撒了兩次鹽？」

葉容頃捂著直咕嚕叫的肚子看著自家王兄，分外悽怨，他又沒碰到他的調料，不是他還能有誰？還深藏不露的手藝呢，早知道這麼不靠譜，他怎麼也得吃兩口不見油水的齋菜了。

「現在怎麼辦？我堅持不住了。」

「我也堅持不住了。」葉容軒把燒雞扔火裡，把火弄熄滅，然後望著大昭寺，眉頭皺著。「偷溜下山？」

第十二章　宴上較勁

遂寧公府。

花園裡陸續來了不少大家閨秀，園子裡又重新嬉鬧起來，漸漸地一群人又圍攏在一塊兒。

夏侯安兒挑著眉頭。

「不知道在玩什麼，我們也去瞧瞧。」

說著，率先就朝圍攏的人群走過去，一走近便聽見有讚嘆聲。「好香啊，不愧是宮裡用的，格外好聞。」

錦雲走近了才看見有個姑娘手裡拿著一個銀盒子，她白皙的手用小銀勺去挑了些許膏液抹在手腕上。

夏侯安兒走回來，輕聳香肩。「是香膏。」

清容郡主睜大了眼睛，音調微揚。

「是皇上賞賜給皇后和貴妃的香膏？」

夏侯安兒點點頭。「就是那個，太后有一盒，賞賜給了沐二小姐，方才不知道誰說起來，她正好隨身帶著，不過差不多沒了。」

夏侯安兒眨眨眼，大家心知肚明，她成心顯擺，大家還真的給面子，豁出臉面向她討要，她不好意思不給，這麼多人呢，回頭讓人背地裡說小氣，她哪裡還有好名聲？給了一個，就有第二個開口了，盒子就那麼大，她去的時候已經見底了，沐依宛的臉那叫一個精彩，這麼好聞的香膏，又是太后賞賜的，她自己都捨不得用，每回就只挖一點點，而她們拿的都夠她用三、四回了，明明心裡氣惱不已，偏還要故作大方，結果就這樣用完了。是手帕交也就算了，跟她不對頭的也要，還拿得格外多，氣得沐依宛直咬牙，最後一狠心，把盒子掩上。「只剩下一點點了，我不給了。」

纖依郡主也湊趣兒，巧笑著說也要試試，結果就聽到沐依宛說這話，碰了一鼻子灰，尷尬得臉都紅起來，再看那銀盒子怎那麼眼熟，一旁的丫鬟見沐依宛這麼不給她家郡主面子，當即道：「郡主，是香膏呢，跟您送給王妃的那個一樣。」

沐依宛把香膏交給丫鬟，然後看著纖依郡主。她也有？

纖依郡主挑了下眉頭，走到一名姑娘身邊。「妳給我聞聞是不是？」那姑娘不好把手腕給她聞，於是把帕子遞上，纖依郡主嗅了嗅。「好像不全是，味道有些不同。」

沐依宛身側的丫鬟嘴角露出譏諷，故意嘟囔出聲。「皇上都說了只有四盒，怎麼可能隨意就來一盒子呢！大小姐有香水，太后疼我們小姐，才把香膏賞賜給了我們二小姐。」

纖依郡主臉色一變，連個丫鬟也敢譏諷她？有就是有，這要是不弄清楚，回頭這些大家閨秀還不以為因為方才沐依宛沒給她，她心裡置了氣，所以故意貶低沐依宛。

纖依郡主可恨沒隨身帶著，正要吩咐丫鬟回去找王妃拿，就見到錦雲了，面上一喜，忙道：「表嫂，妳也在呢，妳上回給我的香膏是哪裡來的？」

錦雲見她們因為一盒香膏鬧上，心裡既是高興又是無奈，只能撒謊了。「相公給我的，我一時找不到合適的禮物送妳，想妳可能喜歡，就把香膏送給妳了。」

沐依宛臉色變了，她還記得大姊那瓶紫羅蘭香水，就是皇上從錦雲手裡要回去送給她的。葉大公子能從皇上手裡要去一瓶香水，香膏自然也能，如今就因為這葉大少奶奶將自家相公送的香膏轉送給別人，害得她顏面大失，氣死她了！沐依宛瞪了錦雲一眼。

纖依郡主也聽說了香膏和香水，只是她沒見到，哪裡知道錦雲送給她的就是此物？纖依郡主很喜歡那香膏，那時回府還給母親寧王妃看了看，寧王妃就挑了些抹在手腕和耳根子後面，當晚寧王爺聞到說很香，令寧王妃甚是歡喜，第二天就送了兩套精美的頭飾和一堆上等胭脂給纖依郡主，委婉地把香膏要了去。

纖依郡主雖然喜歡香膏，可父王喜歡母妃身上有這味道，她當然要拿出來了，她還盼著母妃給她生個弟弟呢！

祁國公府大小姐葉姒瑤和三小姐葉觀瑤兩個互望一眼，眸底有些什麼在閃爍。大哥真喜歡大嫂不成？得了這麼好的東西，一股腦兒全給了大嫂，連祖母都沒有。

右相府三小姐蘇錦惜站在一旁，眸底閃過微光，繼而嘴角彎起，隨即嘆息道：「二姊姊待她們可真好，那麼珍貴的香膏，可從來沒想過送給四妹妹和娘親。」

蘇錦容臉色不善，哼了鼻子道：「她倒是會巴結人，也不想想沒了相府給她撐腰，誰會高看她一眼，遲早是個下堂的命！」

遠處，一個丫鬟走過來，對楊宛和楊瑜福身道：「小姐，大夫人請妳們帶著眾位姑娘們去花廳。」

花廳內，坐了不少貴夫人，就是王妃也來了好幾位，錦雲認識的只有寧王妃一個，而眾大家閨秀進屋後，就在自家娘親身後乖乖站著，目不斜視，溫順恬然。

清容郡主走到溫王妃身側，溫王妃瞋瞪了她一眼，顯然已經知道她讓錦雲去抓蝴蝶的事了，只是大庭廣眾之下不好明著數落她。清容郡主輕鼓了下腮幫子，那俏皮的樣子惹得溫王妃暗自搖頭。

錦雲才站到葉大夫人身後，就覺察到對面兩道視線望著她，抬眸望去，就見到上官琬面無表情地看著她，只是眼神頗具寒意。另外一道是來自上官琬身側的姑娘，樣子與上官琬還有三分相似，身分不言而喻，她是永國公府二小姐上官凌。

只見上官凌朝錦雲走過來，笑得清麗出塵，容華流瀉，聲音更是如新鶯出谷。「以前沒怎麼聽說過妳，今兒一見，覺得妳與傳聞相距甚遠，定是個深藏不露的，不如我們比試一番，也好助個興讓楊老夫人開懷一笑，更添長壽？」

上官琬在京都有才女之名，二妹上官凌也不弱，只是名氣沒姊姊大，這會兒由她挑戰錦雲，她若是贏了，錦雲自然是比不過上官琬的；若是輸了，方可與上官琬較勁。

葉姒瑤嘴角翹起一抹笑，彷彿格外欣賞錦雲。「我大嫂可不是一般人呢！畫畫能吸引蝴蝶飛繞。」

錦雲額頭猛地一跳，找碴的還沒想到辦法打發，竟然又來一個火上澆油的。她眸光淡淡地看著葉姒瑤，那邊不少貴夫人都驚嘆不已，但是更多的是不可置信。

「果真能吸引蝴蝶飛繞？我們今兒可得大開眼界了。」

遂寧公府楊大夫人也感興趣了。「右相府幾位小姐的才藝我們或多或少都見過、聽過，唯獨沒見過葉大少奶奶的才識，蘇大夫人親自教養的，定不會差了。」

這頂高帽子蘇大夫人戴著可不舒坦，蘇錦妤和蘇錦容姊妹是她親自調教的，從禮儀到琴棋書畫，都是請最拔尖的師傅傳授，唯獨錦雲，拿得出手的就是一手繡藝了。蘇大夫人臉上掛著笑，心裡卻是將錦雲惱上了，以往錦雲丟臉她最高興，大家閨秀卻沒有賢名才氣，無人上門求親；可如今錦雲已經出嫁了，又是嫡出，什麼都拿不出手，丟的可是右相府和她的臉。

蘇錦容掃了蘇錦惜一眼，蘇錦惜扭了下手裡的繡帕，然後笑道：「眾位夫人有所不知，娘親請了師傅教我們琴棋書畫，可我這二姊姊打小身子骨兒嬌弱，娘親讓她以調養身子為重，故而涉獵不多。」

眾位夫人看著錦雲，氣色紅潤，不像是個身子骨兒嬌弱的，看來調養得不錯，雖說與身子骨兒相比，琴棋書畫倒是次要了，不過就算涉獵不多，也總會些吧？右相敢把她推上后位，一無是處那不乾等著后位被人給搶了嗎？

楊大夫人擱下茶盞，用香絲牡丹帕子輕拭嘴角，笑道：「妳這麼說我倒是更加好奇了。」

上官凌本來還信心不足，可是蘇錦惜一說，她就氣定神閒了。定是沒什麼本事才會這樣說，先把右相府撇清了，到時候蘇錦雲丟臉就丟她一個。所謂師父領進門，修行在個人，請師傅教導一同學習，身子骨兒差，可怨不得別人。

上官凌看著楊老夫人擱下茶盞，便笑對錦雲道：「琴棋書畫、詩詞歌賦，我們就不比了，我們就給老夫人奉杯茶吧？」

奉茶？這麼簡單？

等錦雲見到桌子上擺的盞、瓶、筅、碾、籮、杓、洗、壺、匙、銚等用具，眼角不自主跳了兩下。不是奉茶嗎？怎麼就變成鬥茶了？

鬥茶也就罷了，可問題是她不會啊！琴棋書畫、詩詞歌賦，好歹還能湊合一、兩句，論鬥茶她完全就是個新手，別說入門了，她連在門外都沒有蹓躂過。

錦雲捏緊繡帕，真想直截了當地告訴她們，她不會，可那麼多人看著，她還真沒臉說出來，方才說的是奉茶，沒說一定要鬥茶，她要是提出來，豈不是惹得一屋子貴夫人輕視她，誤認為她不願意給楊老夫人奉茶祝壽？

錦雲沈思了兩秒，回頭吩咐青竹兩句話。然後走到上官凌身側，上官凌正拿起茶餅，迅速將其碾碎，置於青花瓷碗中，她抽空瞥了錦雲一眼，見錦雲渾然不動，輕挑眉頭。「怎麼不動手？」

錦雲撓著額頭。「妳用的泡茶方法，我不會。」

上官凌愕然怔住，她竟然不會鬥茶？京都大家閨秀在一處品茗，經常會鬥茶，她竟然不會，上官凌可沒有勝之不武的意識，該會的不會，可不是她的錯。

上官凌瞥了眼錦雲，見她臉上有羞愧之色，嘴角緩緩翹起。不會還站在這裡，既是愛面子，那等會兒丟了臉面可怨不得她，於是上官凌將經過籮篩過的茶末置入盞中，斂住心神，用釜燒水。

因為鬥茶的水溫也要看個人掌握，所以都只給了冷泉水，讓她們自己燒，錦雲別的不會，燒水還是可以的，便把水燒上。

在座的夫人、丫鬟全都盯著錦雲和上官凌，方才上官凌碾茶餅，很得一眾夫人稱讚，碾必力而速，不欲久。

上官凌做得很好，大家都盯著錦雲，等著她，結果錦雲站著不動，白皙的臉龐上有紅暈。

待水初沸，上官凌將沸水沖些入碗中，然後用茶筅旋轉打擊、充分攪拌。

錦雲好奇地盯著碗中有泡沫出現，水沫出現得很快，較長時間凝在茶盞內壁不動……錦雲嘖嘖稱奇，真是有閒情逸致，喝杯茶還弄出這麼多門道來。

青竹急急忙忙從屋外進來，手裡拿著油紙包，遞到錦雲手上，錦雲打開擱在案桌上，是七葉膽、檸檬果以及梅花。

起初大家都關注上官凌的鬥茶，等錦雲開始泡茶，又盯著錦雲了，上官凌氣得咬牙，可是自己也不時往錦雲那邊瞟。

待上官凌茶盞內的湯花散去，她將茶奉上，送給楊老夫人品茗，楊老夫人呷了口茶後，讚嘆地點頭，誇讚了她幾句。

這邊，錦雲也把茶泡好了，小心端上去給楊老夫人品嚐。
楊老夫人瞅著錦雲，眉間帶了三分打量，掀起茶盞蓋，看著茶盞內的茶水，她的眸底露出訝異之色。

「這個是？」

錦雲一臉愧疚，雙頰緋紅。「回老夫人的話，這個是花茶，與我們慣常喝的茶不同，方才上官小姐要同我比試，給老夫人奉杯茶分出高下，只是鬥茶我不會，怕浪費了茶餅，就泡了這杯花茶。老夫人嚐嚐味道如何？」

楊老夫人再次注視茶盞裡的茶水，色澤剔透，上面還漂浮著一朵梅花，鼻尖還有抹淡淡芬芳，她的眸底露出三分讚賞，喝了半輩子的茶，只從色澤就能斷定茶水如何，這茶看著就心情舒暢。楊老夫人輕呷了一口，眸光霎時亮了起來，連著點頭。「不錯，活了大半輩子了，還是頭一次喝這樣的茶。」

上官凌站在一旁扭著帕子，錦雲繼續道：「古書有云：『上品飲茶，極品飲花。』花茶有助調節腸胃排毒等功效，還有美容護膚、美體瘦身、排毒除臭的功用，故而有男人飲茶，女人飲花之說。」

聽到養顏美容還能瘦身排毒，不少貴夫人都來了興致，直說長了見識，再問錦雲還有沒有別的花茶方子，錦雲也不吝嗇，隨口報出來四、五個。

「老夫人您看，這一回的比試誰勝？」楊大夫人還記得奉茶是比試呢！

楊老夫人把茶盞擱下，瞋怪了兒媳婦一眼。「妳這不是為難我嗎？上官小姐鬥茶技法純熟，大家是有目共睹，葉大少奶奶不會鬥茶，但花茶新穎，別具一格，我一時間還真的難分出誰更勝一籌。」

楊大夫人笑道：「那便是不分伯仲了。」

錦雲站得腿乏了，轉身想尋位子坐下，青竹低頭正好瞧著錦雲的腰間，倏然臉色一變。錦雲隨著青竹的指示低頭看去，臉色也大變，她的血玉珮去哪兒了？

青竹急了，雙手攢緊，血玉珮價值不菲不說，那可是葉大夫人在敬茶之日給的，明言了是訂親信物，少爺也是有的，這要是丟了，被外人拾得了，可怎麼辦？

錦雲給了青竹一個鎮定的眼神，然後慢慢回想自己今兒都去過什麼地方，她走的大都是些青石路，玉珮若是掉下去，肯定會聽見，除了撲蝴蝶那會兒自己蹦蹦跳跳過，還踩了草地，可能掉下去自己沒發現。

看大家興致勃勃地欣賞跳舞，錦雲便悄悄地退了出去，青竹和谷竹兩個緊緊跟著。

錦雲去過花園，所以認得路，一路找尋過去，找了半天也沒見到玉珮的影子。錦雲真想跳腳了，現在好了，血玉珮丟了，她皺緊眉頭，青竹也急了。「少奶奶，瞧時辰該用壽宴了，要不您先回去吧，奴婢慢慢尋？」

錦雲搖搖頭，現在趕回去似乎也晚了。「再往前面尋尋。」

谷竹擔憂地看著錦雲。「少奶奶，血玉珮找不到了怎麼辦？」

錦雲也不知道怎麼辦，可找不到她也變不出來，尋了半天還是沒找著，錦雲便放棄了。「回去吧。」

往回走到半道，就有丫鬟來尋她去宴席了。

錦雲回到花廳，屋子裡擺了整整六席，葉大夫人瞧見錦雲進來，就把筷子擱下，蹙著眉頭看著她。

錦雲輕撫了下耳垂，溫順道：「兒媳疏忽，弄丟了耳墜，便帶著丫鬟找去了。」解釋了一句，總算是揭過了，只是錦雲才落坐，對面一位董少夫人就發問了。「葉大少奶奶與葉大公子兩情相悅，我怎麼聽說妳成親第二日就搬去小院住了？」

真是好事不出門，壞事傳千里。

「我與相公相熟在前，彼此的性情都瞭解，我喜歡小院的安寧，便搬去住了。」

聽著錦雲輕描淡寫的話，同桌的幾位少夫人都詫異地看著她，尤其是之前發問的董少夫人。「那好好的又搬回去做什麼？」

錦雲眸底露出不悅了，問一次也就罷了，還咄咄逼人起來了，於是撇頭看著她。「怎麼可能好好的呢，事出總有因。」

錦雲說完，挾起香菇擱嘴裡，細嚼慢嚥了起來，一點多談的意思也沒有。

董少夫人臉尷尬地紅了，雲袖下的手攢緊了又鬆開，轉而拿起筷子挾菜，直誇菜餚精緻，彷彿方才詢問的事壓根兒就沒有出現過，其餘的少夫人也不再談錦雲的事，轉而說起京都的趣事來。

錦雲聽得是津津有味，只有別人問及她，她才說兩句。她吃著肉丸子，聽她們談及前段時間旱災的事，錦雲訝異地問：「糧食被劫了？」

錦雲左側的丁少夫人輕點了下頭。「也就半個月前吧，被牛頭鎮外山頭盤踞的山匪給劫了，皇上特地派了三千名官兵去剿匪呢，領兵剿匪的不就是寧朔將軍嗎？將軍夫人倒是說說，戰況如何了？」

「夫君前兒來信，說就快回來了，我……」寧少夫人話未說完，一陣作嘔，忙用帕子捂住嘴，左側的人問她身子可有不適，右側的人則問她是不是懷有身孕了。她窘了臉搖頭，癸水才走沒兩天，怎麼可能會懷孕呢？

突然肚子一直叫，寧少夫人的臉更是紅了，忙起身，一旁守著的丫鬟連忙扶著她出去。看著她急急忙忙出去，在座眾人面面相覷。「方才還好好的，她怎麼突然就不適了？」大家都搖頭，約莫半盞茶的工夫，寧少夫人才回來，臉色有些蒼白，一群少夫人關懷地問她，只見她搖頭道：「許是方才在亭子裡受了些涼風。」

待寧少夫人坐下，她的貼身丫鬟便給她挾菜。「少奶奶，羊肉有緩解腹部冷痛的作用，您多吃點兒。」

寧少夫人點點頭，丫鬟就給她挾了兩塊，她笑道：「我愛吃羊肉，只是那股羶味難除，而桌上這魚羊合鮮，味道鮮美，卻沒有一絲腥味，妳們也嚐嚐。」

一旁的錢少夫人道：「我就怕羊肉那股羶味兒，妳說好，那我也試試。」說著，筷子就伸了過來。

錦雲忙阻止道：「別吃羊肉。」

錢少夫人的手頓在那裡，眼睛盯著錦雲，錦雲指著魚羊合鮮道：「方才妳們吃了寒瓜，寒瓜與羊肉同食，會出現腹瀉、嘔吐和胃痛的症狀。」

錢少夫人的手立馬伸了回來，隔壁一桌子又有人嘔吐了，楊府那些夫人急了，尤其是楊大夫人，這內院可是她打理的，壽宴也是她一手包辦的，就是這桌子上的菜也是她親自挑選的，這要是出了事，搞砸了壽宴，惹得楊老夫人生怒，她可就白忙活一場了。可是現在，那些夫人、小姐的身子才是最重要的。

楊大夫人忙吩咐道：「快去請大夫來。」

楊老夫人的臉沈了，手裡的筷子擱了下來，拿起帕子擦拭嘴角，那邊錦雲點出問題所在，丁少夫人便問道：「葉大少奶奶知道寒瓜和羊肉不能同食，可知道如何解？」

錦雲回道：「甘草二兩煎水服下就沒事了。」

錦雲說著，一旁的楊宛輕蹙了下眉頭，瞥了眼那魚羊合鮮，忙去跟楊大夫人稟告。

「娘，葉大少奶奶說嘔吐是因為吃了寒瓜和羊肉的緣故，也不知道有誰吃了，趕緊把羊肉撤下去吧，再讓人拿甘草煎水給她們服用。」

屋子裡嘔吐的人不多，就四、五個，也是巧合了，羊肉擺在誰眼前，多少都會嚐一口。畢竟是作客吃宴席，遠處的菜不好站起來去挾，不像在家有丫鬟伺候著，可誰想到會中毒？

楊大夫人聽到楊宛這麼說，忙吩咐丫鬟去準備甘草煎水，同桌用餐的葉大夫人怔了下，吩咐丫鬟道：「去將大少奶奶喚來。」

丫鬟來請錦雲，錦雲自然是要去的，葉大夫人看著錦雲，眸光輕閃。「妳確定她們嘔吐是吃了寒瓜和羊肉的緣故？這些少夫人和小姐身子骨兒嬌貴，可不是兒戲。」

錦雲輕輕點了下頭，這點小症狀還難不倒她，不過她不會把話說滿了，因為屋子裡沒人會百分百信服她。「前些日子相公拿了個寒瓜回來，叮囑過錦雲不能與羊肉同食，應該不會有錯。」

上官凌扶著上官琬過來，看著錦雲，神色不惱，卻故作天真地問道：「葉大少奶奶明知道寒瓜和羊肉不能同食，寧少夫人吃的時候妳也不提醒一聲。」

上官凌問得隨意，屋子裡不少人都望著錦雲，眸底都帶了質疑之色。也許她真是故意等大家吃完了才說，成心讓人對她感恩戴德，真是心機。

錦雲臉色漸漸沈了下去，真是好人做不得。而上官凌見錦雲被問得說不出話來，眸底閃過一絲得意。

錦雲瞥了上官凌一眼，看著上官琬蒼白的臉色，眸底劃過一絲冷笑。她之前尋玉珮去了，根本就不知道她們吃過寒瓜，方才在桌前用餐，不少人說剛剛吃了寒瓜，有些撐得吃不下，她才知道的。

錦雲還知道寒瓜市面上有得賣，只是價格貴得出奇，一個十來斤的寒瓜要幾十兩銀子。私底下有輕聲交談傳來。「真是壞心腸，好好的一個壽宴就這樣毀了，早說一會兒不就沒事了。」

錦雲掃了她們一眼，直接與上官凌槓上，笑問道：「上官小姐可記得今兒壽宴上都備了些什麼菜嗎？」

上官凌被問得一愣，不懂她問這話是什麼意思，就聽夏侯安兒笑道：「今兒壽宴備了好些菜餚，數都數不過來，哪裡顧忌得到別人都吃了些什麼？總不能眼睛一直盯著人家的筷子，一桌子的人呢，兩隻眼睛可不夠用。」

夏侯安兒說完，給錦雲投去一記眼神，錦雲感激地一笑。一旁的上官凌聽著夏侯安兒的話，氣得咬牙，手裡的繡帕差點撕碎。

門外丫鬟進來稟告道：「大夫診治過了，是羊肉和寒瓜引起的，大夫說羊肉性味甘熱，而寒瓜性寒，進食後不僅大大降低了羊肉的溫補作用，且有礙脾胃，所以才會有作嘔症狀，大夫說不礙事，服藥後小半個時辰就好了。」

楊大夫人一臉歉意道：「只想著招呼好客人，沒想到鬧出來這麼大的紕漏，讓大家擔驚受恐了，實在是慢待了各位。」

有夫人笑道：「說什麼慢待？寒瓜甘甜去暑，羊肉滋補味美，誰知這兩個好東西不能一起用？幸好是在妳這兒知道了，不然要是回去遇上，指不定就當成是受了涼。」

其餘的夫人也贊同，把今兒的宴席好一頓誇讚，想著這宴席才進行了一半，便繼續落坐用宴，歡聲笑語同之前一樣，而那些小姐服過藥後，並沒有提前回去。

宴席在小半個時辰後結束，賓客同楊老夫人告辭，便陸續回府了。

楊大夫人親自送祁國公府一行人出府，路上又是一番致歉。

錦雲刻意落後一步，吩咐青竹道：「一會兒妳去寶珠家，看看她爹的傷勢如何了。」

今兒一早出門，錦雲就拿了五十兩銀票和七、八張圖紙給青竹，讓她去一趟清平街找寶珠她爹田喜貴。青竹原本打算壽宴中途就要前往，只是後來丟了血玉珮，她和谷竹一起幫著找，再加上找錦雲麻煩的人太多了，青竹不放心，便沒去了，橫豎不急於這麼一時半刻的。

青竹點頭應道：「少奶奶親自診脈的，又過去幾天了，應該好得差不多了。」

錦雲輕嗯了一聲。「把窯廠的位置告訴他，讓他先去看看有沒有需要修繕的地方，窯廠需要多少人一併僱傭好，還有之前我畫的圖紙也給他，七天後正式開工。」

此時，葉雲瑤走在錦雲前面，正跟葉觀瑤說著話，見她心不在焉的，忍不住咕噥道：「三姊姊，妳有沒有聽見我說什麼？」

葉觀瑤回過神來，撥了撥耳際的散髮，笑道：「不就是學騎馬的事？我聽著呢。」

葉雲瑤眨巴一雙水靈靈的大眼看著她。「妳走神兒去哪兒了？我方才說的是榮華郡主及笄的事！」

葉觀瑤臉一紅，瞪眼道：「妳急什麼？榮華郡主及笄還要二十來天呢。」

葉雲瑤輕鼓了下腮幫子。「我這不是還沒想好送什麼及笄禮給她嗎？好了，我不說就是了。」

回到逐雲軒，錦雲才喝了口茶，張嬤嬤便進來說右相生病的事，讓錦雲明天回門一趟，最好是把葉連暮也叫上。

喝了盞茶後，她便去書房找葉連暮，才走到門口，就聽屋子裡有醇厚的說話聲。「查了這麼久，就查不到一點兒罪證？」

回答聲低沈冰冷。「屬下無能，右相隱藏得太深，做事又果決，根本找不到一點兒錯處，派去的暗衛沒一個回來。」
聽到這話，錦雲整個人傻愣了。葉連暮在查她爹？錦雲心裡有種說不出的怪異感覺，看著眼前緊閉的房門，進也不是，走又彆扭，正躊躇著，就聽屋內有喚聲傳來。「進來。」
錦雲瞅著緊閉的門，輕嘆一聲，伸手推了下，邁步進去，書房內站著個黑衣勁裝的男子，面無表情，上前給錦雲行禮。
「奴才趙擴見過少奶奶。」
錦雲輕嗯了一聲，趙擴再給葉連暮行禮，忽而一閃身，就消失在書房內。
錦雲望著他，葉連暮也看著她。
「方才的談話妳都聽到了？」
都喊她進來了，還用問嗎？
錦雲蹙了下秀眉，把話挑白了問：「你查我爹？」
「已經查半年了。」
錦雲不明白。「你明知道我在書房外，還故意讓我知道這個消息，你想幹麼？」
葉連暮眸底含笑地看著錦雲。「娘子以為為夫想幹麼？」
「不會是想讓我去當奸細吧？」錦雲皺眉頭。
葉連暮眼角一抽，輕撫了下額頭。
「娘子願意去嗎？」
錦雲瞪了葉連暮一眼。「你自己慢慢查吧，別以為你是我爹的女婿，他就會高抬貴手放你一馬，萬一哪天死在我爹手上，我不會給你守寡的。」

對於他們暗查右相，錦雲並沒有多大吃驚，他們與右相不和，已是她出嫁前就明擺著的事了。右相畢竟是百官之首，要想貶他，必須要證據確鑿，不然怎麼服眾？只是錦雲有些生氣，畢竟暗查是一回事，讓她知道又是另外一回事了，右相怎麼說也是她爹，就算奸猾也好，狡詐也罷，總歸沒有苛刻過她，她可做不來大義滅親的事。

錦雲走了一步，胳膊就被拽住了，身子一轉，就和葉連暮面對面了，非但如此，還被他緊緊箝制住，那一雙漂亮的鳳眸惡狠狠地瞪著錦雲。「為夫若真死在岳父大人的手裡，娘子不給為夫守寡，難不成還想陪葬？」

錦雲扭著身子，磨牙道：「鞭屍還差不多！你有沒有點自覺啊，怎麼樣我也是我爹的女兒，你讓我去查我爹?!」

葉連暮瞪著錦雲。

鞭屍？這女人還真的什麼話都敢說！

「誰讓妳去查了？」

錦雲睨視著他。「那你幹麼讓我知道？」

葉連暮好笑地看著她。「妳那麼聰明會不知道我在查岳父？明擺著的事，我瞞著妳做什麼，為夫只是有些好奇而已，右相府畢竟是妳的依靠，妳怎麼不求我別查了？」

錦雲翻了個大白眼。「我求就有用嗎？我有那個自知之明，再說了，我爹若是輕易就被你們給扳倒了，他還是權傾朝野的右相嗎？薑還是老的辣，要不是怕打擊你，我肯定說你這是以卵擊石！」

葉連暮臉又黑了三分，緊緊摟著錦雲。錦雲險些斷氣，氣呼呼地捶打他。「你想勒死我不成，快鬆開我！」

他這才鬆了手，錦雲氣呼呼地整理被他弄亂的衣服。

「你查到我爹貪墨了？」

葉連暮坐到梨花木的椅子上，輕搖了下頭，回答聲十分鬱悶。「沒有。」

「查到我爹結黨營私了？」

「也沒有。」

「那你查到什麼了？」

「什麼也沒查到。」

「真的假的？」

「假的。」

錦雲更氣了，又耍她！

當她轉身要走，葉連暮雲淡風輕地來了一句。「岳父大人雖然沒有，但是蘇大夫人有收受賄賂，而且還不少。」

蘇大夫人收受賄賂？錦雲回頭看著葉連暮。「收了多少銀子？」

「絕對不少。」

錦雲不走了，殷切地看著葉連暮，葉連暮眼睛落在茶盞上，她氣得想跺腳，真是給他三分顏色，他還真就理直氣壯地開起了染坊。

錦雲過去給他倒茶，展眉含笑。「拿人錢財與人辦事，大夫人都背著我爹幹了些什麼事？」

葉連暮端起茶盞輕啜了一口。「認了兩個乾妹妹，一個是白家夫人，她丈夫之前是從七品州判，政績平平，三年前認了蘇大夫人做乾姊姊，從此官運亨通，平步青雲，如今已經是從五品知州，官升四級；還有一個是薊家夫人，兩年前夫君是從六品州同，如今已經是正四品道員，官升五級。」

錦雲聽得咋舌，大朔王朝的官員調任，如無意外都是三年一換，除非查出貪官，撤職才會調任，但也不會升得這麼離譜。「我爹知道？」

葉連暮搖頭。「這為夫就不知道了，白知州和薊道員同在柳州任職，胡作非為，民不聊生，前些日子發生旱災，他們還和糧商暗中勾結，高價出售糧倉裡的米，謊報餓死的災民人數。」

錦雲沒有格外吃驚，哪個朝代沒有幾個貪官？「然後呢？」

葉連暮放下茶盞，從抽屜裡拿出一份密函遞給錦雲。

錦雲看完，眼睛瞄著他。「僅憑一封信，根本沒什麼用處。」

葉連暮輕點了下頭，只是一封信，的確沒什麼用處，偏皇上手裡沒什麼可以用的人，他真怕這封信被皇上看見，皇上會氣暈過去。

葉連暮看著錦雲。「娘子有何高見？」

錦雲輕笑一聲。「相公手裡不是有一批暗衛嗎？大可以去查此事，只是暗查，會讓不少官員惶惶不安，若是派太后一黨去查，恐有性命之憂，還有誣衊不實的嫌疑，不妨各派一人，相互監督。」

葉連暮眸底露出讚賞之色，錦雲把信還給他，又說：「你不是要替皇上辦事嗎，不如你去吧？」

「妳確定？」

錦雲重重點了下頭，一雙清澈水眸真切地望著葉連暮。「把我也帶上。」

葉連暮毫不猶豫地瞪了錦雲一眼，說風就是雨，他不敢多談，怕一會兒錦雲真要纏著去柳州，便轉了話題問：「方才妳找我有什麼事？」

錦雲瞧他轉移話題之神速，不過就是那麼一說，她的窯廠和香藥坊還沒開張呢！就算她想出去走走，也不是現在。

「我爹病了的事你知不知道？」

葉連暮挑了下眉頭。「岳父大人裝病的事妳也知道了？」

錦雲滿臉黑線。「你怎麼知道我爹是裝病的？」

「猜的。」

錦雲哼了下鼻子，還以為是真的呢，不過不排除這種可能，皇上能裝，她爹自然也能了。「明天我要回去看我爹，你去不去？」

葉連暮沈思了三秒，點點頭。正好去會會右相，總不能一輩子避著他。

錦雲見他答應了，再看他眸底閃著星辰般的亮光，眉頭一挑，這人不會想正面跟她爹對上吧？

若真對上，她站哪邊？

錦雲很鬱悶，一邊是親爹，一邊是剛簽了協議的夫君，兩人掐個你死我活的，她夾在中間，能一直相安無事？別到時候給她一個二選一。

錦雲低著頭神遊，葉連暮盯著她，見她一會兒蹙眉一會兒展眉的，心生好奇了，正想看看她能神遊到什麼時候，忽然門被叩響，珠雲的聲音傳來。「少爺、少奶奶，藥熬好了，奴婢端進來了。」

錦雲這才回過神來，抬眸看了葉連暮一眼，就見他一眨不眨地盯著她，笑問道：「總算回過神來了，方才想什麼那麼入神呢？」

錦雲斜瞪了他一眼。「還能想什麼？想著明天你和我爹打起來，我給誰加油比較好唄！」

「……」葉連暮無言。

珠雲憋嘴笑，攤上少奶奶這麼個媳婦，少爺也頗無奈啊，不過少奶奶想得也對，要是葉大少爺和右相關係好，她家小姐不至於嫁進來後，還憂心他們打起來，這也不算是杞人憂天。但，加油……怎麼聽都像是瞧好戲似的？

錦雲看著葉連暮，一想到他喝了好幾帖藥，一點好轉的跡象都沒有，不免有些失望，不過，她下了決定，非得治好他的味覺不可。

錦雲一路沈思著回臥房，此時臥房內幾個丫鬟鬧上了，因為一本書——擱在匣子裡的春宮圖。

青竹她們以為放在床頭方便隨時查看，就沒收起來，可挽月幾個也在屋內伺候，不知情之下就拿起來看，羞愧之下罵無恥，正好被南香聽到，於是鬧上了。

南香維護錦雲，挽月她們也不認為自己有錯，最後越鬧越大，最後逐雲軒上下都知道錦雲把春宮圖擱在床頭的事。

錦雲又羞又惱，因為事情鬧大了，某男也來了，羞惱之下把挽月和南香都罰了，挽月罰了一個月月例，南香罰掃院子三個月。

屋子裡，南香抱著木匣子，小心翼翼瞄著錦雲，錦雲惡狠狠地瞪了她一眼。南香把木匣子擱桌子上，撒腿就跑出去了，讓她氣得恨不得追出去打，擱哪裡不好，竟然放在葉連暮跟前，這讓她怎麼辦！

錦雲邁步要走，而被留下的葉連暮坐在那裡，打開木匣子，瞅著他那本啟蒙書，額頭也忍不住跳了下，想起自己的來意，忙將她喚住。「先別走。」

錦雲紅著臉回頭。「叫我幹麼？」

葉連暮掩嘴輕咳一聲。「舅母來了，妳與我一起去寧壽院見她。」

葉連暮說著，邁步朝錦雲走過去，她撇頭瞅著桌上那木匣子，真是萬分頭疼。算了算了，反正都知道了，就這樣吧，實在不行，不還有人揹黑鍋嗎？

跟著葉連暮出門，錦雲走沒兩步才想起來。「舅母？你親舅母？」

葉連暮瞪了她一眼。「也是妳舅母。」
錦雲回瞪了他一眼。「我又沒說不是。」
寧壽院正屋，葉老夫人坐在首座上，葉大夫人和二夫人在下首坐著，對面是位年方三十五、六歲的夫人，容貌端莊，氣質嫻雅，正在問老夫人身子骨兒可康健。
葉老夫人笑道：「一把老骨頭了，也還算硬朗，親家兩老這回進京，怎麼也不事先打聲招呼，也好讓暮兒和他爹去城門口迎迎，倒是難為妳一進京就放著手頭上的事，來見我這老婆子。」
這名溫夫人正是葉連暮的親舅母，聞言笑道：「兩老也盼著早點兒見到暮兒，只是前些時候才聽說他與永國公府大小姐訂親，想著來瞧瞧未來外孫媳婦，沒想到就聽到與右相府結親的事。這不，兩老再坐不住了，只是暮兒這麼胡鬧，老太爺心裡置了氣，不許通報，我也不好違逆，這才貿然來給老夫人請安了。」
葉二夫人聽著溫夫人的話，嘴角閃過一抹笑意，溫太傅當年為何要離京，這其中少不了右相的功勞呢！
當年溫太傅的長女入朝為妃，後來成為先皇第一任皇后，如今他的外孫兒是君臨天下的皇帝，但溫家卻被逼著離京，還無官無職，這可是個稀罕事兒。
「此番進京，溫老太爺該官復原職了吧？」
溫夫人搖頭笑道：「這些年閒散慣了，老太爺可沒那心思了。」
葉二夫人愣然，就是葉大夫人都愣住了，正擔心溫太傅一家歸來反而給葉連暮添分助力，沒想到竟然不再為官了，還真是出乎人意料，一時不知道該如何接話。

葉老夫人笑道：「有兒孫光耀門楣，何苦勞他，此番溫大少爺也參加科舉吧？」

溫夫人笑著點頭。「正是呢！」

葉老夫人將溫大少爺好一頓誇著，最後感慨道：「說來也有六年沒見過他了，小時候長得比暮兒還俊俏，今年有十七歲了吧？」

溫夫人笑著點頭，葉二夫人便問起他訂親了沒有，屋子裡談笑和樂。

屏風處有丫鬟繞步進來，正是葉大夫人的貼身丫鬟喜鵲。葉大夫人瞧見她，卻沒見到錦雲和葉連暮，蹙了下眉頭。「大少爺和大少奶奶呢？」

喜鵲抿了下唇瓣，如實稟告道：「大少爺的丫鬟和大少奶奶的丫鬟，因為一只木匣子鬧了起來，怕是要處理好才能來。」

葉二夫人當即哼了下鼻子。「她還真是事多，一點雞毛蒜皮的事，什麼時候處理不成，讓溫夫人乾候著，那木匣子裡裝的什麼寶貝東西，就這麼等不及處理了？」

喜鵲瞅著葉二夫人，猶豫了會兒，方才把聽到的事仔細地回稟了。

葉二夫人聽得愣住，屋子裡所有人，上自葉老夫人，下到端茶的丫鬟全都愣住了，丫鬟因為主子的箱底什物鬧上了？成何體統！

葉大夫人擺擺手，喜鵲便退了出去，葉老夫人眉頭沈了下，端起茶水啜著，聽見外面有腳步聲傳來，抬眸就見葉連暮和錦雲走進來。

溫夫人瞧見葉連暮，高興地站了起來，走到葉連暮跟前，激動得嗓子都打顫了，拉著他說：「轉眼都長這麼高了……」

葉連暮恭謹地請安，陪著溫夫人閒聊了幾句，然後問道：「溫彥表弟怎麼沒來？」

溫夫人無奈道：「他是跟我一塊兒來的，半道說遇到熟人了，要去打個招呼，結果一去不返了。」

又是這招！

葉連暮一臉無奈地想起小時候，溫彥若碰到他不想去的地方，就會半道上遇熟人，上自五、六十歲老翁，下到五、六歲的孩童，都是他的熟人，然後去打招呼……一去不返。

溫夫人對自家兒子很無奈，瞥眼瞧見錦雲，輕笑了笑，錦雲便福身行禮。「錦雲給舅母請安。」

溫夫人上下打量著錦雲，輕點了下頭，那邊葉大夫人便道：「溫老太爺有六年沒見你了，怕是想煞了，明兒你帶錦雲去看看他們。」

錦雲輕鼓了下腮幫子。明天說好了回右相府的啊，這不撞上了嗎？

她拽了下葉連暮的袖子，輕聲道：「外祖父、外祖母肯定想你，要不今兒就去吧？」

錦雲說得小聲，除了葉連暮，估計就溫夫人聽得見了，溫夫人訝異地瞅著錦雲，隨即眸底閃過些什麼，就聽葉連暮道：「祖母，一會兒我就跟娘子去見外祖母。」

葉大夫人恨不得把舌頭給咬了好，葉二夫人擱下手裡的茶盞，笑道：「這個時辰去溫府，怕是要住上一宿了，再說主子不在，還不知道兩撥丫鬟把逐雲軒鬧騰成什麼樣子，還得將今兒木匣子的事都壓下，傳遍國公府也就罷了，要是鬧得滿京都知道，國公府顏面盡失，可就不像上回回門晚歸罰抄十篇家規那麼簡單了。」

錦雲聽得額頭一突一突地跳著，這逐雲軒還能住人嗎？只要是點兒事，沒半刻鐘就鬧得人盡皆知了。

她暗暗磨牙，低眉吶吶聲委屈道：「為什麼罰我，又不是我的箱底物……」

雖然委屈，但是說話聲可是不小，葉二夫人臉一僵。「不是妳的？」

葉連暮硬著頭皮。「是我的。」

葉二夫人霎時無言以對，以暮兒的性子，把那書擱床頭也不是不可能，只是……

「不是妳的，那你們兩個丫鬟搶什麼？」

錦雲扯著嘴角，這人管得真寬，溫夫人還在這裡呢，她就把手伸逐雲軒院裡了，錦雲一臉無辜，反正東西不是她的，她不接話，葉連暮輕咳一聲。「時辰不早了，我們回院子收拾下。」

說完，拉著錦雲就走，屋子裡一群人的眼睛盯得他臉火辣辣的。他又不是姑娘家什麼都不懂，要什麼箱底什物，可書的的確確是他的！

出了寧壽院，錦雲就嘀咕了。「逐雲軒真是眼線多，一陣風吹過，掉了幾片葉子只怕人家也比你我清楚！」

葉連暮瞅著錦雲。「妳怎麼不收好它？」

錦雲臉一窘，瞪了他一眼。「我是打算還你的，結果忘記了，我怎麼知道那幾個丫鬟那麼不靠譜，不收起來，拿個紅綢蓋著就完事了。還有，我問你，我現在怎麼說也是你娘子，當著舅母的面，二夫人就數落我，也太不將舅母放在眼裡了吧？是不是有什麼事是我不知道的，你外祖父一家好好的怎麼離京六年啊？」

葉連暮頓住腳步。「一時高興忘了說，外祖父和舅舅離京似乎是岳父大人逼迫的……」

錦雲氣衝腦門，抬腳就要去踢他。「這麼大的事你也能忘記不說?!還好我沒拍馬屁，這不是往馬蹄子上拍嗎？」

葉連暮哪能被錦雲踢中啊，一閃就把她攬住了，好笑地看著她。「妳是會拍馬屁的人？」

錦雲怒氣沖沖。「你沒見過不代表我不會！」

跟在後頭的珠雲低頭不語，心想拍馬屁可不是什麼好話，怎麼聽起來……反而不會很可恥似的。

葉連暮笑道：「會不會得聽過才知道。」

錦雲哼了下鼻子。「別對我用激將法，我才不會上你的當，你要早說，我肯定明天再去了，現在怎麼辦？」

葉連暮也是無奈，有個四處樹敵的岳父大人，他也無力。「別想餿主意裝病不去，躲得過初一，躲不過十五。」

錦雲翻著白眼。「躲過一天是一天，你說你娶我幹麼，把仇人的女兒娶了，回頭你自己都要挨罵了。」

葉連暮無言，她還真是會體貼人，可她忘記了，他與皇上都是外祖父的外孫，誰娶不是娶？

「放心吧，外祖父還不至於因為岳父大人遷怒妳。」

回到逐雲軒後，錦雲吩咐谷竹收拾東西，雖然葉大夫人會準備禮物，可她也得備上一份聊表心意，便問葉連暮。「除了外祖父、外祖母、舅舅、舅母外，你有幾個表兄弟和表妹？」

葉連暮斜靠在小榻上，回道：「一個表弟，一個表妹。」

錦雲沈思了兩秒就知道如何準備了，珠雲指著梳妝檯上的木匣子，滿臉紅霞。「少奶奶，那個怎麼處理？」

錦雲隨著珠雲的手望去，見木匣子還沒扔掉，頭殼就生疼。「拿去當柴火燒掉！」

珠雲應聲朝著木匣子走去，葉連暮一揮手，珠雲便退了出去，只見他走過去拿起木匣子。

錦雲盯著他。「你幹麼？」

「收起來，很快就會用到。」

那邊冬兒便在珠簾外道：「少爺、少奶奶，馬車都準備妥當了。」

葉大夫人送溫夫人出門，錦雲和葉連暮在後頭跟著，眾人才走到二門，就聽對面有抱怨聲傳來了。

「還有多遠才到啊，我肚子都餓得直叫喚了，這樹葉能吃不，我要啃了！」

邁步出二門，溫夫人和葉大夫人就瞧見對面十幾步開外走過來個小男孩，面容精緻，即便是粗布衣裳也難掩一身貴氣，手裡拿著樹枝揮來揮去的，一下力道大了，上面僅剩的四片綠葉又掉了片，那個肉疼的表情，就像十幾年沒吃過肉的孩子好不容易得了塊肉，還掉地上去了，讓人瞧了好不憐惜。

葉大夫人瞅著那男孩，眉頭微皺，覺得有些眼熟，可想不起來她在哪裡見過，再看小男孩身後緊跟著的青竹，不由得蹙了下眉頭。

錦雲和葉連暮一看，這男孩不正是葉容頃嗎？

錦雲眨巴眼睛，才聽說他在大昭寺吃齋祈福，怎麼這會兒跟著青竹來國公府了？

葉容頃也瞧見錦雲和葉連暮了，烏溜黑眼閃出光來，把手裡的樹枝一扔，邁步就跑了過去。「連暮表哥，我餓！」

錦雲滿臉黑線，嘴角一抽一抽的。

你是王爺好不好，至於餓成這副模樣嗎？

錦雲還記得這小屁孩難纏呢，輕咳一聲，行禮道：「給十王爺請安。」

那邊葉大夫人聽到錦雲的話，也想起來了，正要請安，就見葉容頃瞪了錦雲道：「誰是十王爺，我不是，他還在大昭寺祈福呢！」

錦雲再次傻眼，這小屁孩還真敢說，那邊葉大夫人半福的身子只得再直起來，不知道怎麼辦才好。

這小屁孩罔顧聖意偷溜出來，竟也知道怕？

錦雲倒是很配合，便問青竹。「這小屁孩是誰啊，妳把他領回來做什麼？」

葉容頃擺明不承認自己的身分，所以葉大夫人也就當他不是了，招呼溫夫人繼續往前走。錦雲瞅著葉容頃，再看看葉連暮。「他怎麼辦？」

葉連暮回頭吩咐青竹道：「先帶他去吃飯，再派人送他回大昭寺。」

葉容頃一聽要送他回大昭寺，立馬氣炸了，直嚷嚷著不回大昭寺，把大昭寺罵了一頓，言之鑿鑿，聽得錦雲都心生同情，可是一想到今兒因為葉容頃和葉容軒的胡鬧，她挨了多少大瞪眼，心腸立馬硬了起來。「整個京都都知道你和七王爺在大昭寺吃齋祈福，你偷跑下山，回頭皇上知道了，只怕會罰得更重。」

葉容頃瞪了錦雲一眼。「別跟我提二王兄，他最沒良心了！」

語氣哀怨，眼神更是憤恨，氣勢不小，只可惜半道上一聲咕嚕聲傳來，小臉立馬窘紅了，想他堂堂一個王爺啊，跟著七王兄出門，差點餓死，說出去丟人！不想回大昭寺，又不能回宮，他無處可去了。

錦雲不厚道地笑了，這是幾天沒吃飯了？昨兒才被送到大昭寺，就算是祈福，齋菜也還是有的吧？

錦雲邁步往前走，青竹抿了下唇瓣，跟在錦雲身後回道：「少奶奶，奴婢沒去寶珠家。」

錦雲愣了下，回頭看著青竹。青竹點頭道：「有人跟蹤奴婢，奴婢沒敢去寶珠家，隨意在街上繞了兩圈，正巧碰上七王爺和十王爺跟人打架，十王爺認出奴婢，要奴婢帶他來找少爺，奴婢就回來了。」

跟蹤？

怎麼會有人跟蹤青竹？

錦雲眼睛眯了起來。「可知道是誰？」

青竹搖了下頭，她不認識那人，但那人穿的是府裡小廝的衣服，應該是府裡的人，錦雲聽得臉色更沈了，她想起那會兒自己正吩咐青竹出門時，便留意到葉觀瑤的神色有些微妙，只是當下沒放在心上，看來以後丫鬟出去辦件事，得讓暗衛護著點才是了。

錦雲邁步朝前走，等走到大門處，葉大夫人已經送溫夫人坐上馬車了。青竹扶著錦雲坐上馬車，隨後車簾掀開，葉連暮和葉容頃都上來了。

二話不說，葉容頃伸手就拿糕點，又突然想到什麼，手縮了回去，警惕地看著錦雲。「這糕點誰做的？」

錦雲嘴角微彎，拿起一塊遞給葉連暮。「自然是我親手做的了，這回是綠豆糕，你再帶回去給那些大臣嚐嚐，不出一個月，大朔王朝一準能易主。」

可憐的葉容頃啊，想吃又不敢，最後實在抵不住餓，拿了塊狠狠嗅了遍，才敢往嘴裡塞，一吃味道不錯，氣呼呼地瞪了錦雲一眼，然後才問這是要去哪兒。

錦雲狂汗，這小屁孩都上馬車了才問這話，也不嫌晚了？真的要好好教育他一番。

她便問葉連暮。「相公，你覺得他能值多少銀子？」

葉連暮抖了下眼皮，上下掃了葉容頃一眼。「馬馬虎虎值個百兩銀子。」

葉容頃嘴裡塞滿了糕點，一急差點噎死過去，灌了好大一口茶，才惱怒地瞪著錦雲。

「妳別把我連暮表哥帶壞了！」

說完，他啃著糕點對葉連暮道：「連暮表哥你放心，回頭我就求王兄給你道聖旨把她給休了，讓她哪邊涼快哪邊去！」

葉連暮倚靠馬車內壁，悠閒地呷著茶，壓根兒就沒把葉容頃的話放在心上，倒是錦雲，把糕點盒子抱在懷裡。

「都說拿人家的手短，吃人家的嘴軟，你個小屁孩懂不懂禮數啊？」

葉容頃大怒。

「誰是小屁孩，本王爺早過七歲生辰了！」

葉容頃氣錦雲說他是小屁孩，但更氣的是錦雲把糕點合上不給他吃了，好不容易才嚐了兩口，又沒了，這會兒比之前更餓了，但是要求她，他又拉不下那個臉面。

葉容頃雙手環胸挨著葉連暮坐著，雙眸緊瞪著吃著糕點的錦雲，怒火滾滾地往上燒。他一定要救連暮表哥脫離這水深火熱之中！

錦雲吃著山楂糕，好笑地看著葉容頃。「連肚子都填不飽了，還想著幫你表哥休了我呢！」

「救人一命，勝造七級浮屠！」

錦雲愕然失笑，把糕點盒子擱下，這小屁孩在大昭寺還真的唸經了。「那你想到什麼好辦法了沒有，救人可不是說說就可以的。」

葉容頃臉色一僵，他要是有什麼好辦法，早把她轟出去了，這女人太囂張了，比蘇貴妃還要囂張，幸好二王兄沒娶她，不然皇宮準要雞飛狗跳。

葉容頃不說話，只用小冰刀眼戳錦雲，錦雲嘴角慢慢翹起，把糕點遞到他跟前。「想不出來肯定是沒吃飽的緣故，吃飽了再想。」

第十三章　拜訪溫府

走了一炷香的工夫，馬車才停下，葉連暮先下馬車，然後扶著錦雲下來，那邊溫夫人見到葉容頃也來了，有些愣怔。

溫夫人離京六年才回來，先前在國公府見葉容頃穿戴有些怪異，好奇就多問了句，才知道事情原委，皇上下旨讓他在大昭寺祈福，他卻偷溜下山，這可是抗旨，她不知是否要以王爺之禮相待了。

想了想，溫夫人還是當作不知道，邁步上台階進府，才走了沒幾步，就見一個小廝的身影疾步走過來，面色焦灼，只是瞧見溫夫人，立馬轉身便跑。

溫夫人眉頭一皺。「站住！」

那小廝立馬停住，縮著脖子回頭，乖乖行禮，笑得諂媚。「元安給夫人請安。」

溫夫人的貼身丫鬟銀柳瞪著元安。「這麼急著出府，見了夫人扭頭就跑，你都幹什麼了，這麼作賊心虛？」

「沒、沒幹什麼啊，只是瞧來客了，回去告訴少爺一聲。」元安連著搖頭，還故意往後望，表示他真是急著回去找少爺出來會客。

突然他瞧見有個熟悉的身影往後溜，元安眉頭一皺，立馬火冒三丈。「好你個小賊，打了我家少爺，還敢登門?!」

元安說著，朝著葉容頃衝過去，拽著他的胳膊拖過來。「夫人，就是他和他主子在大街上把少爺給打了！」

錦雲和葉連暮還沒發現葉容頃偷溜走呢，這會兒見他被元安拽著，忍不住撫額，一旁的溫夫人更是氣得想跺腳，裝不知道是一回事，冒犯十王爺又是另一回事，忙呵斥元安道：「快鬆手！」

元安不敢不聽話，乖乖鬆了手，葉容頃氣呼呼地瞪著他，隨手整理身上的衣服。哪隻眼睛看見七王兄是他主子了？明明七王兄身上那身衣服比他的破。「誰是小賊了?!」

溫夫人揉著太陽穴，葉連暮盯著葉容頃，皺眉問道：「到底怎麼回事？」

葉容頃瞅了那小廝一眼，再看看溫夫人，然後眼睛落在葉連暮身上，再想著進門前那匾額上寫著「溫府」兩個大字。

他嘴巴漸漸張大，俊美的小臉上滿是錯愕，真是熟人啊！七王兄什麼破記性，以後一定要離他遠點兒，他倒是溜得快，自己卻送上門來了。「那個……我年紀小，不認得溫彥表哥很正常，有眼無珠的是七王兄，我也沒有動手打溫彥表哥。」

只是輕輕踹了兩腳。葉容頃腹誹了一句。早知道就不動腳了。

葉容頃無邪地笑著，把那小胳膊、小腿抖抖，表示他沒那個本事，元安瞪圓了眼睛，但也不敢說什麼了，想著瞞不下去了，便道：「少爺鼻青臉腫的，奴才去請大夫。」

溫夫人氣道：「請什麼大夫，才進京就惹是生非，讓他多疼兩天再說！」

元安不敢辯駁，乖乖應下，溫夫人嘴上這麼說，心裡還是很急的，錦雲便道：「舅母還是去瞧瞧吧，萬一傷著筋骨了，還是儘早請了大夫瞧過才是。」

溫夫人順口又數落了溫彥兩句，然後道：「暮兒路熟，我就不領著你們去了，這個時辰老太爺應該在書房。」

說完，溫夫人就帶著丫鬟走了，離去的腳步很快。

葉容頃撓著額頭，望天長嘆，怎麼就那麼巧了呢？今兒這事還真是巧了，他和七王兄兩個不敢明目張膽的下山，就喬裝打扮了下，好不容易到了街市，瞧著熱呼呼的包子啊，想買兩個先墊墊肚子，哪知道葉容軒身上只帶了千兩銀票，包子鋪哪能找開，又不敢得罪他們，就給了兩個，不收他們銀子，擺明是想送包子消災；可葉容頃兩人不接受，他們怎麼說也是堂堂王爺，怎麼能吃白食？傳揚出去豈不是笑掉人大牙，一定要給銀子！

葉容軒就把身上的玉珮送給了人家，拿了包子就走，天知道，才要送進嘴裡，突然蹦出來個人，一拍葉容軒的肩膀，葉容軒手一抖，熱呼呼的包子掉地上去了，一隻狗撲過來，咬了就跑，葉容頃是被那隻大狗嚇著了，包子也扔了。

包子沒了本來就是件氣人的事，偏溫彥還指著葉容軒問：「我剛瞧你那玉珮很眼熟……現下一看不只玉珮眼熟，連人也是越看越像七皇子，莫非真是你？你不認得我了？」

兩個被罰吃齋祈福的人偷溜下山，喬裝打扮過後還被人認了出來。

葉容軒心虛啊，上下瞄了瞄溫彥，直覺這人沒見過，再聽他那斬釘截鐵的語氣，不免氣大了，這人就不能有點眼色裝不知道嗎？二話不說，一拳頭就揮了過去。

打完了人，兩人拍著手就走了，結果走到酒樓下，葉容軒一摸腰間，荷包沒了。

全身上下就一個荷包，裡面是千兩銀票，沒了銀子，喝西北風去啊！兩人回想，也沒遇上小賊啊，唯一近身接觸也就溫彥了，他們二話不說，原路折回，半道上遇到小廝扶著揉眼睛的溫彥。

一個要荷包，另一個莫名其妙挨了拳頭，心底堵著一團火氣呢！就算不是七皇子，也不用揮拳頭打人吧？

之前挨了一拳頭，溫彥就想追葉容軒好好問問，哪知道四下都說七王爺這會兒正在大昭寺吃齋祈福，是他認錯了人，挨了拳頭也算是活該了。沒想到這人打了他之外，還誣衊他偷荷包，火氣哪裡還壓制得住？這不就槓上了。

溫彥不是柔弱書生，之前挨了一拳完全是沒注意，又被元安攔著，現在哪能還挨揍啊！於是兩人就在大街上打起來了，一群人也在看熱鬧，青竹就是那會兒被吸引了去。

元安見自家少爺挨了好些拳頭，趕緊把家門報上，說他家少爺是溫府大少爺——七王爺的表哥，他們敢隨意打人，回頭肯定吃不了兜著走！

葉容軒只認得兩個表哥，也只喊過兩個人表哥——一個是葉連暮，在京都；一個是溫彥，遠在千里之外，竟然半道蹦出來個表哥！還讓他吃不了兜著走？這要不給點教訓，豈不是壞了他堂堂七王爺的名聲？

……然後打得更凶了，不可開交。

由於兩人年紀相差不多，武功也相當，誰也沒討到好處。

葉容頃瞧見對面站著青竹，想著身上也沒銀子了，這要是原路返回大昭寺，那不是白跑一趟嗎？要不也得餓死在半道上，便跟葉容軒說了一聲，拉著青竹就走了，讓葉容軒打完了人去找他。

葉容頃把前因後果簡略地說了出來，然後瞅著葉連暮，咕噥著抱怨道：「跟著七王兄一天一夜了，我就吃了幾片菜葉子。」

谷竹不解。「大昭寺的齋菜很出名啊，不少人都喜歡吃呢。」

葉容頃耳尖聽了個正著，眉頭一皺，瞪眼。「我還騙妳不成？沒肉就算了，一大碗湯啊，上面浮著幾片菜葉子，還沒鹹味！」

這哪是齋菜啊，擺明了是清湯寡水！

葉連暮想到大昭寺上菜有個習慣，會事先問香客，便問道：「上菜前，是不是有人問你們要吃些什麼？」

「問了，七王兄說寺廟裡沒酒沒肉，有什麼好挑的，清湯寡水的，隨便來點就好了。」

錦雲憋笑道：「不會是聽成了要吃清湯寡水，所以特地給準備的吧？」

葉連暮輕點了下頭，只見葉容頃嘴巴張大。

此時，有丫鬟邁步過來，朝葉連暮行禮道：「表少爺，外面有個男子自稱是容軒的找您。」

「他還敢來？我去找他！」葉容頃一聽立馬氣炸了。話剛說完，一溜煙朝大門跑去。

丫鬟提著裙襬在後頭追著，因溫夫人離開之前千叮嚀萬囑咐，一定要好生照顧好這位小公子，她可不敢馬虎。

錦雲望著葉容頃的背影感慨，可憐的小屁孩，白吃了一天的苦頭。

突然她的手被葉連暮握住，錦雲回頭看著他，努力想抽回，葉連暮不讓，反而拉著錦雲往另外一條道上走。

錦雲掙扎著，這可不是在國公府，好歹顧忌著點啊！

「去內院應該走那邊吧，你帶我去哪兒？」

「先去書房見外祖父，妳們幾個不用跟著了。」葉連暮說著，眼睛掃了下幾個丫鬟。

尚未進院子，就聽見裡面有暴怒聲傳來。「派個小總管就想打發老夫，未免也太瞧不起老夫了，老夫兩個外孫娶親，竟然都不告知一聲！」

葉連暮拉著錦雲邁步進院子，小院別致優雅，有假山、蓮湖，還有涼亭，聲音就是從涼亭處傳來的。

「溫老太爺，不是我家老爺不來，實在是這些日子病著了。」

錦雲聽著聲音有些耳熟，轉頭望過去，就見一身穿青衣直裰的男子站在那裡，拱手作揖，等走近了瞧清楚是誰，錦雲愣住了。

竟然是蘇總管！

蘇總管瞧見錦雲和葉連暮，忙行禮。錦雲一頭霧水，望著葉連暮，他也納悶呢！

之前在馬車上，葉容頃無聊掀了車簾，葉連暮意外瞧見了蘇總管，但沒多想。

葉連暮給溫老太爺請安，溫老太爺擱下茶盞，瞪了葉連暮一眼，轟蘇總管道：「回去告訴右相，不給老夫一個滿意的說法，這事不會善了！」

蘇總管一臉為難。「溫老太爺這不是成心為難我嗎？您與我家老太爺也熟，也算是看著我家老爺長大的，該是知道他的脾氣，只要我家老爺想要的，還沒有拿不到的，何苦讓我大半夜跑來偷？」

錦雲默默地站在一旁，聽到蘇總管的話，眼珠子差點兒沒瞪出來，這不是赤裸裸的威脅嗎？你不給，我就半夜來偷？

錦雲撫額，有些不知道如何面對葉連暮和溫老太爺了，連蘇總管都這麼刁悍了，他爹面對溫老太爺會是個什麼樣子？

錦雲偷偷瞄著葉連暮，見他滿臉怒氣，她腳底抹油，想溜了。

她腳步才往後挪，結果溫老太爺瞥眼見她，隨手從袖子裡掏出來個錦盒。「這是外祖父給你們的見面禮，好生收著，別給人偷了去。」

錦雲茫然了幾秒，沒接，溫老太爺隨手扔給了葉連暮，葉連暮不解地問：「外祖父，這裡面裝的是什麼？」

「你岳父的半條命。」

錦雲錯愕地看著那錦盒，然後看著蘇總管，蘇總管哭笑不得。「二姑奶奶，這東西是老爺的，老爺一定得拿回來的，您和姑爺就交給奴才吧？」

錦雲輕揉太陽穴，她幹麼多說一句，明天再來不就遇不上這一齣了？這會兒溫老太爺還在呢，他又言明了東西是給她和葉連暮兩個人的，她哪裡能作主啊！

錦雲腦袋脹疼。「爹吃壞了身子，我和相公明兒會去探望他。」

蘇總管會意，也不想錦雲為難，便道：「這東西已經丟過一回了，二姑奶奶可得收仔細了。」

丫鬟端了茶水進來，葉連暮坐到溫老太爺對面，錦雲挨著葉連暮坐下，她是想走的，看溫老太爺和她爹的關係火藥味太重，想避著點兒，結果溫老太爺讓她坐下了，她也只有聽吩咐的分。

葉連暮親自給溫老太爺斟茶。「外祖父，您想罵就罵吧，別憋壞了身子。」

溫老太爺瞪著葉連暮，也不知道是不是顧忌錦雲在場，終是沒罵出口。錦雲就坐在那裡絞著手帕，不知幾時，葉連暮把錦盒打開了，拿出裡面的東西。

錦盒裡裝著兩樣東西，一根權杖，還有兩支袖箭。

「外祖父，您把這東西給了我，這到底是什麼？」葉連暮不解地問。

溫老太爺瞅著那短箭，眉頭攏緊。「那袖箭差點要了你舅舅的命。」

錦雲驀然抬眸，葉連暮愣怔了，半晌才出聲。「舅舅他沒事吧？」

溫老太爺撥弄茶盞蓋，那邊一陣腳步聲傳來，還有說話聲。「你舅舅雖然武功不濟，但也不是那麼容易就被人害死的，倒是你，幾年不見，膽子又大了不少。」

不用說也知道這是誰了，錦雲忙隨著葉連暮起身行禮。

溫老爺瞧著錦雲。「這就是右相的女兒？」

葉連暮有些後悔帶錦雲來了，他不知道溫府與右相還有這麼多的糾葛在，可之前舅母並沒有給錦雲臉色瞧啊！還有外祖父一家今兒才進京，怎麼蘇總管就登門要東西了？以蘇總管的說話語氣，這麼重要的東西，若是早知道，不至於等到今天才要吧？葉連暮大膽懷疑，這根本就是外祖父派人去通知右相的。

葉連暮這麼懷疑，錦雲也想到了，溫老太爺那話太重了，她爹的半條命啊，那些袖箭險些要了溫老爺的命，雖然溫老爺沒有官職在身，可到底是皇上的親舅舅，這一點無人可以否認。刺殺他，皇上能不懲治嗎？偏蘇總管說東西丟了一回，那豈不是栽贓嫁禍的戲碼了？

錦雲滿肚子疑問，可沒膽子問出口，只得拿眼睛瞧葉連暮，結果葉連暮手撫上她的額頭。「又頭暈了？」

錦雲扯了下嘴角，很配合地點點頭，一旁站著的丫鬟便道：「奴婢扶表少奶奶下去歇會兒。」

錦雲揉著太陽穴隨著丫鬟下去了，才下台階，就聽涼亭裡有笑聲傳來，錦雲輕嘆了一聲，腳步走得更快了。

出了院門，丫鬟就領著錦雲往內院走，倒也沒有送錦雲去見溫老夫人，畢竟是第一次見長輩，還得葉連暮陪著才成；再者，丫鬟也是玲瓏人兒，哪裡不知道錦雲不是真頭疼？便故意領著錦雲在花園子裡閒逛。

錦雲賞著花，隨口問道：「方才我瞧舅老爺的臉色還有些蒼白，是什麼時候受的傷？」

「好像是三天前在百里鎮碰上的刺客，具體的奴婢也不清楚，奴婢幾個先一步進京收拾府邸，並未和老太爺他們一起進京，所以也不是很清楚。」

錦雲瞅著天邊的晚霞，絢麗多彩，再有小半個時辰就該吃晚飯了，也不知道他們要談到什麼時候，難道她就一直在花園裡打轉等他？

錦雲見前面有個涼亭，抬步走過去，走了十幾步就聽到前面有說話聲隱隱約約地傳來，還有哭聲，錦雲往前走了幾步，就瞧見一個小女孩站在那裡哭，一個丫鬟正給她拍裙襬，她對面站著個小男孩，正揉著手腕。

這個男孩不是別人，正是葉容頃，此刻一張俊美的小臉很是鬱悶，白天因為包子被狗嚇了一回，走在半道上還能被人咬，沒想到躲過了狗，最後反被人給偷襲了！

看著小女孩哭得梨花帶雨，葉容頃皺緊眉頭，被咬的明明是他好不好，這要是被七王兄看見了，準要說他欺負她了，哭得人頭疼。「別哭了！我又沒得罪妳，妳咬我做什麼！」

小女孩抽著鼻子，鼓著腮幫子。「誰讓你欺負了我哥！」

「誰欺負妳哥了?!」

「就是你！」

他瞪眼，火花噼哩啪啦地四射。

遠遠地，給錦雲領路的丫鬟就快步走了過去，也不知道說了什麼，小姑娘這才慢慢歇了哭聲，等錦雲走近的時候，女孩向錦雲請安。「寧兒見過表嫂。」

這小姑娘就是溫寧——溫彥的妹妹，長得粉妝玉琢，睫毛上還掛著淚珠，一眨一眨的，可愛極了。

錦雲忍不住伸手撥弄了下她的劉海，然後對著葉容頃笑道：「你不是喊溫彥表哥嗎？這可是你溫寧表妹哦。」

葉容頃瞪圓了眼睛，嘴角忍不住抽了下，揉了揉手腕上的牙印，擺擺手道：「看在妳是表妹的分上，妳咬我的事我就不追究了。」

溫寧鼓著腮幫子。「誰是你表妹，我才沒你這樣的表哥！」

葉容頃瞪眼。「我也沒妳這麼笨的表妹，連誰欺負了妳哥都沒弄清楚就胡亂咬人，我欺負得了溫彥表哥嗎？」

溫寧上下掃了葉容頃一眼，小眉頭皺起，難道是她弄錯了？元安明明說欺負哥哥的人剛出去，她跑出來就見到他一個，不是他又是誰啊？

「那是誰欺負了我哥？」

「我七王兄。」

「你七王兄是誰？」

「我七王兄是……」葉容頃舌頭打結了，見溫寧盯著他不眨眼，立馬道：「我七王兄應該就在府裡，除了溫彥表哥外，另外一個鼻青臉腫的就是他了。」

「我去找他！」

溫寧說完，撒腿就跑了。

「表少奶奶在這裡呢！表少爺找您一同去給老夫人請安。」一個丫鬟走過來，對錦雲行禮道。

錦雲點點頭，見葉容頃一個人站在那裡，便問他去不去，葉容頃翻著白眼，他還被罰在大昭寺吃齋祈福呢，哪敢去啊！

「我不去了，我去找溫彥表哥。」說完，又原路返回了。

在小院門口，錦雲見到了葉連暮。「我還以為你們要說半天話呢，這麼快就罵完了？」

葉連暮滿臉黑線。「為夫挨罵妳就那麼高興啊？」

「……哪有啊，我這不是怕外祖父他老人家鬱結積身，氣壞了身子嘛！刺殺一事，真是我爹做的？」

葉連暮沒說話，錦雲皺眉。「到底是還是不是？」

葉連暮從懷裡掏出錦盒，遞給她，錦雲疑惑地看著他。

「裡面的東西我看過了。」

葉連暮眸底帶笑。「給妳的。」

「你給我？你就不怕我偷偷給我爹了？」

葉連暮睨了錦雲一眼，悠悠道：「為夫可是跟外祖父打了包票的，妳肯定不會偷偷給岳父大人。」

聞言，錦雲咧嘴一笑，把錦盒收好了。「相公還真瞭解我，知道我要給，肯定是正大光明地給。」

葉連暮腳步一頓，險些栽倒，直愣愣地看著錦雲。「妳不會真給吧？」

「不然呢？」

明知道她左右為難了，他還把這燙手山芋丟給她，就別怪她扯後腿了。「我還想著怎麼找你要好呢，你就自己送來了，明天回去，我得好好跟我爹商量一番。哎呀，相公，你說我爹半條命得值多少銀子？我也不占你便宜，回頭分你……」

錦雲說得慷慨仗義，葉連暮忍不住捏了她的鼻子，她說出口的話都變了音調。

錦雲打掉葉連暮的手。「別捏我鼻子，我沒跟你開玩笑，我說的是真的！」

她揉著鼻子，葉連暮握著她的手，繼續走。「我都說給妳了，我還能說話不算話拿回來？」

錦雲望著他。「那我可就真給我爹了。」

葉連暮應了一聲，聲音很輕，要不是錦雲耳尖，還真的錯過了。

錦雲一把將錦盒塞回他手裡。「算了，你還是自己收著吧，我爹又不是拿不到，我幹麼操這份閒心。」

葉連暮的嘴角才剛翹起來，就聽到她說這話，臉頓時青黑一片。這女人不打擊人會死啊？虧他還跟外祖父信誓旦旦地保證，她會向著他，哪裡向著了？

葉連暮盯著錦雲好一會兒，她也不提把錦盒再要回去的話，乾脆他自己收著，看她能憋到什麼時候。

正屋，溫老太爺和溫老夫人坐在那裡呷茶，見到葉連暮進來，溫老夫人激動得險些握不住茶盞，拉著葉連暮直打量。

好一會兒，兩人才給兩老奉茶行禮。

兩老爽快地喝了茶，送了個大紅包，溫老夫人瞅著錦雲，然後看著葉連暮。「這可是你自己挑的媳婦，可得讓外祖母早點兒抱上曾外孫。」

葉連暮聽完瞅了錦雲一眼，重重點了下頭，錦雲一臉紅霞，低著頭。

外頭，溫夫人和溫老爺一同邁步進來，溫老太爺問道：「十王爺和七王爺都安頓好了？」

溫夫人無奈搖頭。「兩位王爺說要跟彥兒秉燭夜談，就在他院子裡湊合一晚上，兒媳也只能隨他們了。」

溫老太爺點點頭，溫夫人再稟告道：「老太爺才回京不到半天，就有不少人來登門拜訪了，過兩日只怕來的人更多了。」

溫府不比尋常人家，皇上唯一的親舅舅，以前沒回來便罷，如今回來了，還不趕緊巴結？只是溫府似乎沒有接待的意思，才回京就鬧得滿城風雨，可不是什麼好事，待人處事還是低調些好，這也是為什麼溫老太爺回京沒漏消息，甚至連葉連暮都不知道，即使瞞得夠緊，卻還是發生刺殺一事，更讓錦雲好奇了。

閒聊了會兒，待丫鬟端了飯菜進來，擺好碗，眾人就上桌了。

溫夫人歉意道：「今兒才回來，又逢暮兒領新媳婦來拜見兩老，只是隨意準備了些飯菜，寒酸了。」

溫老爺笑道：「暮兒又不是什麼外人，客套做什麼？彥兒和兩位王爺呢？」

溫夫人欲言又止，溫寧跑進來，撲到溫老爺懷裡。「爹，大哥明天不帶我去逛街了，你帶我去。」

溫老爺抱著溫寧，不解問道：「他為什麼不帶妳去逛街？」

溫寧鼓著腮幫子。「大哥讓我告訴爹爹一聲，他要安心準備一個月後的科舉考試，不隨意出門了，讓你也別去打擾他。」

溫老夫人笑道：「總算是知道急了，京城可不比柳州，早就該讓他回京的，也好讓他知道人外有人、天外有天，好好磨磨他的性子。」

溫夫人卻是暗瞪了女兒一眼，小小年紀就學著幫人撒謊了，他要是能安下心來讀書，除非太陽打西邊出來還差不多。「寧兒，過來見過妳表哥、表嫂。」

溫寧忙從溫老爺懷裡下來，有模有樣地給葉連暮和錦雲行禮，那俏模樣，白嫩的臉，讓人忍不住想捏幾下。

都是一家子，也就沒分桌了，溫老爺想想，還是覺得他們在這裡用飯，丟下兩位王爺在小院子裡不大合適，便讓丫鬟去請，溫夫人不得已道：「你還真當彥兒知道長進了，他是出不了門才會翻書打發時間。」

溫老爺皺緊眉頭，溫夫人知道他要問，乾脆全說了，溫老爺氣得恨不得請家法，溫夫人攔下他。「這事要讓御史臺知道了，老爺想官復原職只怕更難了。」

上了桌，也不講什麼食不言、寢不語，談笑風生，還上了酒，一頓飯整整吃了大半個時辰才結束。

葉連暮喝了不少的酒，溫老夫人瞪著兒子。「憋了三天沒讓你喝酒，看把暮兒醉的。錦雲，妳先送暮兒回房，一會兒我讓丫鬟給妳送醒酒湯去。」

葉連暮就靠在錦雲身上，壓得她差點趴下，青竹趕緊過來幫著，好不容易才扶著葉連暮回到廂房，丫鬟端了水來讓錦雲幫他擦拭，她只得照做了。

等丫鬟們一走，錦雲鼓著雙頰瞪著葉連暮。「起來，你給我起來，別給我裝醉！」

葉連暮這才睜了眼睛，哪有醉意啊！

錦雲瞪著他。「你裝醉幹麼？」

葉連暮一臉無奈，舅舅嗜酒如命，明明有傷在身，還想喝，才禁了三天酒就忍不住了，特地給他使眼色讓他主動倒酒，偏溫夫人又給他使眼色，讓他別倒，他只能裝醉了。

葉連暮坐在床上，揉著太陽穴。「雖然是裝的，可也多喝了幾杯，頭很疼，妳給我揉揉。」

他喝了多少，錦雲是知道的，再看他那樣子，似乎也不像是裝的，便走到床邊，伸手幫他揉起來。葉連暮看著錦雲，柳眉彎彎，一雙水眸裡倒映著自己，還有那嬌豔欲滴的唇瓣，像新摘的櫻桃般誘人，叫囂著誘惑，多望了兩眼，只覺得喉嚨有些冒火。

錦雲揉了會兒，問道：「不疼了吧？」

「我渴。」

「那我去給你倒杯水來。」

錦雲站起來要去倒水，結果胳膊被拽住，下一秒就倒在葉連暮懷裡了，還沒來得及說話，就感覺到唇瓣一軟，溫潤的觸感襲來，帶著撲鼻的酒香，讓人忍不住有些沈醉。

葉連暮只想親一下錦雲就鬆開她，結果一沾上就把這個念頭拋在腦後了，狠狠地親吻著，錦雲只覺得呼吸被剝奪，想要說話，結果嘴巴微張，讓不得其門而入的某男乘虛而入了，錦雲被吻得醉眼迷離，臉也漸漸漲紅，原本抵抗的手也鬆了下來。

直到砰的一聲傳來，錦雲才驀然驚醒，一把將葉連暮推開，撇過頭就見谷竹慌亂地把圓凳子扶好，頭也不回一溜煙地往外跑，珠簾外還有個青碧衣裳的丫鬟，手裡正端著托盤，也被谷竹拉走了。

錦雲慌亂地站起身來，狠狠地拿帕子抹唇瓣，滿臉通紅，撇頭就見到葉連暮齜牙咧嘴地揉著後腦勺，哀怨地看著錦雲。「腦袋都撞出包來了。」

「活該！」

錦雲又抹了下唇瓣，然後把葉連暮搭在腿上的被子一拉，隨手抽了個枕頭，扭頭就走。她抱著被子走到小榻邊，把被子鋪好，躺了上去，剜了葉連暮兩眼後，留給他一個後腦勺。

葉連暮半晌才回過神來，錦雲這是要跟他分床睡，這哪成啊，二話不說就下了床，走到小榻邊，合著被子一抱，把她連人帶被子就抱到床上去了，錦雲困在被子裡，連掙扎的機會都沒有。

錦雲正要罵他，葉連暮先她一步道：「外邊除了妳的丫鬟還有溫府的，都瞧著呢。」

錦雲閉著嘴，氣呼呼地拿眼睛剜他，又往門口探了探，就見青竹送另外幾個丫鬟出去，她揉了揉太陽穴，沒敢數落葉連暮了。

葉連暮灌了兩杯茶，回頭時，錦雲已經睡下了。葉連暮輕嘆一聲，熄了蠟燭，就著朦朧的月光，他試了幾次都沒法把被子扯過來。

葉連暮乾脆不扯了，就平躺在那兒，自說自話。「夜裡要是凍著了，外祖母問起來，我要不要實話實說……」

話到這裡，就聽到不順暢的呼吸中夾著磨牙聲，錦雲一踹被子，給了他半邊，葉連暮嘴角微翹，很自然地自己搭上了，長臂一攬，就跟平常沒什麼區別了。

一宿無話。

陪老夫人吃過早飯後，葉連暮去探望溫彥，錦雲則留在屋子裡陪溫老夫人說話，不外乎聊些家常，後來溫寧來了，逗著溫老夫人笑得樂不可支。

約莫小半個時辰後，葉連暮才回來，溫老夫人笑道：「時辰不早了，你們早些去右相府吧，得空了就來看看外祖母。」

出了門，葉連暮看錦雲瞪著他，有些不解。「幹麼這麼看我？」

錦雲哼了下鼻子。「你怎麼不早告訴我，外祖父不信刺殺一事是我爹派人做的，害我在外祖母面前拘束了半天！」

他是想明白地告訴她的，可是一想還是算了，她那麼相信她爹，蘇總管又告訴她東西丟過一回，說不說結果都一樣，再者，他還想著拿那東西去談條件呢，這會兒見錦雲說及，他也不瞞了。

「外祖父相信不是岳父派人做的，殺了舅舅對他沒什麼好處，可罪證卻指著岳父，怕是有人想藉著外祖父的手除掉岳父，外祖父是不想給人做刀，但也不想輕易就便宜了岳父，誰讓他處處掣肘皇上，還連東西都護不好，被人偷了去。」

錦雲聽得直撫額，好在溫老太爺還算明事理，沒貿然直接把罪證呈給皇上，到時候皇上連同太后，再加上所謂的罪證，她爹怕是要大栽一回。「現在東西給了你，你想拿著它幹麼呢？跟我爹提條件？」

「娘子不是已經猜到了？」

錦雲哼了下鼻子，還真的跟溫老爺官復原職有關。「你覺得我爹是那種會受人威脅的人嗎？」

葉連暮默然，其實他也覺得這事可能性似乎小了些，但總得試試吧。

「舅舅離京前的官職是？」

「兵部郎中。」

錦雲睜大了眼睛，歷朝歷代從來都是兵權高於皇權，兵部可是個好地方，六年過去，怎麼可能還空著呢？再說，溫老爺離京是被逼迫的，若是還在兵部任職，肯定坐到侍郎的位置上了。

「你有沒有問外祖父六年前離京的原因？真是我爹逼的？」

葉連暮皺緊眉頭，半晌不回答，錦雲忍不住推了他一下，他這才道：「聽外祖父說，倒也不全是岳父逼的，不過外祖父很氣岳父，離京這餿主意是岳父提的。」

錦雲滿臉黑線。外祖父是小孩子嗎？她爹出主意讓他離京，他就帶著一家老小去了柳州？堂堂太傅，是這麼好使喚的？

她忍不住問起緣由，這才知道溫老太爺當年為何離京，與其說是她爹逼迫的，不如說這是個陰謀，右相甘心受了這盆污水，讓自己的權力更大，也間接扶葉容痕上位。

葉容痕的親娘是先皇第一任皇后，亦是溫太傅的女兒，可惜身子骨兒不大好，還沒挨到葉容痕冊封太子便過世了。現今的沐太后——當年的德妃，她在第一任皇后過世後，力壓群妃登上了皇后的寶座，更憑著娘家的勢力讓先皇在世時立長子為太子，拉下本來要繼承太子之位的葉容痕。只可惜，大皇子做不到幾年太子就病逝了，而兩派人馬積怨已久，太子過世後，繼任的太子人選除了葉容痕之外沒有更合適的，可後宮裡還有不少嬪妃，都想藉著新任的沐皇后之手去謀那個位置，到時候，無論沐皇后支持誰，都會給葉容痕增添不少的阻力，若是她有心為難，葉容痕恐怕是寸步難行。

正巧那一年，邊關戰亂，兵部侍郎護送糧草遇害，職位空缺，溫老爺在兵部郎中的位置上待了兩年，最有資格接手那個位置，結果當年沐皇后的娘家表兄瞧上了那個位置，本來葉容痕手裡就沒有兵權，二皇子一黨是勢必要拿到那個位置，所以兩方各不相讓，明爭暗鬥，互相彈劾的奏摺滿天飛，最後還是落在沐皇后一黨的手裡。

調任書是右相親自擬寫的，溫老太爺不滿意就瞪了右相兩眼。就這兩眼把右相惹毛了，他只是奉命行事罷了，關他什麼事，他怎麼說也是百官之首，豈是他說遷怒就遷怒的？

右相脾氣一上來，當著朝臣的面說溫老太爺年事已高，火氣太大，不適合出任太傅一職，免得把太子教得飛揚跋扈，乃國之不幸；那時候右相手裡有不少勢力了，雖然還不能跟沐皇后平分秋色，但因為兵部侍郎一職，沐皇后正惱溫老太爺呢，正愁沒辦法；還有其餘皇子的擁護者，哪個不巴望著除掉葉容痕的羽翼？右相那話可是說出了多少人的心聲，於是你一言我一句的幫腔，溫老太爺就回家榮養了。

溫老太爺前腳一走，右相後腳就把溫老爺調職了，讓他出任柳州通判，即刻上任，這還不算完，最後以溫老爺上任慢了三天誤了柳州大事為由，直接給罷職了。

溫老太爺和溫老爺可是葉容痕最堅實的後盾，就這樣因為幾個瞪眼被右相轟出京都回籍柳州了，隨著溫府一家離京，葉容痕的勢力一落千丈，那些顧忌沐皇后的人本就左右為難了，這又加了個右相，哪還敢為二皇子說好話？

再加上沐皇后惱他們，右相成心拉攏，原本屬於葉容痕的勢力全落在右相的手裡，也就是從那時候起，右相有了與沐皇后抗衡的實力。

一山不容二虎，溫老太爺離京才不過一個月，右相的門生就在酒樓跟沐皇后一黨的人鬧上了，最後更是鬧到了朝堂之上，因著是右相的門生，右相疏於管教挨了御史臺的彈劾，彈劾之人正是沐皇后的人，兩派就這樣正面槓上了，右相以強硬手段罷免了新上任的兵部侍郎，讓自己人頂上。

加上那會兒先皇身子不適，立儲一事又提上了日程，三皇子和四皇子個個都有支持者，呼聲比葉容痕高多了，其間的鬥爭三言兩語也道不盡，最後也不知道出了什麼事，沐皇后竟然向二皇子拋出橄欖枝，要扶持他上位。錦雲猜估計是看中了葉容痕與右相的恩怨，將來登基後會打壓右相一黨，加上她又扶持有功，將來朝廷上下還不是她的囊中物？若是扶持別的皇子，極有可能拉攏右相遭反咬一口。

那時沐皇后勢力不小，再加上葉容痕本身的優勢，結果可想而知了……大家一直以為溫老太爺一家離京是右相強逼的，在外人瞧來也的確是這樣，可是從溫老太爺口中說出來就不是那麼回事了，而是右相設計好的，溫老太爺爭不過沐皇后是事實，如果有右相幫著，那就不是難事了。

溫老太爺也是賭一把，若是死扛著，葉容痕有幾分勝算？若是信了右相的話，又有幾分勝算？最後一狠心，真就聽了右相的話，只因為右相最後一句——他願意二皇子去做相爭的鷸蚌，還是坐收的漁翁？

溫老太爺就這樣離京了，只是當初私底下說好了，皇上親政或是大婚就許他回來，只是當初溫老太爺沒想到，右相會把葉容痕推到沐皇后那邊去，簡直是把他外孫兒送去了賊窩，卻有氣撒不得；因為右相只答應確保葉容痕穩坐太子之位，至於用什麼方法他管不到，因此只盼著葉容痕早日大婚，溫老太爺再回來幫著。哪知道右相一直壓著不給葉容痕娶皇后，估計是等自家女兒及笄，而溫老太爺就這樣遲遲無法回京，這怨恨又深了兩層，但真要拿右相怎麼辦，還真不成。畢竟當年合謀是各取所需，各有圖謀，要是讓外人知道，只怕有人要氣得跳腳，對朝政和葉容痕都不利，不過這滿腔火氣，忍得夠嗆。

今兒若不是被葉連暮遇上蘇總管，再加上葉連暮娶了錦雲，溫府也算是和右相成了親家，溫老太爺怕自己的外孫兒夾在中間難做人，便把一些事情告訴葉連暮，也好讓他知道自己的岳父是個什麼樣的人，既是互相為敵，就該對敵人有所瞭解。

錦雲聽著溫老太爺與右相的糾葛，忍不住撫額，立儲這等國家大事怎麼感覺在她爹手裡就等同兒戲。別說是溫老太爺了，就算是她也絕對想不到在那樣的情況下，右相能理直氣壯地拿著溫老太爺的勢力，然後手一推，就把太子葉容痕推到沐皇后那邊去了；雖然最終目的是達到了，可在溫府上下看來，右相總有「拿人錢財不與人辦事」的嫌疑，偏偏溫府還不敢說什麼，算計那些皇子可是犯眾怒的事，只得咬緊牙關忍了。

右相的所作所為不會讓溫老太爺滿意是肯定的，可是錦雲心裡卻滿是疑竇。「拿到外祖父那部分勢力，足夠我爹扶持二皇子上位了，為什麼之後又把皇上推向太后？當年他都答應外祖父確保二皇子穩坐太子之位，今日還成心跟皇上作對，這不是很奇怪嗎？」

「岳父行事素來出乎人意料，若不是外祖父說起，我怎麼也想不到外祖父離京竟是他和岳父的合謀，就連太后扶持皇上也是岳父的手段。」

算計了所有人，偏還沒人知道。這等手段，難怪外祖父說他太嫩了，不夠右相瞧的，葉連暮現在有些相信錦雲的話了，他亂了右相的算計，右相沒整死他，是他命大。

錦雲瞧著葉連暮眸底的迷惑，忍不住笑道：「現在是不是有些懷疑我爹到底是好人還是壞人了？」

葉連暮一臉黑線。「岳父把皇上推到夾縫裡過了這麼些年，把持朝政，掣肘皇上，還不許外祖父早日回京，讓皇上孤立無援，對皇上來說算好人？」

錦雲眼睛一瞪，橫了葉連暮一眼，邁步走了，誰知道她爹是怎麼想的？立場不同，多說無益。

葉連暮也希望右相是好人，那樣錦雲夾在中間不會為難，雖然他也沒瞧見錦雲為難在哪裡，若真有對立那一日，保不準她一腳就踩了下來，包袱一揹，拍拍手就走了，留下一句

「你們鬥你們的吧，我遊山玩水去了」。

葉連暮想著那場景，忍不住眉頭打結，他隨著錦雲往前走，一路上溫府的丫鬟瞧著，錦雲不好意思了，慢下腳步，換了話題道：「店鋪要不了半個月就能建好了，裡面的布置我要按自己的想法來，我可能要出門三、四天，也可能七、八天。」

「有什麼事需要妳親自出門？妳吩咐暗衛就可以了。」

若是可以交給暗衛，她還跟他說幹麼？

「我跟你說是要你幫我想辦法，出個門真麻煩，要不我們直接在逐雲軒挖個密道？」

錦雲越說越離譜，某男腳底浮起一抹無力感來，出府他都還沒答應，她又想著密道了，這女人的腦子可真能轉，還不知道一會兒能說出來什麼話。

葉連暮乾脆直接邁步走了，錦雲緊緊地跟著，一個勁兒地問想到什麼好辦法沒有，他回答不了，只得加快腳步，想到什麼突然回頭。「以前在相府，妳怎麼出門的？」

「鑽狗……」錦雲差點下意識把「鑽狗洞」幾個字脫口而出，幸好青竹幾個在旁邊猛咳嗽，錦雲臉一窘，挺直背脊。「自然是爬牆的！」

青竹幾個捂臉，既是撒謊了，怎麼不直接說是老爺允許的？反正少爺也沒那膽子去質問老爺，爬牆雖然比鑽狗洞好那麼三分，但也很丟臉好不好！

可惜，錦雲說的話葉連暮全聽見了，嘴角一抽一抽的，怎麼說也是右相嫡女，竟也敢鑽狗洞？難怪說挖密道了，只怕在相府裡，為了出府，什麼辦法都想過了。

葉連暮撫額，瞥了錦雲一眼道：「國公府的牆似乎不比右相府的高？」

錦雲眼睛一眯，他說這話擺明是不同意她出府了，不由得磨牙道：「的確不高！」她隨手摘了片樹葉，念起詩來。「滿園春色關不住，一枝紅杏出牆來。」

某男的臉立馬青黑一片。

遠處，一聲噗哧聲傳來，葉容頃走過來，一把玉扇搖啊搖的，看著錦雲的眼神怪怪的，看著葉連暮的眼神就更怪了。他可還記得錦雲在皇宮踩他烏龜時說的話，表哥就喜歡她的無才無德，以前還當是她搪塞之詞，今兒一看，果然不虛啊，這夏末秋初的，當著滿府的丫鬟竟然詠起紅杏來了，她哪隻眼睛看見紅杏了？

錦雲那唸詩的聲音不小，除了葉容頃，還有四、五個丫鬟聽見了都撇頭望過來，忍不住捂嘴，只是她們沒葉容頃的膽子，敢直接笑出來。錦雲瞧她們那肩膀抖的，忍不住臉紅了，回頭瞥了青竹她們一眼，幾個丫鬟的腦袋恨不得垂進地裡去，錦雲氣得想跺腳，一人剜了一眼。

讓錦雲氣大的還是某個小屁孩，煞有介事地搖頭晃腦道：「滿園春色關不住，一枝紅杏出牆來。好詩、好詩！」

好你個大頭鬼！好詩你還那眼神?!

錦雲沒好氣地瞪著他。「十王爺這就打算回大昭寺了？」

葉容頃臉立馬繃緊了。「誰要回去了，本王爺要去相府探望右相！」

見錦雲怔了兩秒，他笑得詭異，繼續說：「本王爺連夜抄好了經書，要親自送到右相手裡才能體會本王爺的一片心意，想來王兄知道了也不會怪我自作主張。」

錦雲眼睛微微瞇起，上下掃視葉容頃，他還以為自己穿戴不夠齊整，扯了扯衣襬，然後瞪著錦雲。「妳看什麼？」

錦雲眉頭一挑，邁步走了，葉容頃湊到葉連暮跟前，小聲道：「連暮表哥你放心，有我寸步不離地守著你，諒右相也不敢正大光明地欺負你。」

葉連暮哭笑不得，就聽前面錦雲吩咐青竹道：「妳先回去通知我爹一聲，十王爺一會兒要大駕光臨去探望他。」

青竹抿著唇角的笑，點點頭。錦雲眸底帶笑地瞥過去，一副「你這小子有罪受了」的模樣，葉容頃心一抖，小臉陰陰的，走了四、五步，突然捂住肚子，大叫道：「虛不受補，昨晚吃多了，肚子疼！連暮表哥，這經書你代我送給右相吧。」

說著，把懷裡一摞紙張拿出來塞到葉連暮手裡，一溜煙跑了，那速度……讓錦雲咋舌，肚子疼還跑這麼快，正常的話還不得飛起來啊？

錦雲走到葉連暮跟前，拿過他手裡的紙張，她可不信葉容頃會熬夜抄經書，除非太陽打西邊出來還差不多；可是乍一看，錦雲嘴巴張大了，還真是經文，不過再瞄兩眼，錦雲笑道：「這紙可是有些歷史了，怕是比他年紀還大些呢，只是這字跡，怎麼有些眼熟？」

葉連暮隨手一翻，眸底有陰霾閃過，錦雲一臉茫然。

與此同時，葉容頃奔回院子，溫彥和葉容軒還在那裡說話，兩張臉青紫相交，時而有嘶嘶聲傳來。

葉容頃推門進去，葉容軒瞅著他問：「不是讓你去看著連暮表哥，你怎麼回來了？」

葉容頃悶悶地坐下。「右相府我可不敢去了，你是沒瞧見方才那女人威脅我的眼神，要是我去了，準要長住大昭寺了！」他伸手去拿茶杯，突然感到胸口難受，伸手一掏，拿了張紙出來，邊喝茶邊道：「溫彥表哥小時候的字寫得真不錯。」

溫彥一手喝茶，一手去拿紙張，瞄了兩眼，眉頭微皺，隨即想到什麼，眼睛一瞪，跳了起來。「這怎麼在我這裡？」

葉容頃皺了眉頭，一臉是「你的東西不在你這裡，那在誰那裡」的表情。「這可是你丫鬟拿給我的。」

葉容軒也納悶了。「一張紙而已，這麼大驚小怪做什麼？」

「你忘記了，八年前那一回，連暮表哥同四皇子打架，被國公爺罰跪，還罰他抄經書賠給四皇子，也正是那一回，他受了寒而大病一場。」

葉容軒記起來了。「可這跟佛經有什麼關係？」

溫彥急得滿頭大汗。「怎麼沒關係，當時國公爺是罰他抄一百篇的，什麼時候抄好什麼時候許他吃飯。不知道為何抄的佛經丟了十八篇，害他在佛堂多跪了兩個多時辰，不然他也不會病得那麼嚴重……連暮表哥說過，他要是發現是誰偷拿了他的佛經，要斷他雙手的，現在佛經怎麼會在我手裡？」

葉容軒拿了佛經看著，半晌才抬頭道：「你……完蛋了！」

溫彥顧不得其他，拿起那張紙就出門，活像身後有惡狗追他。

葉容頃瞅著葉容軒。「至於嗎？」

另一廂，葉連暮握著佛經的手攢緊，錦雲也覺察出不對勁來，兩人一同上了馬車，錦雲剛要發問，門簾嘩啦一下被掀開，一個急不可耐的聲音傳來。「大表哥，你要相信我！」

「我知道不是你。」葉連暮的聲音沈冷。

錦雲坐在一旁，看著溫彥那張儘管掛了彩卻依然俊美的臉，從急切到舒緩，她忍不住咳了一聲。溫彥這才反應過來馬車裡還有人，想到方才自己的失禮之舉，臉上閃過一抹羞赧和尷尬，忙作揖道：「見過表嫂。」

錦雲掩去嘴角的笑，輕點了下頭。溫彥看著葉連暮，見表哥微微頷首，說讓他安心養傷，回頭再找他，溫彥這才離去。

「這佛經……」幾張經文，竟然讓溫彥趕著來解釋？

錦雲問過才知道這佛經經文背後的故事，原來葉連暮失去味覺與這些佛經脫不了關係。

八年前，在皇宮內，葉連暮和四皇子起了爭執，爭執源頭就是因為一篇佛經，回來後被國公爺罰跪在佛堂抄佛經賠罪，不過當初罰跪的不止葉連暮一個，二弟葉連祈也在，兩人各寫一百篇佛經，只是葉連暮有幫手，由溫彥和葉容痕幫他抄，抄好了拿去佛堂給他，碰巧遇上葉二夫人和葉三夫人去探望。

被人瞧見了，這抄好的佛經自然不能用了，葉連暮就讓他們原樣拿回去，當時兩位夫人也沒說什麼，兩人繼續抄佛經，夜深露重，葉連祈身子骨兒沒葉連暮結實，抄好佛經就暈乎乎了。葉大夫人連忙趕來，那時候葉連暮也受了寒，只是沒葉連祈那麼嚴重罷了，當時葉連祈受罰，葉大夫人心裡認定是受了葉連暮的牽連，心裡本來就氣了，隨手翻看了下葉連暮罰抄的佛經，發現不夠，一定要他抄好了才許出去。

葉連暮抄了多少他都記著，怎麼可能會少？一看竟然有好幾張白紙混在一堆抄好的佛經裡，還有兩張不是他抄的。

葉大夫人身邊的丫鬟明譏暗諷，說什麼有人幫襯著就敢胡作非為，連累二少爺活受罪，當時葉連暮身邊跟著的小廝都說他額頭發燙，結果葉大夫人沒有理會，只說國公爺吩咐了，什麼時候抄完什麼時候出來，誰敢由著他胡鬧，後果自負。

葉連暮只得繼續抄那丟失的十八篇佛經，等他抄好，腦袋直接就砸桌子上了，那會兒正是夜深之際，沒人知道他是暈過去，只當他是睡著了。

這也是為什麼葉老夫人會責怪葉大夫人的原因，國公爺罰葉連暮是為了給四皇子一個交代，可不會不顧著葉連暮的身子；葉大夫人一時意氣用事，讓葉連暮傷寒加重，被葉老夫人一訓斥，她心裡更氣，不夠百篇佛經不許出佛堂可是國公爺的吩咐，她依照吩咐做事何錯之有？

但葉老夫人訓斥，她不敢不擔著，人前對葉連暮百般照顧，恨不得替他受罪，人後就把葉連暮丟給丫鬟、婆子照顧，不再過問，那些婆子大多都是葉大夫人的人，見自己的主子心裡有氣，私底下對待葉連暮就越發不盡心，以至於葉連暮越病越重，一發不可收拾。當初這些，葉連暮迷迷糊糊的其實並不知道，可他傷寒重成那樣，總得有人出來擔著，葉大夫人的所作所為這才被葉老夫人知曉。

錦雲瞅著小几上的佛經，八年前的他才多大？才十歲啊，大夫人那麼大的人了，竟也會遷怒個半大孩子。

「那這佛經怎麼會在溫彥手裡？」

葉連暮記得佛經的盒子壓根兒就沒打開，怕被葉二夫人和葉三夫人瞧見，溫彥就擱案桌底下了，是他親自拿出來交給溫彥讓他帶走的，從頭到尾都沒有打開過。

話才剛說完，轉眼，相府就到了。

第十四章　首次回門

蘇總管在門口迎接，直接帶著兩人去了外書房，門口沒人守著，不過一路上，錦雲幾次注意到葉連暮眼睛往一旁的大樹上望，每望一次眉頭就皺三分，傻子也知道這外書房有不少暗衛在，門口哪裡還用得著人守？

錦雲好奇的是，這人東張西望，莫不是還不死心，還想派暗衛來查她爹吧？幾次暗衛都有去無回，就不怕辛苦培養的暗衛全栽她爹手裡頭了？

手裡缺人，看葉連暮這般浪費，錦雲肉疼啊！

右相在屋子裡斟酒，十分愜意，面色泛了三分醉意，不像個病得不能早朝的人。

當他們走近時，右相頭也不抬地問道：「可探查清楚下回派多少人來能查到你想要的消息了？」

錦雲撫額，方才那悠閒的氛圍，遇上她爹一開口就煙消雲散，書房裡瀰漫著淡淡的火藥味，她用眼角餘光掃了葉連暮一眼，葉連暮神情微冷，若不細看，肯定瞧不見他深邃的鳳眸眼角有抽動跡象。方才他還納悶著，堂堂右相手裡的暗衛怎麼會那麼散漫，這會兒聽右相問及，他確定，右相是故意的，不然有至於一棵樹上掛四、五個暗衛嗎？尤其那些暗衛還在嗑瓜子！

葉連暮裝聽不懂，上前行禮道：「小婿給岳父大人請安。」

右相抬眸掃了他一眼，錦雲很有眼色地上前斟酒，一杯酒滿，隨口問道：「爹，你院子裡有這麼多的暗衛，怎麼還讓人偷了權杖走？」

右相臉上浮起一抹怒氣。「還不是他幹的好事！」

葉連暮心底大怒，權杖丟了關他什麼事？

蘇總管忙解釋道：「權杖是五天前丟的，那日剛好二姑爺派了暗衛來，守著門口的七名暗衛追姑爺的暗衛去了，若不是權杖在溫老太爺手裡頭，老爺還真懷疑是中了姑爺的調虎離山計。」

右相行事從來不拖拉，更不會拐彎抹角。「別人拿著權杖或許有用，你拿著是自尋死路。」

葉連暮手裡拿著權杖，嘴角一冷，眼睛直直地對著右相，不卑不亢，眸底的意味很明確。

右相知道他怎麼想的，清冷地瞥了他一眼，繼續喝酒，完全沒把葉連暮那點小威脅放在眼裡，有太多的事是他不知道的，自己過的橋都比他走過的路多。

錦雲站在一旁暈乎乎的，溫老太爺還指望著拿這根權杖換點東西，結果葉連暮直接撞她爹手裡了，讓葉連暮心甘情願地交出權杖肯定是不行了，不交出來她爹又不罷休。

錦雲走過去拿過權杖，直接拿在手裡把玩著，倒也沒有直接給右相的意思，右相瞪了她一眼。「胳膊肘兒打算往外撇了？」

錦雲滿臉黑線，更讓錦雲無語的是葉連暮手一拉就把她拉回他身邊了，嘴裡還迸出來一句。「嫁出去的女兒，潑出去的水。」

隱隱有指責右相搶他台詞的意味，右相氣得乾瞪眼。

錦雲手腳無力，往旁邊一躲，這兩個還有完沒完啊！她乾脆裝傻問蘇總管。「溫老太爺提了什麼要求？」

「兵部侍郎的位置。」

葉連暮立馬道：「只要岳父答應外祖父的要求，小婿立馬奉上權杖。」

錦雲瞅著右相。蘇總管道：「二姑爺莫要為難我們老爺，官職調任是百官舉薦，由皇上拿主意的事。」

葉連暮暗翻一個白眼，這道理他會不知道？可一邊是右相，一邊是太后，他不鬆口，太后那邊會鬆口才怪，皇上要是能拿主意，外祖父還用得著求他嗎？這話他聽著都忍不住要罵人了，若皇上聽見豈不是要吐血了？

葉連暮正要開口，錦雲立馬道：「爹的意思我懂，皇上給誰兵部侍郎的位置，爹都不過問？」

右相一口酒水嗆喉，連連咳嗽起來，顯然他的意思不是錦雲這麼理解的，錦雲無辜地看著他。

他瞪了錦雲一眼。「我鬆口倒也可以……」

「爹手底下的人也睜隻眼、閉隻眼。」不等右相說完，錦雲立馬又接了一句。

蘇總管在一旁直冒汗，虧得二小姐敢說，這要是換了旁人，老爺早轟出去了。

錦雲眨巴眼睛，直勾勾望著右相。「只要不與爹作對，讓溫老爺任兵部侍郎對爹未必沒有好處。」

那邊葉連暮的眉頭卻皺了起來。舅舅任職兵部，不與右相作對，可能嗎？

右相輕挑眉頭，隨即笑道：「不跟爹作對，那勢必與太后一黨有矛盾，若是如此，我倒是可以送他個好位置。」

錦雲瞥了葉連暮一眼，葉連暮皺緊眉頭，右相口中的好位置，他怎麼聽得那麼駭人啊！

只聽錦雲好奇問道：「什麼位置？」

「吏部尚書。」右相眸底閃過一絲笑意。「這個位置溫老太爺怕是沒想過吧？」

葉連暮皺眉頭，吏部尚書不是一直把持在太后的手裡嗎？他忍不住問道：「趙尚書正值壯年，又有太后護著，並未有什麼把柄，岳父如何讓他讓出位置？」若是有足夠的把柄，想來趙尚書早被他收拾了，會拖到現在才怪。

右相輕搖了下頭。還是太嫩了，都提點到這個分上了，他還不知道如何去做？

蘇總管便道：「趙老夫人纏綿病榻已有兩年了，聽錢太醫的意思怕是時日無多了，趙尚書一直以孝道聞名朝野，皇上多次嘉獎，讓文武百官以他為榜樣，這兩日還聽說趙府為趙老夫人尋求百年血參，趙尚書為朝廷盡心盡力，總不能讓他留下遺憾……」

孝道也能是刀。

葉連暮無話可說了，只要皇上賞賜一支百年血參嘉獎趙尚書，讓他回家侍奉趙老夫人，也不用多久，待到趙老夫人病逝，他安心在家守孝已經是板上釘釘的事，想重回朝堂也是三年後的事了，那時候舅舅坐穩吏部尚書的位置，就算換個職位也理直氣壯……難怪前些日子立后一事，趙尚書惹上右相，右相沒說什麼，皇上還納悶呢！這不符合右相的行事作風，趙尚書原本是太后的人，加上提議讓李大將軍的女兒為后，結果這麼些日子過去，遲遲不見右相出手，敢情後招在這裡呢！

「娶賢妃真是你給皇上出的主意？」右相問。

葉連暮心中警鈴大作，錦雲問道：「有什麼不妥嗎？」

右相擺擺手。「他要是能想出這主意，定不會那麼莽撞地娶了妳。」

錦雲滿臉黑線，葉連暮氣悶，蘇總管在一旁憋笑，老爺明知道那主意是二小姐出的，偏裝作不知道，刻意氣二姑爺，翁婿和氣說話不成嗎？

錦雲把權杖送到右相手裡，然後道：「爹，你好生休息，女兒和相公去給祖母請安了。」

等出了屋子，錦雲便晃動胳膊肘兒，深呼一口氣，見葉連暮皺著眉頭，她眸底閃過一絲笑意，這廝肯定是被打擊到了，右相這一手，他就該知道他和皇上想如願不是件容易的事，不過總算是達到目的了，只是那趙尚書，惹上她爹就該有這個心理準備。

錦雲推了下葉連暮，葉連暮抓住錦雲的手，輕嘆一聲。「我又著岳父的道了！」

「這話怎麼說？」錦雲皺眉。

葉連暮回頭瞪了書房一眼。「方才就覺得有哪裡不對勁，總算想明白了，誰會冒丟官的危險去上那道奏摺？他這一招不但要皇上與太后決裂，還想藉太后的手把皇上好不容易培養起來的人一網打盡！」

錦雲扯著嘴角道：「你會不會想太多了？這主意是我爹出的，他的人會去上奏吧？」

葉連暮翻了個白眼。錦雲沒聽見，他可是聽得真切，方才他們前腳出書房，右相就吩咐蘇總管再幫他告假幾天，非但如此，還閉門謝客，明顯是不想管這事，讓他跟皇上折騰去。

錦雲聽得汗顏。「然後呢？」

葉連暮揉著額頭。「容我再想想。」

要份官職還真是不容易啊，怎麼做倒是知道了，可誰去做還真是個問題了。「要不寫匿名奏摺？」

要是可以寫匿名奏摺，這事就好辦了，可惜大朔王朝有規定，奏摺必須署名。

錦雲無語，還真是落後，她記得唐太宗廣開言路，其中就有不少寫匿名奏摺的。「規矩是人訂的，總有變通才對，你就找人寫十幾份匿名奏摺扔皇上那裡好了，我就不信奏摺到皇上手裡了，還有人敢去翻不成，實在不行……」

錦雲眼珠子一轉，示意葉連暮附耳過來。

「雖然是損了點兒，可重要的是我爹的人和太后的人沒人敢要吏部尚書的位置，他們不敢要，最後還不是看皇上的意思了？」

葉連暮眸底帶笑，這招真不是一丁點的損，但效果驚人，呈上奏摺贊同趙尚書回家盡孝道的既有太后的人，又有右相的人，雖然最後誰都否認寫過奏摺，也正因為如此，這空出來的位置就得避嫌了，誰敢要誰嫌疑大，就是保持中立的李大將軍都難保不會被懷疑上。

而決計不會有人想到是皇上和葉連暮在背後搗鬼，溫老爺即使復職也該是在兵部，誰會想到皇上會安排他進吏部？若是這些日子溫老爺一直同兵部往來，這事就更加逼真了。

兩人才到二門，便見到了二少爺蘇猛。

「祖母見你們在書房待得久了，讓我來尋你們去，爹沒訓你們吧？」蘇猛笑問。

錦雲鼓了下腮幫子。「二哥，你明知道爹會訓斥我們，還故意走得這麼慢吞吞的。」

蘇猛頓時頭大了，直說沒存這心思，又本著做哥哥的身分，叮囑葉連暮，讓他少欺負錦雲。

葉連暮的臉色很難看。誰欺負過她了？他要是想欺負，也得有機會吧！

蘇猛知道錦雲與葉連暮的糾葛，再見他那臉色就知道自家二妹妹不是那麼好欺負的，也就不提這事了，反而惋惜道：「可惜你今兒是陪二妹妹回門，不然我倒是要跟你過上幾招，不過也無妨，不到一個月就武舉了，到時候再一較高低。」

「你也參加武舉？」錦雲在旁茫然地問葉連暮。

葉連暮翻白眼，蘇猛嘴角抽了下。她都嫁給他多少天了，武舉在即，竟然連他參加武舉的事都不知道，這也太不關心妹婿了。

錦雲很無辜，又沒人告訴過她！

兩人異口同聲道：「多給他準備點藥膏，也好讓為夫（二哥）沒有後顧之憂！」

錦雲撫額，之前在書房跟她爹鬥個不歇，現在又跟她二哥爭上了，還吩咐她準備藥膏，就不怕她往裡面倒點什麼，都不用比了。

錦雲抬步往蘇老夫人的松院走，半道上有個小廝來將蘇猛喊走了，錦雲便和葉連暮兩個去松院了。

屋子裡，蘇老夫人坐在首座上，下面坐著蘇大夫人孫氏。

一瞧見錦雲和葉連暮進來，蘇老夫人是滿臉欣喜，沒有因為葉連暮和右相爭鬥的事有絲毫隔閡，可是蘇大夫人臉色就沒那麼高興了，只是礙著當家主母的面，硬是擠出三分笑來。

「老夫人盼了許久，可算是盼到錦雲妳領著二姑爺回門了，你們幾個還不趕緊把蒲團準備好。」

蘇老夫人臉上閃過一抹不豫，蘇大夫人明著是說錦雲不知禮，可暗地裡指責葉連暮不懂事，明知道他與右相不對盤，能陪著錦雲來已經不錯了。

蘇老夫人剛要瞪蘇大夫人，葉連暮便道：「是孫婿失禮了，以後會多陪錦雲回來的。」

李嬤嬤拿了蒲團來，錦雲和葉連暮跪下給蘇老夫人磕頭行禮，蘇老夫人欣喜得眼淚都流出來了，她可是作夢也沒想到能見到兩人一起來給她奉茶。她喝了茶，一人賞了一個大紅包，笑道：「朝廷上的事我老婆子不懂，但你岳父脾氣執拗，行事又偏激了些，我是知道的，不過一碼歸一碼，這些事與錦雲沒多大關係，你今兒能這般待她，我就心滿意足了。」

「祖母放心，我不會虧待錦雲……」

正說著，屏風處一個丫鬟心急火燎地跑進來，還來不及行禮，張口就道：「不好了，出事了！」

丫鬟如此莽撞，蘇老夫人的臉當即就沈了下來，李嬤嬤更是喝道：「混帳，二姑爺和二姑奶奶回門大喜的日子，有什麼不好的！」

李嬤嬤頗具威嚴，一呵斥，丫鬟就嚇得跪了下來。

蘇大夫人看著跪在地上的丫鬟，眉頭一皺，這不是錦容身邊的丫鬟嗎？心裡頓時有不好的預感，本想問可是錦容出事了，可丫鬟方才那冒失的樣子卻是在葉連暮跟前丟了相府的臉面，蘇大夫人負責管理後院，面子上也是無光，罵道：「冒冒失失的，平時的規矩都學哪裡去了?!一會兒去領二十板子！」

丫鬟不敢求饒，磕頭謝恩。

這一空檔，蘇老夫人已經讓錦雲和葉連暮起來了，本來還想聽葉連暮保證不會讓錦雲受委屈，現在怎麼還說得出來，蘇老夫人看向蘇大夫人的眼神帶了指責。

蘇大夫人暗自咬牙，恨不得再罰丫鬟二十板子才好，再聽丫鬟一聲知錯便沒了下文，害她心裡白白擔憂著，不由得眼神也狠了起來。「到底出什麼事了！」

丫鬟忙道：「三小姐和四小姐在廚房裡做糕點，不小心被油濺了手，臉上、臉上也……怕是要請御醫……」

蘇大夫人一驚，臉色大變，再顧不得葉連暮在場了，怒道：「妳們是怎麼照顧主子的？怎麼讓她去廚房那麼危險的地方！」

蘇老夫人也嚇著了，被油濺著了，這可不是小事，萬一毀了容可是一輩子的大事，要是傳揚出去，讓人知道右相府的小姐因為做糕點燙傷甚至毀了容，還怎麼出去見人？錦惜和錦容還沒許人家呢！於是她忙吩咐李嬤嬤道：「趕緊去請太醫來瞧瞧。」

李嬤嬤忙福身下去吩咐了，蘇大夫人心裡記掛著蘇錦容，也跟蘇老夫人告退下去了。

錦雲坐在那裡嘆氣，方才多好的氣氛啊，全給攪沒了，蘇錦容和蘇錦惜竟然也會進廚房，還真是稀奇了！

一想到蘇老夫人心裡肯定擔心著，錦雲勸慰道：「祖母，您別擔心，妹妹們肯定不會有事的。」

蘇老夫人擺擺手，嘆息一聲沒說什麼，轉而問起錦雲在國公府過得如何，錦雲一一回答，屋子裡倒也和樂。

過了小半個時辰，蘇錦惜來了，眼眶紅紅的似是哭過，進門先給蘇老夫人行禮，再來就是給錦雲和葉連暮行禮，才對蘇老夫人道：「二姊姊出嫁難得回來一趟，我和四妹妹想親自做些糕點給祖母和二姊姊嚐嚐，沒想到一時心急，就出了事……」

錦雲眼睛越睜越大，蘇錦惜和蘇錦容親自進廚房做糕點給她吃，還因為她出嫁難得回門一趟，機會難得？錦雲以為自己耳朵出了毛病，她們關係幾時這麼好過？

昨天還在遂寧公府上譏笑她連糕點都不會做，想到這裡，錦雲心裡閃過一絲了然，怕就是因為她不會做糕點，今兒特地做糕點上來，好奚落她的吧！只是沒想到偷雞不著蝕把米，糕點沒能呈上來，自己先被燙傷了。

蘇老夫人眉頭輕皺，擺擺手道：「有那份心就好了，也得量力而行才是。太醫瞧過後怎麼說的？」

「四妹妹臉上都起了水泡，手也腫了，太醫不敢打包票說一定能治好，除非……除非有雪痕膏。」

蘇老夫人端茶的手滯住，眉頭攏緊。雪痕膏是貢品，除了皇上，就只有太后有了。

外面有丫鬟進來道：「二姑奶奶，四小姐想見您。」

錦雲真想說不想去，可是蘇錦惜說的那話，任誰都聽得出來，蘇錦容是因為她才受的傷，她要是不去或是遲疑了，只怕要受人數落了。錦雲暗聳了下肩膀，就知道這門不是那麼好回的。

錦雲心裡有些忐忑，不知道蘇錦容的臉傷成什麼模樣了，要是真那麼慘到要雪痕膏，不得在心裡記恨死她？雖然她不認為四妹妹把臉傷了關她什麼事，可她畢竟跟這幾個姊妹住了十幾年，性情都了然，遷怒這事她們又不是第一回做了，這一回關乎到她的臉，就更嚴重了。

屋內，蘇錦容在嚎叫。「娘，我臉疼，要真毀容了怎麼辦？我寧願死也不要臉上有疤痕！」

蘇大夫人抓著蘇錦容的手，輕聲道：「別碰臉，娘不會讓妳有事的。」

錦雲走近，就瞧見蘇大夫人握著蘇錦容的手鬆了，轉而看著錦雲，一旁的蘇錦容也側過臉來望著她。

錦雲睜大了眼睛，狠狠地眨巴了兩下，懷疑自己得近視了，燙傷到必須要雪痕膏才能痊癒了，離得只有三、四步遠，她怎麼都沒瞧見她臉有紅腫的痕跡？

錦雲又靠近了兩步，這才瞧見蘇錦容臉上的傷，睜圓了眼睛，張大了嘴巴，錦雲吶吶道：「四妹妹的臉傷得……可真嚴重！」

蘇錦容瞬間氣炸，狠狠剜了錦雲一眼，怒道：「都是死人啊，還不趕緊給我拿紗巾來！」

蘇大夫人狠毒的眼神瞥了錦雲一眼，然後道：「剛上的藥，要通通風才好。」

蘇錦惜勸道：「四妹妹別擔心，雪痕膏皇宮裡就有，妳只要說一聲，大姊姊肯定會給妳送來的。」

蘇錦容磨了下牙，嘟著嘴道：「妳以為雪痕膏是大白菜呢，想要就有，徐太醫都說了，只有太后和皇上手裡才有，大姊手裡可沒有。」

錦雲很無語，這多大點的傷，就非得雪痕膏不可了？尋常的藥塗個七、八天，包准瞧不見一丁點受過傷的痕跡，忍忍不就好了，非得麻煩人做什麼？更奇怪的是把她找過來，難不成就因為她受傷了，不好在蘇老夫人屋子裡罵她，所以把她喊來跟前受她兩記瞪眼？

這對母女有那閒工夫，她可沒有，不過話還是得說清楚。「大姊姊疼愛四妹妹，只要派人去說一聲，肯定會送來的，妳受了傷，好生歇養著，我就不打擾妳休息了。」說完，便要轉身。

蘇錦容裝不下去了，喊住錦雲。「誰准妳走了，我話還沒說呢！」

錦雲臉一沈，眸光微冷地望著蘇錦容，蘇大夫人也瞪了女兒一眼，還沒指責她，蘇錦容就噘著嘴道：「她那傻乎乎的樣子，娘跟她繞一百圈她也不見得懂。」

說完，她就把臉對準錦雲了。「我臉是沒傷得那麼嚴重，但是我要雪痕膏！要不是因為妳礙事，大姊早登上后位了，我要什麼會沒有？偏偏因為妳，大姊在後宮裡受盡窩囊氣，現在又來個賢妃，還因為兩瓶香水得瑟成那樣！」

說了半天，全因為妒忌。錦雲聽完後，道：「香水是皇上賞賜的，與我無關，四妹妹就是氣也氣不到我頭上來，我也沒那個能力給妳要來雪痕膏。」

蘇錦容聽到錦雲這話，也不生氣，反而道：「算妳有自知之明，我也不指望妳能拿到雪痕膏，不過妳不行，有人可以，葉大公子與皇上是表兄弟，香水那麼珍貴，他都能要一瓶給妳，雖然最後是被拿回去了。妳讓他去找皇上要，皇上直接給大姊，讓大姊派人送給我就可以了。」

錦雲聽得皺眉，蘇錦容盯著她又說：「這麼點小事，妳別說辦不到。別忘了，妳也是相府的女兒，一榮俱榮，一損俱損，大姊在宮裡得寵，妳面子上也有光，昨兒沐依宛那麼瞪妳，妳忘記了不成？」

錦雲算是聽明白了，今兒這壓根兒就是一齣戲，故意做給她看的，為的就是蘇錦妤的面子，給即將進宮的沐依容一個下馬威！

青竹站在錦雲身後，氣得手裡的帕子都扭緊了，一榮俱榮，一損俱損，虧她們用到少奶奶的時候能想起來這句話，以前怎麼不記得？

大小姐進宮，貴妃之尊，氣度比螞蟻還小，竟然在少奶奶成親的時候，送個玉製的小麻雀做添妝，現在竟然也好意思開口讓少奶奶去求少爺，還讓少爺特地進宮一趟去求皇上，青竹想起來就恨不得拽著錦雲走，這地方待得讓人雞皮疙瘩亂飛！

錦雲也待不下去了，不過她知道，蘇錦容說這話時，蘇大夫人坐在一側喝茶，不時地望她一眼，顯然若是遭拒，肯定會有後招，便笑道：「一會兒我就跟相公說，不過皇上會不會給，我也不敢擔保。」

蘇大夫人輕點了下頭，錦雲這才退出去，錦雲才走到屏風處，蘇錦容就噘了嘴。「看她那心不甘情不願的樣子，不會只是說說吧？娘，要是明兒拿不到雪痕膏，三天後我怎麼參加太皇太后的壽宴啊！」

錦雲等人出了院子，半道上，青竹就忍不住了。「少奶奶，妳不會真的為了貴妃娘娘的面子去求少爺吧？」

「不管我求不求，少爺都得去求。」

拜別蘇老夫人，離開相府後，錦雲坐在馬車上揉著肩膀，問葉連暮。「你不先去跟外祖父和舅舅知會一聲？」

葉連暮伸手把錦雲攬進懷裡，幫她揉肩膀。「先送妳回國公府，我再進宮找皇上要雪痕膏，然後再去溫府。」

錦雲扯了下嘴角，然後看著葉連暮。「你覺得雪痕膏一事真這麼簡單？」

葉連暮被問得一愣。「不然呢？」

錦雲深吁了一口氣。「錦容燙傷了手和臉不假，可還沒嚴重到需要雪痕膏的地步，她們要雪痕膏的本意不是治傷，而是治沐賢妃，一會兒你找皇上要雪痕膏，讓他直接給貴妃就成了。」

葉連暮眉頭皺緊，皇上的後宮沒亂，他這裡倒先亂了。待送錦雲回祁國公府，葉連暮就進宮了，直奔御書房，結果撲了個空，葉容痕不在書房內，而在御花園賞花。

遠遠地，葉連暮就瞧見葉容痕和李皇后正聽蘇貴妃彈琴，不由得翻了個白眼，之前還同情他，根本不值得同情，走近就聽葉容痕誇讚道：「蘇貴妃的琴藝又長進了不少。」

李皇后也連著點頭，蘇貴妃分明很得意，卻故作謙虛。「謝皇上和皇后娘娘的誇讚，臣妾愧不敢當。」

此時，一個人影從那邊竄進來，邊走邊嘀咕。「二王兄的品味幾時變得這麼低了，這麼難聽的曲子也說好聽，還彈這麼久，差點沒憋死我。」

這聲音說得可不算小，細細聽也能聽清楚，蘇貴妃一張臉都氣得發紫了，李皇后也聽見了，不過葉容頃說的人是皇上，她可不敢笑，只得憋著。

倒是葉容痕氣得眼角都在抖，這小子就算想損人，也別順帶把他帶上好嗎？

蘇貴妃忍著心底的氣給葉容頃行禮。「見過十王爺。十王爺不是在大昭寺吃齋祈福，怎麼現在回宮了？皇上不是讓你明兒才回來的？」

葉容痕也瞪著他，用眼神詢問。葉容頃秀眉一抖。「王兄，你別那麼看著我，我怕，我可不是違抗聖旨，我是有苦衷的，我發誓。」

葉容痕眉頭更皺了，讓他們去大昭寺躲躲，才三天，竟然熬不住就提前回來了，回頭讓御史臺參奏一本，看他們怎麼辦。

「有什麼苦衷？」

葉容頃立馬昂脖子，臉不紅氣不喘地道：「七王兄說光是吃齋祈福不能夠表達心意，所以我們就抄了佛經準備去探望下那些大臣，結果七王兄那個不長眼的，才下山就把溫彥表哥給打了，兩人鼻青臉腫的，這會兒還在床上躺著沒法出門，這一點，連暮表哥可以作證。」

葉連暮輕揉了下太陽穴，這小王爺還真是陰魂不散，之前怕被皇上知道，這會兒倒是壯著膽子直接就進宮了。

葉容痕皺了下眉頭。「七王弟真把溫彥給打了？」

葉連暮行過禮，然後才點頭道：「事情的經過回頭再讓他跟你說，我找皇上有急事。」

葉容痕便起身，一旁的常安正要喊「擺駕御書房」時，葉容頃立馬道：「我先來的，我的事還沒說呢，我還趕著出宮。皇祖母三天後就回來了，七王兄那一臉青紫三天好不了，還有溫彥表哥的臉，今兒有人來找他，他都沒敢出門，王兄，我是被他們派來找你要雪痕膏的。」

葉容痕瞪了眼葉容頃抓著龍袍的手。「你知道擱哪裡的，自己去拿。」

葉容頃立馬笑了，隨即一溜煙朝皇上的寢殿奔去。

葉連暮站在一旁，劍眉攏緊。葉容痕望著他問：「怎麼了？」

「皇上有幾盒雪痕膏？」

「兩盒。」

葉連暮大鬆了一口氣，還好，不然回去沒法交代了。

葉容痕見葉連暮問得那麼正經八百的，心卻莫名地提了起來，不會是她受傷了吧？

葉容痕回頭望了李皇后和蘇貴妃一眼。「朕還有事，改天再陪妳們賞花。」

她們忙福身恭送。葉容痕邁步出了涼亭，隨口問葉連暮。「你匆匆進宮拿雪痕膏，誰受傷了？」

葉連暮只落後葉容痕半步，聞言直接吩咐常安道：「一會兒拿了雪痕膏直接送去給蘇貴妃，讓她派人送相府去。」

「相府？」葉容痕蹙眉。

葉連暮把事情的經過簡略說了下，葉容痕直皺眉頭，常安聽得心裡不舒坦，雪痕膏珍貴難求，一年也難得進貢兩瓶，平素賞賜人都不夠用，隨便燙了下就要雪痕膏，也太暴殄天物了！

但常安可不敢說不給了，葉大公子都提出要求了，能說不嗎？左右皇上也用不到，等葉容痕吩咐他拿了送去，常安便退下了。

到了御書房，葉容痕便讓太監、宮女全部退出門外，然後才跟葉連暮說起正事來，一開頭就先帶了指責。「你怎麼回事，竟敢送上門去，右相真病得那麼嚴重？」

「今兒去右相府是有要事，舅舅回來了，總不能一直閒著，皇上打算給舅舅什麼官？」

葉容痕有些頹喪地坐下，葉連暮也不打擊他了，兩人便在御書房裡合謀算計起來，偶爾會有一、兩道笑聲傳來。

「皇上，您讓十王爺自己去拿雪痕膏，他把兩盒子雪痕膏都拿走了。」常安回來稟告道。

「全拿走了？」

常安點點頭。「奴才去追十王爺，準備要拿一盒回來的，可十王爺說七王爺和溫少爺臉太大，兩盒子他都嫌少，奴才要是敢拿走一盒子給蘇貴妃，回頭七王爺臉上留疤，會找奴才算帳。奴才膽小，皇上，您還是派別人去吧……」

常安跪在那裡，葉容痕是哭笑不得地看著葉連暮。「十王弟與蘇貴妃不和，到手的雪痕膏讓他拿出一盒，肯定不行。」

葉連暮端茶啜著，沒有接話。

外面公公進來稟告道：「皇上，蘇貴妃有事求見。」

葉連暮起身道：「雪痕膏的事，皇上自己想辦法吧，臣先回府了。」

回到祁國公府，錦雲就去寧壽院給葉老夫人請安，當葉老夫人問及溫老夫人和溫老太爺的情況，錦雲都一一回答了。

「妳和暮兒去溫府也住了一晚上，溫大夫人沒找妳去右相府通通風？」葉二夫人笑問。

「通什麼風？我只是陪溫老夫人聊了會兒，溫夫人忙著府裡的事，都沒見上一會兒，不過我倒是聽相公說，溫老爺此番回來，肯定要回兵部的，還要求祖父和各位叔叔幫著遞個摺子呢。」

葉二夫人哼了一聲。「放著自己的岳父不求，別人求再多也頂不了用，這也就咱們皇上被逼成這樣子，舅舅都給人家逼出了京都，親表哥任個閒職還有人百般阻攔的……」

「妳要是閒了，就回院子歇息，朝堂大事不是妳該過問的。」喝茶的葉老夫人不鹹不淡地冒出來一句，打斷葉二夫人的話。

葉二夫人臉都紅了，葉老夫人當著一屋子的丫鬟和錦雲的面說她管得太多，她心裡窩氣偏又不敢頂撞，只得告退了。

葉三夫人見二嫂灰頭土臉地出去，嘴角憋笑，一旁的葉四夫人笑道：「二嫂說話是直了些，可說得也不錯，要是能有右相幫著說句話，溫老爺回兵部不是難事。」

葉大夫人坐在一旁不言語，右相算盡心思才拔了溫太傅的勢力，怎麼可能輕易鬆口讓溫老爺回兵部？再說了，就算右相同意了，太后又同意嗎？兵部怎麼騰出位置來安置溫老爺？昨兒她還問過老爺，老爺說回兵部希望渺茫，除非是兵部郎中的位置，可回這個位置，不是打溫府和皇上的臉嗎？

當年就是爭兵部侍郎的位置而惹惱了右相才被貶出京的，回來若還在這位置上，那當年還爭個什麼勁？

「坐了半天馬車才回來，下去歇著吧！一會兒暮兒回來，讓他來見我。」

錦雲踏出寧壽院，還沒進逐雲軒，就聽見院子裡有吵鬧聲，是南香和一名丫鬟秋蓮吵得激烈，幾乎轉眼間就能打起來了，原因是掃地和瓜子殼。

秋蓮閒得沒事嗑了一天的瓜子，殼就吐在地上，那塊地正好是南香負責的。南香別的事沒做，一整天就掃她吐的瓜子殼了，氣得她恨不得拿掃把打人，一群丫鬟跟著起鬨。

青竹邁步上前，皺著眉頭道：「少奶奶才出門一天，院子裡就亂成這樣！」

兩個丫鬟見錦雲回來了，忙跪下來求她主持公道，錦雲瞥了地上的瓜子殼，對南香道：「府裡沒有規定她不許往地上吐瓜子殼，把地掃乾淨了。」

南香輕咬唇瓣，差點哭出來，秋蓮正得意呢，下一秒，就嚇白了臉。

「瓜子嗑得挺溜的，這麼清閒的丫鬟逐雲軒養不起，打發她出府吧！」錦雲說完，邁步就進屋了。

青竹端了栗子糕來，錦雲嚐了兩口，葉連暮就回來了。錦雲擱下栗子糕，擦擦手後給他倒茶。

「晚了一步，雪痕膏沒了。」葉連暮喝茶道。

「沒了？」

「兩盒都被十王爺要去給七王爺和溫彥了。」

「然後呢？」

「然後皇上賞賜了一盒白玉膏給蘇貴妃，另外賞賜了一塊暖玉給她。」

暖玉？那可是好東西。

「雖然不是雪痕膏，不過皇上欽賜的暖玉也能達到相同的效果，這就足夠了。」

「相公，那雪痕膏你估計得多少銀子才能買到一盒？」

葉連暮嗆了下，不明白錦雲問這話是什麼意思，是想他去找皇上要兩盒去賣錢，還是她打算自己製了賣？

「有市無價。」

什麼有市無價，明顯是物以稀為貴，要是店鋪裡出現一堆比雪痕膏有效的去疤膏藥，雪痕膏能價值多少？

錦雲繼續吃糕點，忽然一拍腦門，險些給忘記了，忙道：「祖母讓你回來去她那兒一趟。」

稍晚，當葉連暮從寧壽院回來之後，轉頭又去了書房。

屋子裡，飯菜已經擺上了，谷竹端了水進來給錦雲淨手。

挽月掀了簾子進來，福身道：「少爺說過一會兒再吃。」

過一會兒再吃？是過一會兒一起吃，還是不用等他了，她先吃，他過一會兒再吃？有什麼事忙得連吃飯的時間都沒有？他不餓，她可是餓了。

錦雲坐下要拿筷子，結果張嬤嬤替她作主了，讓丫鬟把飯菜先端下去，另外端碗粥來先給錦雲墊墊肚子，意思就是讓她等葉連暮一起吃。

錦雲扯了下嘴角，擺手說不用了，然後邁步出門，親自去書房請人吃飯。

書房內，葉連暮正在寫奏摺，錦雲見他沒有起身的意思，便走了過去。「還沒忙好？」

葉連暮搖了搖頭。「還早著呢，一會兒寫好奏摺得給祖父送去，晚了只怕要挨訓斥。」

錦雲聽見這話，忍不住捂了下肚子，有張嬤嬤在，她不想等也得等，見書桌上擱著糕點，錦雲伸手拿了塊，見地上有不少的廢紙，便彎腰拾了兩張坐到一旁瞅著，上面寫了不少，全部都是誇溫老爺的，只是後面說到舉薦，一張是兵部左侍郎，一張是兵部右侍郎。

錦雲把紙揉揉又扔地上去了。「別告訴我，你忙得連飯都沒空吃，就為了寫這個？」

葉連暮輕點頭。他去了寧壽院，不僅是向祖母請安，重要的是將這兩日會面溫老太爺和右相的情勢告知祖父。

錦雲翻了個白眼。「祖父左右為難，就把問題丟給你了？」

「這招敵人的奏摺還真是難寫。」

錦雲也知道為難，不過她就不明白了，對國公爺難的事，對他來說可不是難事，溫老爺怎麼安置不是都商量好了嗎？明面上走個過場就是了。

「不用假戲真做到那分上吧，要是真招個敵人回來就慘了。」

「我要以祖父的立場去寫這份奏摺。」

「直接讓祖父裝病不就成了，左右兩、三天這事就要定下來。」

「……朝野上下會說祖父無情無義，皇上那也不好交代。」

「真是麻煩！」

錦雲伸手又拿了塊糕點，在書房內轉悠著，來回走了幾步，就見葉連暮起身了，錦雲皺眉。「不寫了？」

「寫好了。」

「這麼快？」

錦雲瞪圓了眼睛，顯然不信，葉連暮挑了下眉頭。「之前是我想得太多了，既然兵部沒有結果，我何必為難祖父，只要上份奏摺表示支持外祖父、支持皇上的決定就足夠了。」

錦雲翻了個白眼。「你這擺明是打馬虎眼，你就不怕別人罵外祖父老奸巨猾？」

錦雲說話夠直白，直白得讓葉連暮嘴角都忍不住抽了下。「除了奏請皇上對舅舅委以重任四個字外，還能寫什麼？」

「要是皇上問祖父，覺得委以什麼重任才不辜負溫愛卿之良才，你讓祖父怎麼回答？左侍郎還是右侍郎？」

葉連暮愕然，錦雲又道：「你可以跟皇上私底下通氣，這假設基本不存在，可要是哪位大臣問祖父呢？這馬虎眼可不好打。」

「……娘子有何高見？」

錦雲一哼鼻子。「高見我可沒有，不過臨時找點事出來還是可以的，朝廷上有什麼大事，越大越好，直接舉薦舅舅去做，反正同不同意是皇上的事。」

葉連暮忍不住捏了捏錦雲的鼻子。「妳這不是馬虎眼又是什麼？」

「怎麼能這麼說呢，再怎麼說我這隻馬虎比你那隻馬虎也要略微禁得起考驗些！」

「……」葉連暮無言。

第二天一大清早，葉連暮便進宮招敵人去了，而錦雲沒想到她在府裡也會招事。

招來的還不是小事，三小姐葉觀瑤要邀請大家閨秀來賞菊花，可是花園修葺過了，卻跟沒修過一般，葉觀瑤的母親葉二夫人有意見了，覺得葉大夫人管理不善，這修院子的事該讓她來管，但是葉大夫人怎麼允許他人來奪她的管家權呢？你來我往、冰刀暗箭下，錦雲成了箭靶。

可憐錦雲一心想著出府，恨不得連太皇太后的壽宴都能翹掉，讓她去管修園子，被人挑刺，可能嗎？

這活兒一定要給推了，錦雲打定主意不攬和府裡的事。

當錦雲邁步進屋時，就瞧見桌上擱了好幾本帳冊，便走過去翻了翻，才翻看了兩頁，便毫無興致丟在一旁，端起茶喝著，有好幾次往外張望。

青竹她們幾個抿唇暗笑，少奶奶也知道等少爺了。

葉連暮回來時正好碰上錦雲張望的眼神，看見她眸底的期盼，心裡是暖洋洋的。

錦雲給葉連暮倒了杯茶，示意他看桌子上的帳冊。「大夫人她們讓我負責修葺花園，我怎麼辦？」

嘩啦啦一盆冰水從頭澆到腳，他就知道她不會無緣無故等他的，敢情就是為了修花園的事。

「什麼怎麼辦？」

明知道她一心記掛著出門的事，他還故意跟她裝傻充愣。「出門，我是說她們讓我負責修園子，我怎麼出門？」

葉連暮端了茶盞呷了一口。「妳又不是明天就出門，今天修也來得及，妳今天要出門？」

錦雲抓狂了，她怎麼說，他就是不明白呢？

她直勾勾地看著葉連暮。「太皇太后壽宴過後，我是打算出門的，結果府裡那些人說要辦什麼賞花宴，要把花園修一修，還把賞花宴會上準備些什麼花的事全部交給我，我自己的事都忙不過來了，哪有空閒管這事？」

她忙得都恨不得睡在香藥房了，這一點他很有意見。「知道自己忙，妳還答應？」

錦雲險些氣炸。「你以為我想呢！二夫人她們想管，大夫人不給，我不想，偏硬塞給我，祖母又同意了，我想說不行都不給我說話的機會，你幫我去回絕了祖母好不好？」

錦雲拽著葉連暮一條胳膊搖啊晃的，搖得某男頭暈乎乎的，險些答應了。

他抓緊錦雲的手。「總得有個理由說服祖母吧？」

錦雲手抽不回來，氣悶道：「我要有好理由早去了，理由你隨便說就是了。」

兩刻鐘後，葉連暮回來了，一同回來的還有丫鬟夏荷，奉命來取帳冊。

等夏荷走了，錦雲殷勤地倒了杯茶，親自送到葉連暮跟前，正要說話時，張嬤嬤進來了。「少奶奶，錢嬤嬤讓奴婢來問您想學什麼糕點，她好先準備著。」

錦雲的茶盞都遞到葉連暮跟前了，葉連暮正伸手去接，結果她連著茶盞把手收回。「做什麼糕點？」

錦雲的眼神從張嬤嬤身上落到葉連暮身上，眉頭漸漸皺緊。

葉連暮假咳一聲，硬著頭皮道：「為夫失算了，沒想到祖母會派人來教妳做糕點。」

這回葉連暮是真沒想到葉老夫人會有這吩咐，錦雲把看帳冊的問題丟給他處理，他想只要把錦雲的時間占滿了，自然沒工夫看，葉老夫人肯定會把帳冊拿走的，至於怎麼占滿錦雲的時間，他自然而然想到了錦雲的糕點，就跟葉老夫人說七王爺和十王爺因為糕點受了皇上訓斥，賭氣一定要再嚐嚐錦雲的手藝。

他沒法打消兩位王爺的想法，就拖延了些時間給錦雲學做糕點，可錦雲又要看帳冊，估計沒什麼空……

葉老夫人一聽葉連暮轉達，錦雲說凡事有個先來後到，她得先看完帳冊再做糕點。他只得來請葉老夫人發話，葉老夫人想也不想就吩咐夏荷取了帳簿，比起看帳簿，自然是糕點重要些。

錦雲聽著葉連暮說這些，氣得牙齒喀喀作響，她本來就是為了空出時間來做自己的事，結果他倒好，讓她去廚房忙活了，還有人監督，錦雲想掐死某男算了。

此時，丫鬟進來稟告道：「大少爺，國公爺找您有事。」

來得真是太巧了，葉連暮迫不及待地起身，隨即又察覺想躲著錦雲的意圖太明顯了，於是拍拍錦雲的臉，他不慌不忙地丟下一句。「有什麼話等我回來再說。」然後逃之夭夭。

錦雲滿腔火氣啊，忍得夠嗆，推脫得了帳冊，這做糕點是無論如何都推不掉了，錦雲只好去廚房，繫上圍兜，挽上雲袖，在錢嬤嬤的指點下，認命揉粉，還很是得了一番誇讚。

「少奶奶真聰明，一學就會。」

錦雲汗顏，她本來就會好不！還得故作不會地問這問那，每問一句，就在心底默默添上一句對某男的問候，以至於在書房的葉連暮狂打噴嚏。

「我們少奶奶學會了做綠豆糕，就不用再學了吧？」見錦雲忙得滿頭大汗，珠雲忍不住問。

錢嬤嬤笑著點頭。「今兒只學做綠豆糕，一會兒做好了拿去給老夫人嚐嚐，老夫人說可以了，便不用學了。」

今天只做綠豆糕？那就是說明天還得學別的了，非但如此，還要給老夫人嚐嚐？老夫人說欠些火候，她還不得重做？

錦雲忍不住低聲咒罵了一句，真會給她找事做！

咒罵完了，她吩咐珠雲拿了木製模具來做花樣，珠雲忙拿了梅花的模具來，錦雲才接到手上，就聽見外面一陣腳步聲傳來。

錦雲抬頭就見好幾道熟悉的身影魚貫而入，霎時讓這間半大的廚房增添了許多秀色。

祁國公府的幾位小姐進了門，眼珠子便四下張望，然後齊齊落在錦雲的跟前，想再近一步，錢嬤嬤便笑著走了過去，先是福身行了禮，然後才道：「大少奶奶忙著做糕點呢，怕是沒空招呼幾位小姐，廚房灰塵又多，幾位小姐要不還是先回了吧？」

大小姐葉姒瑤上前一步笑道：「我們幾個也是從祖母那兒知道大嫂做糕點的事，逛著園子無聊便來瞧瞧。」

葉觀瑤也道：「大嫂做的糕點吃壞了好幾位大臣的肚子，此事早就鬧得滿城風雨了，所幸皇上吃得少，不然大嫂就是長了幾顆腦袋也不夠砍的，大嫂可得學仔細了。」

錦雲臉色不豫，本來做糕點就不樂意了，竟還來一群看熱鬧的人，嫌她不夠窩火是嗎？

錢嬤嬤瞥了錦雲一眼，道：「大少奶奶聰慧，一學就會，不消一會兒，綠豆糕就做好了。」

她們互望一眼，錢嬤嬤是祖母的人，專門負責祖母的糕點，今兒又是得了吩咐來教大嫂做糕點的，她說學得快，那肯定不會有假，她們還想看看她在廚房忙得手忙腳亂的樣子，難不成白跑一趟？

既然不亂，那就添點亂好了，幾人連忙說幫錦雲拿東西，這裡碰碰，那裡碰碰，轉眼廚房就亂七八糟了。

珠雲看著錦雲辛苦揉好的麵團，被七、八隻手扯得形狀全無，錦雲氣得恨不得衝過去。

「少奶奶，現在怎麼辦？」

錦雲雙拳握緊，臉上掛著溫和的笑，她已經忍無可忍了。

成心搗亂，一個個想玩是吧？那就讓妳們玩個夠！錦雲一揮手，小聲吩咐珠雲幾句，珠雲笑得連連點頭，把糕點往桌子上一放，拎著裙襬就溜出門。

瞧見廚房成這副樣子，葉觀瑤咧嘴一笑，然後推了二姊葉文瑤和大姊葉姒瑤一下，一臉愧疚道：「把大嫂的廚房弄成現在這副樣子了，怎麼辦？」

葉觀瑤話一出，其餘幾個人都停了下來，一致歉疚地看著錦雲，吶聲道：「大嫂，我們只是想幫幫妳而已，不是成心搗亂的……」

錦雲大度地笑著。「我知道妳們是好心好意。」

葉文瑤見折騰得差不多了，準備要撤時，王嬤嬤卻來了。

「王嬤嬤怎麼這會兒就來了？別是老夫人責怪我糕點做得太慢了。」錦雲擔憂道。

王嬤嬤忙搖頭道：「大少奶奶不急，老夫人聽說幾位小姐都有興致學做糕點，讓奴婢來請幾位小姐去寧壽院。」

府上幾位小姐的臉頓時難看了，王嬤嬤也不說什麼，福身就請她們去寧壽院，她們明知道一會兒少不了一頓訓斥，卻不敢說不去。

錦雲親自送她們出院子，珠雲拎了個食盒走近，眉開眼笑道：「少奶奶，糕點蒸好了。」

錦雲嘴角一勾，邁步就出了院門，直奔寧壽院而去。

錦雲走得稍慢了片刻，等到寧壽院的時候，葉老夫人都訓斥上她們幾個姑娘了，不過屋子裡不止她們幾個，四位夫人也在。

錦雲繞過屏風時，就聽葉觀瑤委屈地辯駁道：「祖母，我們幾個真不是故意去破壞大嫂做糕點的，實在是在花園裡閒逛，聽說祖母讓錢嬤嬤去教大嫂做糕點，心生了好奇想瞧瞧，見大嫂動手做糕點，就想幫著她點，大嫂自己也沒有拒絕……」

錦雲站在屏風處聽著，嘴角忍不住冷哼，這話說得她像陰險小人似的，她們好意動手幫忙，她沒有拒絕，卻轉頭讓珠雲來告狀，錦雲哼完了聲，直接拎著食盒邁步進去了。

「她真沒有拒絕妳們？不是因為讓妳們停手可妳們不聽，她才來找老夫人告狀的？」葉二夫人冷哼道。

幾個姑娘連著搖頭，葉姒瑤委屈得險些掉眼淚了。「二嬸，我們幾個您是瞧著長大的，大嫂若是直說了我們礙事，我們哪裡還會留下來，實在是大嫂一句話也沒說，站在一旁瞧著，我們都認為大嫂樂意我們幫忙，我們才……」

葉觀瑤更是氣。「不樂意我們幫著就直說。大嫂她太過分了，我們……」

錦雲故意把腳步踏得很大聲，走到葉觀瑤身側，一臉茫然，故作不解地問：「三妹妹這話我聽著有些不懂了，我怎麼過分了？」

葉觀瑤冷哼了一聲。「過不過分，大嫂心裡清楚！」

錦雲笑了，什麼叫倒打一耙，今兒算是見識了，把她辛苦揉好的麵粉團糟蹋完了，只一句好心好意就能推脫乾淨，而她跟老夫人說一聲就是惡人先告狀了？今兒就讓她們偷雞不著蝕把米！

錦雲上前給葉老夫人行禮。「祖母，觀瑤她們是好心好意幫我做糕點的，錦雲也是求之不得，只是錦雲沒有想到，她們連做糕點的模具都是頭一次見到；錦雲前些日子做了幾盤糕點，鬧出那麼大的動靜，受了多少指責，錦雲身為長嫂，自然不想她們幾個跟我一樣，來的路上錦雲反省了下，幾位嬸嬸都責怪錦雲不會做糕點丟了國公府的臉面，肯定會教她們的，是錦雲多事了……」

多事的不是錦雲，是那幾位夫人，吃飽了不管自己的女兒，卻逮著錦雲不放。

葉老夫人沈了臉，吩咐王嬤嬤道：「安排婆子，挨個兒地教會，我要親自檢查！」

這幾個小姐不得不咬牙接受。

待錦雲把糕點送上，葉老夫人嚐了口，眸底輕動，示意王嬤嬤也嚐嚐，王嬤嬤便知道這糕點有些不尋常，忙拿了一塊咬一口，當下道：「奴婢吃著倒是覺得比錢嬤嬤以前做得要好。」

葉老夫人望著錦雲。「縱是天賦異稟，第一次做糕點也做不出這味道來。」

錦雲撓著額頭一笑。「就知道瞞不過祖母，錦雲的確不是第一次做糕點，上回做給兩位王爺吃的五味糕點，是錦雲故意做的，錦雲在那之前就懷疑相公味覺有問題，一直得不到驗證，就乘機做了五味糕點，沒料到兩位王爺會說糕點好吃，還特地要了拿去給那些大臣吃。」

葉老夫人笑著戳錦雲的腦門。「妳既是會做，那就不用再學了，不過下回可不許這麼胡鬧了。」

錦雲嘛著嘴。「就是沒祖母吩咐，錦雲也不敢了。」

這幾位葉家小姐們有多生氣，不用說也知道，本來該錦雲學做糕點的，現在倒好，她不用學了，她們幾個卻被點名了要學七、八樣糕點！

葉大夫人想著糕點一事已解決，就想把修葺花園的事再交給錦雲，錦雲還沒說話，葉老夫人就發話了，修花園的事交給葉二夫人打理。

第十五章　和離風波

錦雲一路哼著曲子回逐雲軒，進到正屋內，見葉連暮在那裡看書，挽月含情脈脈地伺候在一旁，要茶水有茶水，要糕點有糕點。

錦雲忍不住哼了下鼻子，端茶輕啜。

葉連暮聽見她的腳步聲就想起身，又怕錦雲瞪他，生生忍著了，不過聽她哼曲子，不由得好奇。

「什麼事這麼高興？」

錦雲淡淡掃了他一眼。「哪有爺你來得高興。」

葉連暮立馬坐直了。「我哪有高興，正頭疼著呢，娘子，妳幫為夫……」

錦雲打斷他的話。「頭疼就趕緊請大夫。」

說完，錦雲擱下茶盞，頭也不回地出了正屋。

葉連暮的身後頭傳來挽月熱切地關懷聲。「奴婢去請太醫來給爺瞧瞧。」

「不用。」

「那奴婢給爺揉揉？」

「不用！」

不耐煩地丟下這麼一句，某男趕緊追著錦雲出了屋子，全然不管挽月險些咬破的唇瓣和怨恨的眼神。

錦雲出了正屋，直接就去小院，珠雲小聲提醒道：「少奶奶，少爺頭疼呢。」

錦雲沒好氣地瞪了珠雲一眼。「他頭疼，我頭比他更疼！」

珠雲被瞪得縮著腦袋，不敢再替葉連暮說情，小心翼翼往身後瞄了一眼，偷偷地往一側挪了兩步。

葉連暮就在錦雲後頭跟著，一聽錦雲說頭比他的更疼，明知是氣話，還信以為真了，彷彿沒有半點矛盾地湊了上去，撫著錦雲的腦袋，關切地問：「讓我瞧瞧，是不是撞哪兒了？」

珠雲忍不住噗哧笑了出來，才一聲就趕緊捂嘴跑遠了，借她三、五個膽，也不敢在少奶奶嘔氣當頭上笑話她，哪怕笑的不是少奶奶自個兒，四下還有不少的丫鬟，看著葉連暮那麼關心錦雲，都傻眼了，竟然還有沒眼色的湊上來問，要不要去請個大夫來給少奶奶瞧瞧？

錦雲滿臉飛霞，拍著葉連暮的手，氣道：「頭髮都被你弄亂了！」

「頭還疼不疼？」

「本來還不那麼疼，被你一碰疼得想死了！」

「……那怎麼辦？」

「離我遠點兒就沒事了！」

說來說去還是生他的氣，葉連暮二話不說，抱起錦雲就往小院走。

「病了就好好休息，糕點不做了！」

錦雲直掙扎，氣呼呼地說：「我本來就不用做糕點，你放我下來！」
葉連暮頓住腳步。「真不用做了？」
錦雲白了他一眼。「我能指望你嗎？」
葉連暮聽得臉一沈。「我是妳夫君！妳不指望我指望誰？」
錦雲輕輕睨了葉連暮一眼，吐氣如蘭，卻能氣死他。「我現在立刻、馬上就想出府，我能指望你嗎？」
「……」
「我想踩你，我能指望你嗎？」
「……」又是一陣無言。
「我想捏扁你，我能指望你嗎？」
某男的臉跟鍋底有得拚，某女心情大好，嫌不夠黑繼續火上澆油。「你不給我添亂我就謝天謝地了，我可不敢勞你的大駕……啊……」
樂極生悲，全然忘記了這會兒還在人家懷裡呢，嘴上說得過癮，結果人家一點腳尖就上了屋頂。
舉目四望，風景這邊獨好，可錦雲知道不會是欣賞風景這麼好的事。
果然，葉連暮鬆了手，瞪著錦雲道：「不指望我，那妳就自己想辦法下去吧！」
丟下這一句，葉連暮一個縱身，就從屋頂上輕飄飄、風華萬千、瀟瀟灑灑落地了。
地面上一群丫鬟、婆子張大了嘴巴望著屋頂。「少、少爺，你……少、少奶奶她……」

珠雲臉都白了，雙眼通紅，見錦雲站在屋頂上搖搖晃晃的，嚇得忙道：「少奶奶，妳小心點兒，別亂動……」

聽到珠雲這麼急切的話，葉連暮忙抬頭往屋頂看去，見錦雲雙眸冒火地瞪著他，一點求饒的意思都沒有，不由得更氣，見珠雲吩咐丫鬟扛梯子去，當即沈眉怒道：「誰要敢扛梯子來，給爺拖出去打！」

那幾個婆子的腳步立馬停住，轉身行過禮就趕緊湊到丫鬟堆裡瞧熱鬧去了，只是眼睛一直盯著屋頂，滿含擔憂。這可不是鬧著玩的，萬一失足摔下來，不死也得缺胳膊斷腿脫掉兩層皮，少爺怎麼跟少奶奶鬧成這樣了？之前不是還好好的嗎？

珠雲跪求葉連暮，就連院內的張嬤嬤、青竹和谷竹幾個聽見外面鬧出這麼大的動靜，嚇得二話不說就丟了手裡的活兒奔了出來，求葉連暮饒了錦雲。

張嬤嬤知道錦雲性子拗，肯定是說錯了什麼話惹惱了少爺，讓她趕緊說句軟話。

錦雲站在屋頂上，顫巍巍的，一半是嚇的，一半是氣的，求他？她寧願不下去也不求他！有膽子就讓她在屋頂上待一輩子！

而葉連暮的確是被錦雲給氣著了，不過現在他也是騎虎難下，當著這麼多丫鬟的面把錦雲帶到屋頂上，還不許丫鬟救她下來，不就是要她收回那句話嗎？這女人不給點教訓壓根兒就不知道何為夫綱！

葉連暮雙手環胸地盯著錦雲，他其實很想甩手走人的，可心裡又怕出什麼意外。

那些丫鬟、婆子見大少爺不走，還當他是怕有膽大、不怕死的人去救少奶奶，於是硬要親自看著。她們一個個就是有心也不敢去搬梯子了，哪裡知道此刻她們少爺心裡就盼著有人不怕死去遞梯子。

錦雲站在屋頂上，雖然她不懼高，可站在這位置說不害怕也沒人相信，腦袋裡還天馬行空，想起以前看的那些肥皂劇裡各種從屋頂上摔下去的慘狀，越想越哆嗦，最後她咬緊唇瓣，硬生生把那些畫面從腦海裡揮去，告訴自己怕也沒用，越是害怕越要鎮定。

錦雲偷偷掃了葉連暮一眼，只見他滿臉鐵青，一點要解救她的意思也無，氣得她捏緊拳頭。他做初一就別怪她做十五了！他都不要臉面了，她還豁不出去了不成？

錦雲望天深呼吸了幾口氣，然後對青竹喊道：「還傻愣在那裡求那混蛋做什麼？還不趕緊回去告訴我爹，讓他順帶給我準備一份和離書，我可不想在屋頂上餐風露宿一輩子！」

錦雲這話無疑是晴天霹靂，劈壞了張嬤嬤和青竹，劈炸了葉連暮。

他的拳頭握緊，指節喀喀響，一雙盛滿怒火的鳳眸直視錦雲，可惜錦雲壓根兒就沒看他，慢悠悠地在屋頂上坐下，一副等右相來再算帳的樣子。

錦雲從始至終沒有說過一句求饒的話，從一開始發出的驚嚇聲直接就跳到要和離書上去了，全然沒有過渡，更是把倔強的性子表現得淋漓盡致。不就是屋頂嗎？下不去就下不去，正好賞風景！

逐雲軒發生的鬧劇，像一陣風一樣颳遍國公府，首先聞訊的便是葉大夫人。

葉大夫人嘴角翹起，悠哉撥弄著茶盞蓋，她身側站著一個年紀四十多歲的婦人，是最得力的心腹舒嬤嬤，此刻她正望著葉大夫人笑道：「大少奶奶和大少爺這一齣鬧得有些大了，夫妻沒有隔夜仇，就是鬧騰也在自個兒的屋子裡避著人，可還沒聽說有鬧到屋頂上要和離書的，別說右相知道了，就是國公爺知道了，大少爺也少不了一頓板子。」

葉大夫人冷哼了一聲，他還不是仗著老夫人和國公爺撐腰才敢這麼肆無忌憚？鬧吧！鬧得動靜越大越好，最好是京都人盡皆知，不過這會兒她得去寧壽院，要是老夫人知道這好事是她寶貝孫兒鬧出來的，看她怎麼處置！

丫鬟去稟告葉老夫人的時候，葉老夫人正在貴妃榻上小憩，丫鬟不敢打擾，就稟告王嬤嬤了，王嬤嬤嚇得臉都白了，這麼大的消息她可不敢告訴老夫人，於是匆匆忙忙趕去逐雲軒，先瞭解事情始末再說。

逐雲軒外，丫鬟是裡三層、外三層地圍著，指指點點的，錦雲在屋頂上站著，氣得嘴皮直哆嗦，原因無他，青竹站在底下跟她說，她出不了國公府，沒法向右相求救，更是告訴她，除了求葉連暮，別無他法。

葉連暮一張臉黑得可以滴墨了，以往錦雲說離開還是私下對著他一個，最多就是她那些心腹丫鬟知道，府裡其他人並不知道她存了這份心思，現在她竟然當著這麼多丫鬟、婆子的面說要和離，她以為聖旨賜婚是隨隨便便能和離的嗎？

即便皇上親自下旨欽賜和離，他也不會同意！

氣極了，葉連暮咬緊牙關瞪著錦雲。「想和離，門兒都沒有！」

錦雲氣得直磨牙。他說有門就有門、沒門就沒門？不許她下來，還不許別人遞梯子。成，這地方他最大，他狠，不就是沒人幫她而已，她自己有腿，她自己走！

錦雲掃了葉連暮一眼，一句話也沒吭，直接轉了身，那一腳邁得下面一眾丫鬟的心都提到嗓子眼了，其中最擔心的莫過於葉連暮了。錦雲每走一步，他都有飛身上去的衝動，可他更怕錦雲一張口，自己會忍不住直接把她從屋頂上扔下來，他知道，錦雲有惹怒到讓人理智全無的本事。

張嬤嬤一邊盯著錦雲，一邊求葉連暮，那邊有婆子走過來，稟告葉連暮道：「少爺，少奶奶再往前兒走就真危險了。那邊的房子是堆放雜物的，年久失修，橫梁都斷了。要是少奶奶踏上去……」

葉連暮俊眉一攏，望著錦雲，正要抬步時，只見那邊屋頂上的錦雲卻突然興奮了起來，甚至還揮起了手，嘴裡喊著。「大俠，大俠，救命！」

遠處屋簷上，一個矯健黑影正飛快地前來，他後面還有一道天青色的身影緊追不捨，聽見錦雲的呼喚聲，黑衣男子頓了一下，結果還真的往錦雲這邊來了，錦雲大喜過望，想不到她運氣還真是不錯，碰到大俠蹓躂路過。

錦雲低頭瞪了葉連暮一眼，停下不走了，就站在那裡等黑衣大俠過來。

葉連暮雙拳緊握，手背上青筋暴起，恨不得掐死錦雲了，再看遠處黑衣男子做出的手勢，那不是……

葉連暮心一沈，當下一個縱身就上了屋頂。

十米開外，黑衣人已經過來了，目露凶光，瞧見錦雲一個人，嘴角正翹起，沒承想下一刻，就見葉連暮站在她身後，當下一慌，趕緊停住腳步，落在屋頂上——

然後，慘呼聲傳來，錦雲和葉連暮就聽到「砰」一聲踩踏聲，黑衣男子從屋頂上直接掉下去了，磚瓦碎片嘩啦啦地不知砸下去多少。

錦雲一張嘴都成圓形了，手撫額頭，不忍再看。

大俠，咱還指望你救命呢，你這出場可真是丟面子啊！

葉連暮瞪著錦雲的後腦勺，哼道：「這就是妳招來的大俠？武功造詣果然非同一般……」

錦雲氣得剜了他一眼，抬步就要往前走，結果還沒邁腳，胳膊就被拽緊了，遠處有道熟悉的人影追過來，錦雲看不清是誰，可葉連暮是習武之人，瞧得清楚著呢！當下一揮手，四下幾名暗衛便閃了出來，將欲逃出屋子的黑衣人扣下了。

至於那道熟悉的身影，不是別人，正是左相府二少爺桓禮，此刻他落在葉連暮跟前，一臉怒氣道：「這刺客我追了半天都沒逮住，你們這樣站在這裡喊了兩聲『大俠』就逮住了他，也太不給我面子了吧？」

「……」錦雲無言。

明明她喊來的是大俠好不好，怎麼就成刺客了？

桓禮被狠狠打擊了一回，那刺客他都追了一路，硬是沒追上，方才他還在琢磨怎麼逮住刺客，結果就聽到有人喊大俠、喊救命了，都說英雄難過美人關，刺客逃命途中都受不住誘惑，這女人的魅力果真這麼大，為了她連命都可以不要了？活該被逮！

哪裡想得到此時此刻這名刺客心裡的鬱悶，被人追得筋疲力竭，聽到錦雲喊大俠，他腦中忽然閃過「人質」兩個字，有人質在手，追殺之人多少也有些顧忌，只要讓他喘口氣，他一定能逃掉。

誰能料想到都要抓到錦雲了，突然一個身影竄上來，一上來就布滿殺氣，他要是膽敢靠近，必死無疑，他知道這人不好惹，當下止住腳步，卻不料……把屋頂踩塌了！

本來還有一線希望能逃掉，結果沒想到會被人刀架脖子上。

桓禮在心裡嘀咕完，才想到不對勁，他追刺客這事沒人事先知道，她又怎麼會在屋頂上喊救命，還那麼逼真？她是怎麼上屋頂的，連暮兄竟然也由著她胡鬧？

桓禮正要說話時，葉連暮卻是攬著錦雲的胳膊道：「娘子，刺客也抓住了，這齣戲也演完了，咱們下去了，為夫都嚇出來一身冷汗了，往後可別這麼做了。」又對桓禮道：「刺客抓住了，你先帶回去審問吧。」

說完，葉連暮抱著錦雲進了小院，一腳踢開房門，直接把錦雲扔在床上，居高臨下看著她，冒火的眼睛都將他此時此刻心裡的怒火展露無遺，彷彿要將人生吞活剝似的；可是錦雲非但不怕，還認為他這是赤裸裸的挑釁，伸手就推他，一肚子想罵的話，其實她嘴上也罵了，只是沒聲音罷了，因為被點了啞穴！

錦雲捏緊粉拳，向他胸前捶去，可是越用力捶，葉連暮寬闊結實的胸膛靠得越近，最後更像是直接壓在她身上，錦雲身量小，力氣弱，怎麼可能推得開葉連暮？說不了話，只剩一雙拳頭，最後雙手連掙扎的力氣都沒了，葉連暮呼出的氣息全撲在她的臉上，錦雲連瞪他都顧不上了，閉上眼睛，把臉往一旁撇。

葉連暮瞧錦雲那樣子，更是氣不打一處來。

「把眼睛給我睜開！」

錦雲不動，葉連暮又重複了一聲，她掙扎了兩下，依舊閉緊雙眸，可是下一秒，脖子處傳來一陣疼痛，還有憤恨的說話聲。「我數三聲，再不睜眼，後果如何，妳心裡清楚，一……二……三……」

最後一個「三」才說出來，錦雲果然把眼睛睜開了，氣呼呼地瞪著他，細細聽，還能聽到磨牙聲。葉連暮就那麼看著她，在錦雲忍不住張口說話之際，直接咬了下去，咬得很用力，錦雲都感覺到唇瓣破了。

嚐到有血腥味，葉連暮這才鬆開她的嬌唇，看著那嫣紅的血，他伸手往錦雲右肩處一點。「下回妳再敢輕易說出和離兩個字，我絕不饒妳！」

「誰輕易說出和離了，是你逼我的！」

「我幾時逼妳了？」葉連暮又忍不住想咬錦雲了。

「要不是你丟我在屋頂上，我會說那話嗎？你不是不許人幫我嗎？你幹麼帶我下來！我不用你……」

葉連暮看著她帶著嫣紅血色的唇瓣一張一合，盡是惱怒之言，胳膊一攬，就把錦雲給攬了過來，唇直接貼上去，將她餘下的話全部給堵了回去，錦雲掙扎著，可越是掙扎，呼吸被剝奪得越快，她只想咬住那攢緊檀口的舌頭，狠狠地咬住，咬死他！

錦雲想的是這樣，可做出來就是與葉連暮追逐纏綿了，兩條玲瓏小舌碰觸，你推我攘，那一刻的感覺，錦雲與葉連暮只覺得背脊一道激流竄過，從腳底直達髮梢，說不出的怪異感覺。

錦雲呼吸急促，雙頰通紅，眼睛都不由自主地閉上了，也忘記之前想咬死某人的初衷，漸漸回應起這個本該帶著懲罰最後卻變質的吻來……

在錦雲險些缺氧暈倒之際，葉連暮才鬆開她，錦雲睜眼就看見兩人檀口牽扯的銀絲，極其曖昧。

錦雲臉紅了，趕緊伸手去擦唇瓣，然後推開葉連暮。「無恥小人，你給我出去！」

葉連暮的怒氣早在那一吻中消失了大半，因為錦雲回應他，他能感覺得到，不過剩下小半的怒氣可不是那麼容易消散的。「在屋頂那麼危險的地方，妳寧願向個不認識的刺客求救也不願意對我服軟一句，我就這麼讓妳沒有依靠感嗎？」

錦雲氣得直咬牙。「明知道屋頂危險，你還把我丟在上面！」

葉連暮捏著她的臉頰。「又不是第一次丟妳，我知道妳膽子大，再說了，為夫知道妳就是做鬼也不會放過我的，我可不敢讓妳比我先死。」

錦雲拍掉葉連暮的手，哼道：「我說的話你倒是全記得，我記得我還說過，你要是死了，我不會為你守寡的，我會改嫁。」

「妳！」葉連暮火氣又被挑起來。「妳這蠢女人，我真想直接掐死妳算了！」

「你掐死我啊，我保證天天晚上在你窗戶前飄！」

「口沒遮攔！」葉連暮無話可說了，這女人就不知道忌諱為何物，什麼話都敢說，卻偏偏連他話裡的意思都聽不出來，他瞪著錦雲。「妳那麼聰慧，就聽不出我話裡的意思？我不會讓妳改嫁，也不會讓妳有機會天天在我窗戶前飄，真有那一天，我們……」

不等葉連暮說完，錦雲就打斷他的話。「你才口沒遮攔，誰要跟你同歸於盡了？」

「……」葉連暮無言。

門外，青竹她們幾個丫鬟貼著房門，聽著屋裡的動靜，一會兒做鬼，一會兒改嫁，幾人那臉色，恨不得衝進去敲暈錦雲，聽到最後還有同歸於盡，她們的心臟險些跳停了。

「少爺這麼疼愛少奶奶，少奶奶真幸福。」珠雲忍不住道。畢竟是大戶人家長大的丫鬟，打小就知道勾心鬥角，即便是在人牙子手裡時，也多少被灌輸了男尊女卑的思想，像少奶奶這樣的，幾乎可以說與三綱五常背道而馳了，沒落得個被休的下場已是萬幸了，卻沒想到少爺還這麼喜歡她，胸襟可真廣闊。不過少奶奶也就是脾氣差了點，其餘的可是沒話說，再說了，出嫁前少爺也知道少奶奶脾氣不大好，或許少爺就喜歡少奶奶的壞脾氣呢！

葉連暮聽到珠雲說這話，忍不住心想：連丫鬟都看得這麼清楚，她怎麼就跟塊石頭似的，一點也不開竅？

就聽青竹接珠雲的話道：「那少爺更幸福，咱們少奶奶跟旁人不一樣，打是情，罵是愛，不打不罵是禍害。」

青竹和珠雲刻意說得很大聲，因不敢進去勸，就只能在外面說給裡面的人聽了，不過這會兒錦雲聽得臉紅了。

這幾個丫鬟都是跟誰學的，臉皮這麼厚，這話也說得出來？

葉連暮卻是覷著錦雲，眸底夾帶熱切笑意。「之前妳想罵我什麼來著？」

青竹和珠雲兩個互望一眼，耳朵豎得尖尖的，只聽見幾個詞飄過。「卑鄙、無恥、下流、人渣、混蛋……」

只要錦雲想到的，全都用上了，然後她很無辜地看著葉連暮，這可是他讓她罵的。

葉連暮好不容易白皙的臉又青黑青黑的了，不過這回他也算是自找的，再看錦雲那一副「我已經盡力，你若是不滿意，我再努力努力搜括些詞來罵你」的表情，葉連暮險些吐血。

錦雲憋笑。

讓你找罵，看你以後還敢不敢了！

只聽門外張嬤嬤急切的聲音道：「讓妳們來喊少爺、少奶奶，都杵在這裡做木頭呢，老夫人還急著找他們，趕緊敲門！」

青竹和珠雲一怔，怎麼把這麼大的事給忘記了，忙砰砰地敲起了門。「少爺、少奶奶，老夫人讓你們去一趟。」

古代是用紙糊的窗子，隔音效果可想而知了，張嬤嬤說的話錦雲和葉連暮都聽見了，才發生屋頂要和離書的事，這會兒葉老夫人就派人來找他們了，不用說肯定是要挨訓的。

錦雲瞪了葉連暮一眼，雖然她做得也過分了些，可是他先出狠招的。她又笑得溫婉，輕聲細語道：「相公，這回就全靠你了。」

葉連暮扯了下嘴角，這女人果然不是什麼善類。

葉連暮和錦雲並肩出了小院，四下掃地幹活的丫鬟都齊齊望過來，眼睛是一眨再眨，她們心裡確信先前那一齣戲是為了抓刺客的，不然怎麼可能都鬧到和離的分上了，結果不到一刻鐘就和好如初了呢？別說少奶奶的脾氣，就是自家少爺的脾氣也不會這麼輕易就和好的。

寧壽院正屋內，四位夫人還有府上其他小姐都聚齊了，個個臉色不豫，本來還以為有熱鬧瞧，誰想到最後竟然成了故意鬧出來的一齣戲，就為了抓刺客！

葉老夫人坐在那裡呷茶，臉色不復以往的和藹，陰沈沈的，下方坐著的葉二夫人冷著臉道：「這都鬧的什麼事？抓刺客，府裡有的是人幫著，至於把大少奶奶丟屋頂上，還當著那麼多下人的面嚷嚷著要和離嗎？都娶了媳婦的人，做事還這麼沒分寸，由著性子胡鬧，要是大少奶奶有個什麼萬一，從屋頂上跌落下來，國公府怎麼跟右相交代，他真打算把整個國公府全賠進去嗎？」

葉二夫人憤憤地說完，葉三夫人也出面道：「暮兒這回做的確實過分了些，我聽到這消息都差點嚇壞了，急急忙忙就趕來。暮兒也是常跟在皇上身邊，對朝堂上的事多少都有些瞭解，右相權傾朝野，就是國公爺都忌憚他，他竟然敢把錦雲放在那麼危險的屋頂上，回頭觸怒了右相，他無官職在身不怕右相，那國公爺和幾位老爺呢，都不替他們想想嗎？」

葉四夫人也是對葉連暮失望至極，就算他對錦雲有多不滿，想殺了她，有多少辦法可以用，何至於鬧得人盡皆知，與右相為敵對他有什麼好處？他真被錦雲氣昏了頭不成，連最起碼的分寸都沒了，身為國公府嫡子長孫，又是皇上的表哥，國公府十有八九會由他繼承，現如今看來，國公府若是交給他，遲早會被他給敗光了！

葉老夫人靜靜地聽著，直啜茶不語，直到外面丫鬟進來稟告道：「大少爺和大少奶奶來了。」

王嬤嬤忙看著葉老夫人，她知道老夫人今兒是發了怒氣的，雖然什麼話也沒說，可王嬤嬤跟在老夫人身邊多年，一個眼神她就知道老夫人心裡想什麼，不由得在心裡替錦雲和葉連暮擔心，幫著勸道：「老夫人，大少爺和大少奶奶也是為了幫桓少爺抓刺客，雖然有失分寸，可本意不壞，您別氣壞了身子骨兒。」

王嬤嬤說著，錦雲和葉連暮就邁步進來了，看見葉老夫人陰沈的臉色，錦雲的心撲通跳著。完了，這玩笑開得過火了，都是被他給氣壞了，現在該怎麼辦？

葉連暮早料到會這樣，先給葉老夫人規規矩矩地行禮。

葉老夫人一拍桌子，這突如其來的一下，怔住了屋子裡的所有人，不過也只那麼一下，幾位夫人嘴角就輕彎了起來，眼睛都望著葉老夫人，就見葉老夫人失望的目光從葉連暮身上落到錦雲身上，最後竟然挪到錦雲身後站著的青竹身上。

「妳是大少奶奶的丫鬟，妳來說，今兒逐雲軒是不是真的只為了抓刺客！」

葉老夫人這話一問出來，屋子裡幾位夫人、小姐和丫鬟們都怔住了，她們沒料到葉老夫人不問葉連暮，不問錦雲，卻直接問錦雲的丫鬟。

青竹是錦雲的丫鬟，心自然向著錦雲，今兒要去右相府通風報信的也是她，葉老夫人當著屋子裡所有人的面問青竹，就代表不會偏袒葉連暮，事實如何，聽錦雲的貼身丫鬟說清楚了再下定論。

此時，錦雲都忍不住想葉老夫人是狐狸了，青竹卻嚇得跪了下來，她怎麼知道事情是真是假？少奶奶怎麼上屋頂她都不清楚，那會兒她還在香藥房裡調香呢！

青竹忍不住往後看錦雲，結果一撇頭，葉大夫人就蹙眉了。「老夫人問妳話呢，妳如實說，大少爺若真是欺負了妳家少奶奶，老夫人定會給妳家少奶奶作主的。」

青竹噘了下嘴，大夫人會有那麼好心才怪呢！少爺和少奶奶如何，就算是有矛盾，也會私底下解決，她可不敢亂說，萬一出了什麼事她也擔待不起。可是被老夫人問起來了，她又不能看少奶奶的眼色行事，可怎麼辦啊！

青竹一咬牙，然後道：「奴婢雖然是少奶奶的貼身丫鬟，可也有沒跟在少奶奶身側伺候的時候，今兒少奶奶為何被少爺丟上屋頂，奴婢並不清楚；不過奴婢知道少爺嫌棄少奶奶膽子小，曾經為了幫少奶奶練膽量，把少奶奶從大昭寺懸崖往下扔過，今兒也許是幫少奶奶練膽子？」

青竹這話一出來，滿屋子都是倒抽氣聲，去過大昭寺的都知道那處懸崖，往下看兩眼都覺得頭暈目眩，大少爺竟然把大少奶奶從那裡扔下去過？比起被從懸崖峭壁扔下去，被丟在屋頂上不給下來壓根兒就不算什麼了。滿屋子丫鬟都盯著葉連暮，大少爺他怎麼能這麼對待大少奶奶呢，大少奶奶可是個嬌滴滴的姑娘家！

看著丫鬟同情的眼神，錦雲無辜地癟起嘴角。

沒錯，妳們心目中蠻橫無理的右相女兒就是這麼被人欺負的，非常可憐。

葉連暮卻是揉著額頭。

這丫鬟怎麼回事，到底是幫他還是害他啊？要不是他和錦雲一起走來的，真懷疑是她教丫鬟這麼說的。

葉老夫人看著錦雲委屈地站在那裡，還怯怯瞥了葉連暮一眼，有不滿也不敢吭聲，頭低低的，就知道她是被嚇壞了，葉老夫人氣得直瞪葉連暮。「錦雲一個女兒家要多大的膽量？祖母膽子也不大，你這幾位嬸子的膽子也不大，你是不是也要把我們全丟屋頂上？」

葉連暮腦殼生疼，也開始跟錦雲學了，先過今兒這一關再說吧！

「孫兒見岳父膽量大，想他的嫡女怎麼可能如傳聞那般膽小，一直心存懷疑，那日正巧和趙兄還有夏侯兄在大昭寺遇上了她，就出手試了試……她原本很膽小的，被孫兒那麼一扔，膽子就變得……」

錦雲低著頭，聽到葉連暮半真半假的話，忍不住嘖了一聲。真不要臉，她膽子大還成了他的功勞。

錦雲抬起頭看著葉老夫人。「當時錦雲嚇壞了，以為要嫁的夫君是個瘋子，嫁進國公府會生不如死，所以成親後就想方設法地搬去小院住，打算離他遠遠的……」

聽著葉連暮和錦雲這麼說，屋子裡那些丫鬟、婆子全懂了，為何少奶奶會跟傳聞不一樣，木訥膽小全然不見，沒想到全是少爺的功勞，任哪個姑娘被人從懸崖上扔一回練習膽量，也不會再跟之前一樣，只要不被嚇破膽子，膽量肯定不會再小，就算膽量變大了，肯定會怕少爺，所以她才會躲著少爺跑去住小院。之前還說是少奶奶心高氣傲，沒把少爺和國公府上下放在眼裡，這哪裡能怪她呢，這全是被少爺逼迫的，少奶奶好可憐……少爺好狠心！

葉老夫人狠狠剜了葉連暮幾眼，伸手招呼錦雲過來，摸著她的臉道：「這些祖母都不知道，讓妳受委屈了。」

錦雲輕搖了下頭。「錦雲原本很氣相公，可是膽子的確因為相公變大了許多，相公也跟我道歉了，還答應我可以隨意許三個要求呢，只要他能辦到都答應我呢，是不是，相公？」

三個條件？

葉連暮皺緊眉頭，這女人睜著眼睛說瞎話，他偏還不能不應，葉連暮點點頭，錦雲眸底閃過得逞的笑。

葉老夫人卻很贊同，做錯了就該道歉。由於怕葉連暮再做出什麼事來，葉老夫人拍著錦雲的手道：「好孩子，是暮兒虧待妳了，妳的膽量祖母覺得夠大了，他要還敢嚇妳，祖母定罰他去祠堂跪七天七夜。」

待出了寧壽院，葉連暮就忍不住瞪錦雲了。

錦雲挑了眉頭道：「現在府裡都知道我是被你嚇了才膽子變大的，至於膽子大到何種境地可沒人知道，你再瞪我，信不信我……」

錦雲兩指彎曲，什麼意思不言而喻，葉連暮無力地撫額。「妳那三個要求是什麼？」

「我還不知道，國公府上下知道你答應了我三個要求就好，什麼時候需要再說了。」

葉連暮皺緊眉頭，他還真擔心錦雲會說和離書的事，不過想想，這個要求肯定不能算數，因為他辦不到；他總有種感覺，她要的三個要求最後會成為三個黑鍋，很黑，黑到她自己扛不住，需要他來頂的大黑鍋！

錦雲這下氣全消了，被小小嚇了一回，換來三個要求，雖然不一定會用到，但好歹心安一些，是不？

錦雲斜望著葉連暮。「相公，我想到第一個要求了。」

「什麼要求？」

錦雲擺手一笑。「別緊張，不是讓你去殺人放火。」

「說來聽聽。」

「你能再答應我三個要求嗎？」

「……不能！」

第二天一早，錦雲去給葉老夫人請安後便和葉連暮一道出門去了溫府，比較兩天前溫府的清冷，如今的溫府可用門庭若市、車水馬龍來形容。

錦雲掀著車簾看著眾人送禮的盛況，說：「會不會太過招搖了些，與之前外祖父一家回來的低調反差也太大了，不怕御史臺彈劾嗎？」

錦雲不說，葉連暮還不覺得招搖，可是轉念一想，招搖些也沒什麼，只要不輕易手裡與人把柄、被御史彈劾就沒事。

但錦雲接下來的話，又讓他改觀了。「外祖父收這些禮，若在有心人眼中就成了結黨營私，所以這禮收了可真是個麻煩。」

「難不成要將禮都退回去？」葉連暮問。

錦雲搖頭道：「禮都收了，退回去也無濟於事。」

兩人下了馬車後，溫府總管領著他們進門，走沒幾步，就遇到溫府表親拉著葉連暮很熟絡地說話。可惜葉連暮態度冷淡，畢竟溫府有權的時候，這些人走得近；溫府沒落，怕牽連，就趕緊撇清關係，如今又來講骨肉親情了，這也就罷了，他們還當著葉連暮的面說錦雲的不是，說她沒上官琬好，這不是拍馬屁拍到馬腿上了嗎？

又往前走了一會兒，錦雲就瞧見溫寧如一隻蝴蝶般跑了過來，一身翠綠色裙裳，頭上梳雙髻，上面點綴著珍珠，面容玲瓏精緻，雖然才六、七歲，但絕對是個小美人了，而且規矩極好，她上前福身行禮，軟軟地喚了聲表哥、表嫂。

葉連暮撥弄了下溫寧的頭髮，問道：「這麼急著要去哪兒？」

溫寧指著溫彥的院子道：「頊表哥讓我去給大哥報個信，大哥就快要生不如死了，我不要大哥死。」

溫寧說完，拎起裙襬就往溫彥的院子跑，生怕晚了一步，後面丫鬟緊緊跟著。

錦雲扯著嘴角問葉連暮。「不會是要給他娶親吧？」

葉連暮猜想也是，便抬步往溫老夫人的院子走，果然，裡面在說親，說親的對象還是錦雲認識的上官凌——上官琬的妹妹。

溫老太爺與永國公關係很好，溫老夫人也很喜歡上官凌，想著之前葉連暮愧對永國公府，就想再結成親家，只是不好再娶上官琬；再者，溫彥的性子與上官琬也不合，便看中了上官凌。正巧今兒上官凌也來了，不少夫人都誇讚上官凌，溫老夫人就動了心，細細觀察了上官凌，見其舉止談吐都不凡，是個大家閨秀。

今兒來的夫人大多都帶了女兒來，什麼意思溫老夫人心裡也明白，便誇讚上官凌，又問她可許配人家了，也算是旁敲側擊永國公府大夫人的意思，看她有沒有那個結親的想法，而永國公府大夫人對溫彥是讚不絕口，對這門親事是不反對的。

如無意外，話到這分上也算是暫定人選了，此時，錦雲和葉連暮走到屏風處，正要進去，就覺得袖子被人拽住，葉連暮回頭就見到兩個人——溫寧和葉容頃。

「連暮表哥，溫彥表哥讓你救他出苦海。」葉容頃小聲道。

葉連暮瞪了他一眼。「盡給我出難題，他的親事我怎麼管？」

葉容頃聳了下肩膀，無辜道：「連暮表哥，你別瞪我啊，這主意是七王兄出的，他說你大義凜然，能幫他，肯定不會丟下溫彥表哥不管的。」

說完，葉容頃立馬跑了，他可不想再傳話回去了，不然還得再回來，想不到他堂堂十王爺，竟然淪落到跑腿小廝的地步了！

錦雲掩嘴輕咳一聲，掃了葉連暮一眼，抬步就繞過屏風進去了。

屋子裡，談笑之聲戛然而止，眾人望著錦雲含笑不語，眸底都帶了一絲瞧熱鬧的笑意，方才她們可都聽出了溫老夫人對上官凌的喜歡，可她會不會喜歡右相的女兒做外孫媳婦呢？當初溫老太爺可是被右相逼著離京的。

錦雲上前行了禮，溫老夫人滿意地笑了笑。「暮兒怎麼沒跟妳一起？」

錦雲心裡暗咒著葉連暮又利用她辦事，臉上卻笑道：「相公原是與我一起的，只是在半道上聽丫鬟說要給溫彥表弟爺議親，相公才想起把前兒溫彥表弟求他的事給忘記了，就去找溫彥表弟了，讓我先來給外祖母請安。」

溫大夫人親暱地拉著錦雲坐下，嘴上卻是笑罵溫彥。「他一天到晚不幹正事，還盡會給人添亂，讓暮兒以後少理會他。」

錦雲訕笑，可不敢真點頭，轉而問道：「舅母真給溫彥表弟議親了？」

溫夫人笑道：「還沒，哪能那麼快。」

錦雲當即鬆了一口氣，溫夫人不懂了，沒給彥兒議親她怎麼倒鬆了口氣，便多問了一句。「彥兒到底求了暮兒什麼事？」

錦雲撓著額頭。「我也不大清楚，好像是什麼賜婚。」

溫夫人眉頭一皺，完全聽不懂錦雲說什麼，恰好此時丫鬟提醒道：「夫人，表少爺來了。」

溫夫人滿腹疑問呢，也顧不得一屋子夫人都在，直接問葉連暮說：「暮兒，錦雲說的賜婚是什麼賜婚？」

錦雲卻是鬆了口氣，有些話她實在沒臉說出來，既然他來了，那她就不管這事了，就聽葉連暮雲淡風輕地回道：「溫彥羨慕我與娘子成親前就兩情相悅、情投意合，便央求我向皇上替他也討要份聖旨，就這件事，我一時給忘了。」

溫夫人聽後直想去罵溫彥，但這會兒當著這麼多人的面也得替兒子遮掩，轉頭對溫老夫人道：「來京城的路上，我就跟他說了，要在京都給他找門親事，當時他就說要學暮兒，我當他是臉皮薄不好意思，沒想到他還真的胡鬧上了，皇上日理萬機，哪有閒工夫管他的事。」

溫老夫人撥動手裡的佛珠，擺手無奈道：「他既是存了這份心，遲早還是會求到皇上那裡去，他若真有暮兒這福氣，我也樂意。」

一群夫人都誇讚溫彥，唯有永國公大夫人氣得咬牙。又是賜婚！

一屋子夫人和小姐，葉連暮也不好多待，所以請過安後，連凳子都沒坐，便尋了個理由找溫老太爺去了，溫老夫人自然不會留他。

錦雲就在屋子裡聽她們說話，溫夫人坐不了一會兒就要出去迎客，錦雲坐得難受，就幫著溫夫人迎來送往，那些夫人也知道溫府忙，也不多打擾就走了，還約溫夫人之後找一天去賞花赴宴，抑或是改日再登門拜訪什麼的。

送走了最後一撥人，溫夫人揉著肩膀，苦笑道：「太長時間沒應酬人了，臉都笑僵了，還是覺得在柳州的日子清靜。」

溫老夫人嗔怪她道：「往後這樣的日子怕是少不了，過段時間就習慣了。」

溫夫人笑著點頭。是啊，當初離開京都，不也不習慣柳州的清靜，之後不也習慣了清靜日子，時日久了都會適應的。「那些禮品該怎麼處理？」

外面有腳步聲傳來，錦雲抬頭就見溫老太爺中氣十足地邁步進來，趕緊起身行禮。

溫老太爺捋著鬍鬚笑了笑，眸底帶著三分疑惑、七分讚賞，坐下便道：「暮兒說妳看出溫府大肆收禮有問題，妳說說，這些禮，溫府該如何處置才妥當？」

錦雲狂暈，扯著嘴角看著溫老太爺。「錦雲只是和相公閒聊了兩句，不敢班門弄斧。」

「但說無妨。」

「外祖父收這些禮，一來是不好拒絕，二來也是想乘機看看各方勢力對待溫府的態度，只是這麼大而化之的收禮，即便是祝賀升遷之喜也有結黨營私、收受賄賂之嫌，所以這禮收了是個麻煩，難保明兒不會有御史臺彈劾。」

溫老太爺讚賞地點點頭。「聽暮兒說妳不贊同把這些禮還回去？」

錦雲無語，他怎麼傻乎乎地什麼都跟溫老太爺說，說也就算了，還把她給拉了進去。她一個外孫媳婦怎麼好管溫府的事？

錦雲想踹葉連暮了，不過還是回溫老太爺道：「既然要還回去，又何必收呢？」

溫老太爺大笑道：「不愧是右相的女兒，心思玲瓏，這禮收了，還不得也留不得，真是愁煞外祖父了。」

葉連暮從外面邁步進來。「外祖父，這一局我贏了，那幅字畫可以給我了吧！」

溫老太爺瞪了葉連暮一眼。「外祖父還會騙你不成？」

葉連暮被瞪，極其無辜，誰知道外祖父會不會賴帳，他苦口婆心求了半天，用盡辦法才讓外祖父鬆了口。

溫老爺也走了進來，愁眉苦臉道：「那一屋子的燙手山芋，你倒是幫舅舅想個辦法。」

葉連暮笑道：「要真是山芋，我跟娘子就幫你吃了。」

溫老爺笑說：「要真是山芋就不必愁苦了。」轉而坐下看著溫老太爺，幾人就在屋子裡商議。

錦雲坐在那裡，聽到瓊林書院山長幾個字的時候，眼睛唰的一下亮了，轉而問葉連暮。

「外祖父與掌管瓊林書院的山長很熟？」

葉連暮不解錦雲為何這麼問，卻還是點點頭。「據說外祖父與祖父還有瓊林書院的孫山長當初有同窗之誼，方才孫山長還來勸說外祖父去瓊林書院教書。」

太傅乃太子的老師，若是去瓊林書院教書，只怕天下學子會趨之若鶩。

錦雲笑道：「不就是一堆有問題的賀禮嘛，既然不能收，不如找個能收的再送出去就好了。」

「妳是說送給皇上？」

錦雲點點頭，又搖了搖頭。「準確地說應該是瓊林書院，皇上不是愁沒人用嗎？那裡可是出人才的好地方。」

葉連暮眼睛一亮，忍不住伸手捏錦雲的鼻子，正要問她腦袋是怎麼長的，轉得這麼溜，主意一個接一個的，那邊就聽到好幾聲咳嗽聲了。

葉連暮一抬頭就見屋子裡所有人的眼睛都盯著他，不由得尷尬地把手收回來，錦雲惱死他了，大庭廣眾之下動手動腳，虧她還幫他出主意！

此時，外面有丫鬟進來道：「飯菜準備妥當了，是這會兒就用嗎？」

溫夫人瞅著溫老夫人，溫老夫人便道：「先吃飯吧，也不急這麼一會兒。」

吃過午飯後，葉連暮就跟溫老太爺和溫老爺去了書房，錦雲則留下陪溫老夫人，大約小半個時辰後，葉連暮便來找錦雲一同出府，溫夫人親自送到大門口。

錦雲先上馬車，掀了車簾看見溫夫人叮囑葉連暮，她豎起耳朵來，隱約聽見幾個字。

「回頭讓丫鬟煎了給錦雲服用。」

等葉連暮上了馬車，錦雲就忍不住問：「舅母讓你煎什麼給我吃？」

葉連暮茫然地搖頭。「我也不知道，舅母給了我一張藥方，妳自己看吧。」說著，從袖子裡掏出一張紙給錦雲，錦雲打開看了一眼，便胡亂揉成一團丟馬車裡了。

葉連暮更納悶了。「什麼方子？」

「不知道，反正我不吃。」

不知道會直接就扔了？葉連暮好奇了。「妳不說，那我去問舅母。」說著，就掀車簾吩咐車夫。

錦雲真怕了他，紅著臉低聲道：「生子秘方。」

她那蚊子哼的聲音，葉連暮壓根兒就沒聽見。「妳再說一遍，我沒聽見。」

錦雲磨了下牙，暴吼道：「生子秘方！」

葉連暮的耳膜生疼，他瞪了錦雲一眼，把紙團撿起來，稍微平整了下，正要揣進袖子裡，就聽見車夫說話了。「少爺、少奶奶，能不能把那生子秘方給奴才一份，奴才娶妻也有兩年了，一直不見生養……」

錦雲一把搶了葉連暮手裡的紙團，遞了出去。「拿去吧，祝你早生貴子。」

車夫喜得合不攏嘴，忙接在手裡。「借少奶奶吉言，少爺、少奶奶夫妻恩愛，一定三年抱兩，回頭奴才謄寫一份，就把秘方給您送去。」

車夫一分心，馬車就不穩了，一晃盪，錦雲險些撞到車身上，幸好葉連暮眼疾手快，把她抱在懷裡，緊緊地禁錮著，笑道：「三年抱兩，咱們得抓緊時間了。」

錦雲紅著臉。「急什麼，等第三年才一次生兩個！」

葉連暮哭笑不得。

「三年抱兩」不是這麼理解的好不好……

他忍不住握著錦雲軟如柔荑的手，輕輕磨蹭著，彷彿在把玩一塊上等美玉般，錦雲也沒注意，一想起別的事，忙問葉連暮。「我們不用進宮嗎？今天不是皇上迎娶沐賢妃的大喜日子？」

葉連暮把錦雲扳正了看著她。「妳不是不喜歡進宮嗎？所以我跟皇上說今兒有事不去參加他的納妃宴了，妳要是想去，現在去也不遲。」

錦雲抖了下眼角，誰想去了，她就是隨口一問，於是連忙搖頭。「你要是忙就先回去吧，我去街上逛逛。」

「我正好沒事。」

馬車到正街口停下，錦雲和葉連暮便下了馬車，青竹和珠雲緊緊跟在後頭，跟著錦雲從一個小攤子走到另外一個小攤子。

葉連暮在一旁看著，見錦雲拿起髮簪看了看又擱下，眸底還帶了失望之色，青竹便疑惑地與珠雲兩個對望。少奶奶眼界很高，就是相府那些髮簪都沒幾個能入得了少奶奶的眼，這些小攤子上的簪子都是低等貨色，玉質低劣，根本不符合少奶奶的身分，少奶奶要買簪子也該去那些大鋪子才對啊！

青竹望著錦雲。「少奶奶，這些簪子就算是買了也不符合妳的身分，要不我們去前面的金玉閣或是滿堂春瞧瞧，那裡的玉飾在京都是一等一的。」

錦雲擺擺手。「我不是買頭飾，我只是看看他們的手藝。」

青竹更納悶了，少奶奶一路瞧過來，哪個攤子也不放過就是想看看小攤販的手藝？

珠雲笑道：「奴婢知道少奶奶的意思，少奶奶不是說香藥坊會很大，賣的東西不能少，可是這些手藝哪能跟金玉閣那些師傅比呢？」

珠雲這話錦雲就不贊同了，想起前世一句話來，笑道：「高手在民間，萬不可小瞧了這些人。」

珠雲和青竹兩個回頭瞅了眼那些小攤子，點點頭，繼續跟在錦雲身後走。葉連暮搖著把玉扇跟在後頭，心裡有些後悔跟著錦雲一起了，在大街上，她淨跟那些小販說兩句話，估計他就是丟了，她都不會發現，他的存在感就那麼低嗎？他還不如那些小攤販！越想越是鬱悶。

錦雲一路失望地往前走，正想著是不是要換條街繼續逛，就聽到一陣說話聲，是從一個小攤子傳來的。

「我說王家小子啊，吳媽我可是打小看著你長大的，那會兒你娘沒奶，我心疼你瘦巴巴的，可是餵了幾天奶，一支簪子你也好意思收我銀子？」

王家小子臉皮薄，見吳媽在大街上說他小時候吃奶的事，臉紅得可以滴血，說話也結巴了。「這、這是我大嫂的簪子……」

王家小子話還沒說完，吳媽就拔高了聲音道：「你小子幾時學會誆人了？你大嫂我可是天天見到，她頭上的簪子是這個嗎？我也不會占你小子的便宜，這簪子我買了，二錢銀子，給。」

吳媽從懷裡拿出二錢銀子丟攤子上，伸手就要拿那支銀簪子，結果還沒碰到，就見一隻手突地一下把簪子拿起來，手的主人正是那王家小子，只見他把簪子往身後頭藏。「這攤子上的簪子吳媽隨便拿，我不收錢，但是這支簪子是我大嫂叮囑我賣的，低於三兩銀子就讓我拿回……」

聲音越說越低，最後都聽不見了，反倒是吳媽譏笑一聲。「三兩銀子？一支簪子搭上你也賣不了三兩銀子！」

說完，吳媽拿起二錢銀子，隨手又拿了兩支木簪子轉身走了，正巧從錦雲跟前走過，錦雲瞄了眼她手裡的木頭簪子，眼睛一亮。

錦雲走到小攤子跟前，那王家小子明顯有些手足無措，青竹和珠雲看他那拘束的樣子，忍不住掩嘴笑，他這樣子怎麼做生意，見到姑娘就臉紅，這賣的又是簪子，大街上人來人往的有幾個男子會買？

青竹指著木簪問：「怎麼賣的？」

「銀簪子三兩銀子，不還價，木頭簪子三個銅板一支。」

錦雲看著小攤子上滿滿有一百來支木頭簪子，心生喜歡，一眼掃過去，眼睛突然亮了一下，伸手拿了一支木頭簪子，又把那銀簪子拿起來，兩手轉悠著，青竹忍不住讚嘆道：「兩支簪子一模一樣呢！」

雕刻圓潤，摸上去沒有絲毫不適的觸感，錦雲好奇地問道：「這些簪子都是你雕刻的？」

王家小子搖了搖頭，然後點點頭，指著小攤子一角上的兩支木簪子。「這兩支是我雕刻的，其餘的都是我大哥雕的。夫人看中哪支了？」

錦雲心裡有了主意，欲回頭找葉連暮，目光所及之處皆不見他的身影，她皺了下眉頭，人呢？

珠雲忙指著對面樓上道：「少奶奶，少爺在那裡呢，方才有人喊少爺上去喝兩杯酒。」

錦雲順著珠雲的手望去，就見葉連暮和一個俊美的男子坐在雕刻鏤花敞開的窗戶旁對飲。她扯了下嘴角，還說陪她逛街呢，最後竟成了陪別人喝酒！

錦雲氣悶地回頭，那王家小子撓著額頭不好意思地追問：「夫人瞧中哪一支簪子？」

錦雲把簪子擱小攤子，正要說話，突然後腦勺被砸了下，錦雲輕「啊」了一聲，然後捂著後腦勺回頭，看是誰故意扔她。

青竹往地上尋，指著一粒花生米道：「是誰扔的花生？」

路上行人根本就沒人注意到，再一轉眼，那花生米都被人給踩成碎粉了，錦雲想估計是無意的，便沒在意了，繼續說話。

「這簪子我全要了，另外我……」

錦雲又挨了一粒花生，珠雲氣得瞪圓了眼睛，正要大聲叫哪個不長眼的，就見樓上窗戶敞開，一把玉扇先出現，再露出一張臉，男子長得還算端正，只是眼神有些飄忽，臉色泛青，像是縱慾過度的人。「花生米是本少爺扔的，本少爺看中妳了，要納妳做本少爺在京都的第一房小妾。」

赤裸裸的調戲，且還是在大庭廣眾之下，珠雲氣得頭頂都冒青煙了，正要開口罵人，只聽那邊「啊」的一聲傳來，下一秒，出言調戲的男子就被人從樓上扔了下來，四仰八叉地躺在錦雲跟前，直叫疼。

珠雲拿一小碎銀子給旁邊的一位老婦人，把她小攤子上的半架豆腐搬了過來，嘩啦一下全倒在男子身上。

男子在地上掙扎著爬起來，只是胳膊才撐起來，葉連暮就從窗戶處跳下來，一腳又把他給踩了下去。

一個小廝擠過來，扶起地上的男子，惡狠狠地瞪著葉連暮。「你敢打我們少爺，你知道我們少爺是誰嗎？」

窗戶處，又一道身影飄下來，有些神情怕怕地看著葉連暮。「葉兄，你又胡亂出頭，指不定打了某位大人物的公子，趕緊逃命去吧。」說完，又轉了頭，怯怯地問道：「你們家少爺是誰？」

小廝扶起男子，男子口吐鮮血，早沒那個氣力說話了，小廝挺著背脊。「我們少爺是刑部右侍郎的親姪兒！」

珠雲見小廝那麼囂張的樣子，冷哼道：「真是狗仗人勢！」

四下全是瞧熱鬧的人，裡三層、外三層地圍著，指指點點的。

見錦雲嘴角彎起一抹笑，俊美男子皺眉了。這女人真奇怪，人家調戲她，她竟然還笑得出來。

「妳笑什麼？」

錦雲無奈聳肩。「我沒有這麼厲害的舅舅，我死定了。」

「……」葉連暮無言。

俊美男子搖著玉扇，掃了眼那男子，葉兄那一腳下了狠勁，踹得他到現在呼吸還在打顫，不在床上躺個十天、八天絕對好不了。葉兄今兒真奇怪，之前在大街上皺眉嘆息，現在瞧見人家調戲良家婦女，二話不說就衝到隔壁屋子揍人，他都有些糊塗了，這女人是誰啊，尋常大家閨秀可沒人會在小攤子上買首飾的。

俊美男子見錦雲愁眉苦臉的，正要勸慰她兩句，就聽那邊小廝扶著男子道：「你們最好識時務點，給我們少爺跪下來磕十個、八個的響頭，我們少爺心軟，沒準兒會留你們一個全屍！」

錦雲懶得玩了，笑道：「希望你舅舅還敢認你，來人，把他給我吊城門上去。」

人群裡，兩個黑衣暗衛走出來，望了望葉連暮。葉連暮一揮手，兩個暗衛把男子拖走了。

俊美男子上下掃視錦雲。「妳真沒厲害的舅舅？」
葉連暮皺著眉頭擋住男子。「她真沒有。」
「那她還敢這麼囂張，刑部右侍郎官拜二品，打狗也得看主人啊！」
珠雲掩嘴笑道：「我們少奶奶有個非常厲害的爹和一個厲害的夫君。」
俊美男子瞅著那小攤子上的木簪子，再看看錦雲頭上只有兩支樸素的白玉簪子，挑了下眉頭，很不信的樣子，真這麼厲害？
一旁走過來個中年男子，輕聲道：「大少爺，安府大少爺到了。」
安景忱騎馬過來，直接就到他們跟前，珠雲和青竹兩個忙行禮。「見過表少爺。」
錦雲也喚了聲。「表哥。」
安景忱一拳捶向俊美男子的肩膀。「衛兄好大的面子，跟我談酒水生意，連我的表妹和表妹夫都一併請來，莫非是想壟斷全州？」
表妹？表妹夫？
衛陽聽到這幾個字已經傻眼了，他自然是聽說了葉連暮求娶錦雲的事，但是絕對沒想到眼前站著的人就是錦雲，忙行禮。「見過嫂夫人。」
這回輪到安景忱迷糊了，他不知道錦雲是葉大少爺的嫡妻？他們不是站在這裡聊得很開心嗎？
錦雲輕點了下頭，姓衛的人，她也見過兩個，一個是葉大夫人衛氏，不過看樣子他應該與葉大夫人沒關係，不然就該喚她表嫂了；另一個則是安老太爺壽宴時，來的七大世家中的衛家少家主，只是她記得少家主好像不是他，一聽葉連暮介紹，錦雲才知道，他是衛家嫡出二少爺。

衛陽本想邀請這對伉儷一起去酒樓吃飯，可錦雲才吃過午飯從溫府出來，還沒小半個時辰，他們也不好勉強。

衛陽和安景忱走了後，葉連暮看著錦雲，皺眉道：「下次出門罩個面紗。」

錦雲噘嘴，回頭對王家小子道：「這些簪子我全要了。」

王家小子還沒來得及高興，錦雲又問：「除了木頭簪子，你還會雕刻什麼？會雕刻玉石簪子嗎？」

他搖搖頭，表示沒有雕刻過玉石簪子，但銀簪子倒是雕刻過，那銀簪子就是他雕刻的，他家大哥也會刻，手藝更好。

錦雲看著手裡的簪子，笑道：「不會也無妨，你能把一支木簪子雕得如此精細雅緻，學雕刻玉石也不是什麼難事，我想請你和你大哥做雕刻師傅，你們願意嗎？」

「夫人瞧中王平的手藝，是我們的福氣。」王平受寵若驚道。

錦雲滿意地點點頭，又說了會兒話，便讓青竹去問仔細王平家的背景。

葉連暮盯著錦雲。

「妳要在鋪子裡賣三個銅板一支的木頭簪子？」

錦雲轉悠著手裡的簪子，笑道：「只說對一半，賣木頭簪子不錯，但絕對不止三個銅板。」

珠雲眨巴眼睛道：「可木頭簪子壓根兒就沒多少人喜歡啊！」

錦雲含笑不語，什麼是喜歡？其實在遍地權貴的京都，尊貴奢華與喜歡有時候其實是同一個意思，只要尊貴，只要夠奢華，就有人喜歡。

第十六章　皇家壽宴

回到祁國公府大門口，錦雲就遇上了進宮參加納妃宴回來的葉大夫人她們。

葉二夫人掃了錦雲一眼，就開始數落了。「我說暮兒媳婦啊，妳可真是與眾不同，二嬸還記得不久前妳才被當成刺客抓到風月閣去，這才過去幾天，又險些被人抓去做小妾了，往後妳還是少出門得好，國公府一年到頭被人非議的時候也不及妳進門一個月的時間多。」

錦雲摸摸自己的臉，嘆息道：「二嬸說得不錯，錦雲也覺得最近有事沒事就會招小人，不過方才錦雲在大街上找人算了一卦，算命的說我命硬，找我麻煩的最後都會自食惡果，錦雲聽了這話便心安了，人家不怕死來招惹我，我也只好奉陪了。」

青竹和珠雲兩個聽得直掩嘴，葉二夫人氣得臉都青了，咬著牙關笑道：「有個權傾天下的爹護著，命想不硬都不成。」

就是不知道妳能硬到什麼時候去！

葉大夫人卻道：「我還以為你們會從溫府直接去皇宮，太后還想瞧瞧錦雲呢！罷了，只是方才在宮裡頭，刑部右侍郎夫人聽到孫少爺被掛在城門上，找我說情，既然也教訓了他，就放人吧，國公府可還沒有得理不饒人的時候。」

錦雲聽得直皺眉，身為祁國公府的嫡長孫媳在大街上被人出言調戲，是大大地侮辱了國公府的臉面，葉大夫人不怒斥，反而替人說情來了，還說她得理不饒人，敢情受人侮辱的不是她親兒媳呢！

錦雲淡淡垂眸，葉連暮就在一旁道：「掛夠三天自然會放了他。」說完，便轉頭吩咐守門的。「刑部右侍郎府上若是有人來求情，一律不許進。」

回到逐雲軒，錦雲坐下來才喝了杯茶，谷竹就進來了，手裡拿著一張紙遞給她。錦雲接過看了看，滿意地點點頭。「我手裡頭還有多少能用的銀子？」

提到銀子，谷竹就一臉肉疼，她負責管理錦雲的私房錢，這些天錦雲花錢就跟流水一樣，谷竹心疼道：「只剩下五千兩銀子了。」

人家一、二千兩銀子就能開間鋪子了，少奶奶開間鋪子花出去二、三萬兩的銀子了，鋪子還沒建好，什麼東西都還沒見到，這麼多的銀子什麼時候才能掙回來，萬一到時候虧了，少奶奶還不得心疼死啊！

錦雲看著谷竹那模樣忍不住笑道：「我都沒心疼，妳心疼什麼？回頭鋪子開張了，讓妳去收銀子。」

谷竹一怔，立馬搖頭。「奴婢才不要去做帳房，奴婢永遠都不離開少奶奶！」

錦雲笑了笑，吩咐青竹道：「記得谷竹說的話，回頭我們去鋪子幫忙，她留下來看家。」

青竹掩嘴直笑，谷竹腮幫子鼓得圓圓的，直跺腳，惹得一屋子人大笑。

錦雲喝了盞茶，拿了本書靠著小榻小憩，沒一會兒幾個丫鬟就端了飯菜進來，葉連暮也回來了。

「祖父沒說讓我放人的話吧？」錦雲問道。

葉連暮看著錦雲那如湖水般明亮清澈的眼睛，輕搖頭。「祖父沒說，只讓妳下回出門多帶四、五個小廝。」

「又不是去收保護費，用得著帶那麼多人嗎？」兩、三個丫鬟再加四、五個小廝，她看打劫更合適些。

葉連暮捏著錦雲的鼻子，笑道：「妳要真收保護費，人家還不得連夜給妳送上門來？」

錦雲扒拉下葉連暮的手，剜了他一眼，然後低頭吃飯。

葉連暮給錦雲挾菜。「晚上就不要去香藥房忙了，讓丫鬟把東西收拾收拾。」

錦雲聽得出他的關心，不由得心中一暖，如寶石般澄明的眼睛閃著熠熠光華。「那之後……我可以出門忙自己的事了？」

葉連暮白了錦雲一眼。「給為夫挾菜。」

錦雲見他沒出言反對，二話不說，筷子橫飛，一眨眼就把葉連暮的碗給堆滿了，還千年難得見一回地拍起馬屁。「相公，你真好。」

葉連暮正吃著飯，聽到錦雲這話，竟然給嗆著了，連連咳嗽起來，卻是顧不得。「妳方才說什麼，我沒聽清楚。」

「……沒聽清楚都嗆著了，聽清楚了還不得嗆死啊？」

翌日清晨，天空朝霞滿布，微風透過微開的窗欞吹進屋內，吹揚起天藍色的紗帳，帶來一陣涼意。錦雲縮了下脖子，往葉連暮懷裡又鑽了鑽，半張臉都鑽進他衣襟裡了，呼出的暖氣全噴在他胸膛上。

葉連暮無奈地睜開雙眼，沒有一絲睡眼惺忪，反而清明中帶著一絲壓抑，低頭看著懷裡的人兒，輕嘆了口氣，把身子往後挪了挪，讓錦雲重新換個姿勢靠好，再把被子拉上，他捏了捏錦雲的鼻子，又在她額頭上輕輕落下一吻，輕微柔軟的觸感讓錦雲皺了下眉頭，把腦袋蹭了蹭。

某男俊美無儔的臉頓時黑得跟墨一樣，惡狠狠剜了錦雲一眼，再不敢睡了，掀了被子起床，讓守在外面的挽月準備溫水，他要梳洗換裝。

青竹則端著銅盆進來，掀了床幔，輕聲推著錦雲。「少奶奶，時辰不早了，該起床了。」

錦雲咕噥了兩聲，嗅了聲別吵，撇過頭繼續睡，青竹頗為無奈，轉而看著谷竹，谷竹聳了下肩膀。「不能讓少奶奶再睡了。」

青竹硬著頭皮繼續扯錦雲的被子。「少奶奶，今兒還要進宮參加太皇太后壽宴呢，妳該起床了。」

她們機械化地重複這一句，錦雲聽得腦都脹疼，氣呼呼地坐了起來，她昨晚興奮地拉著葉連暮說話，到後半夜才瞇眼，睡得正熟就吵她，錦雲瞪了青竹和谷竹兩眼，掀了被子打著哈欠起床，由著兩個丫鬟幫她穿衣服。

因為今兒錦雲要進宮，所以青竹特地給錦雲挑了一襲沒穿過的新衣裳，是件天藍色的裙裳，上面繡著纏枝花，袖子上還點綴著寒梅，淡雅脫俗，再綰了個雲髻，並插上兩支蘭花簪，輕輕一笑，整個人便如一顆璨璨珍珠般閃閃發亮，讓丫鬟驚嘆不已。

如今的錦雲營養充足，臉色白裡透紅，跟當初她穿越來的時候簡直是天差地別，對於這副面容，她非常滿意，只是想起昨兒在街上被人調戲的事，忍不住翻了個白眼，懨懨地轉了身。

珠雲和另外兩個丫鬟端了早飯來，錦雲坐下來正準備拿筷子，忽然眨巴眼睛。「爺人呢，還在練武？」

珠雲忙搖頭。「少爺今兒沒有練武，方才特地讓挽月準備了洗澡水，應該快來……」聽到有腳步聲傳來，珠雲又改了口。「少爺來了。」

錦雲也瞧見了，只是乍一眼瞥去，總覺得有些不對勁，她也知道太皇太后過壽，為表示敬重，會穿一身新衣裳，可是葉連暮身上這套衣服怎麼瞧著那麼眼熟呢？

葉連暮走過來，錦雲忽然站了起來，阻止道：「相公，你換身衣裳吧！」

「衣裳很不錯，不用換了。」

錦雲一時間不知道怎麼說好，葉連暮邁步走過來坐下，突然唰一聲傳來，錦雲捂住臉。

「不關我事，我都說了……」

青竹和谷竹幾個丫鬟的臉紅得發紫，面面相覷，恨不得鑽地洞了，方才還納悶少奶奶為何要少爺把衣服換下來，這可是她親手做的，誰能料想到下一秒，一身精緻的衣裳就破成那樣，袖子本來是縫起來的，現在全裂開了，連腰間也是。

葉連暮整張臉青紅紫輪番變化，他這輩子還沒這麼窘迫過！

「還不趕緊給我拿身衣裳來換！」

扯了腰帶，葉連暮把衣裳扒拉下來，正要扔在地上，錦雲忙阻止道：「別扔！那是我做的第一套男裝！」

不說還好，錦雲一說，葉連暮氣得頭頂都能冒煙了。「這幾日見妳閒時拿針線做衣裳，結果妳就做成這樣？」

錦雲站起身來，也不怕他，哼了鼻子道：「葉大少爺，拜託你指責我前先好好想想，要不是嬤嬤說的，你以為我樂意給你做衣裳呢！做成這樣已經很對得起你了，不然衣服出門再裂開，你葉大少爺的臉面……」錦雲撓著額頭，想笑不敢笑，反而倒打一耙。「衣櫃裡有那麼多的衣裳你不穿，偏偏穿我做的，能怪誰啊……」

葉連暮被反問得語塞，誰知道他今天中的哪門子邪，見挽月給他拿了身新衣裳，他就想起錦雲這些天偶爾繡一、兩針針線，就隨口說了句。挽月還真的拿了套衣服來，想起方才自己還挺高興的，心中就越氣，氣得恨不得掐死錦雲，不過他也大意了，以錦雲的心性脾氣，怎麼可能會好好替他做衣裳呢？

錦雲自己都忍不住了，肩膀就跟抖篩子似的，站在對面的葉連暮雙眸內有火苗竄起，走過來一把抓住錦雲的手。「那鞋子呢？妳又搞了什麼鬼！」

錦雲憋著笑，搖頭。「鞋子是完好的。」

葉連暮磨牙。「我信妳才怪！給我拿雙鞋來換！」

剜了錦雲一眼，葉連暮坐到小榻上把腳上的鞋子脫下來，仔細地檢查，沒有脫線的跡象，他皺了下眉頭，按錦雲的性子怎會甘心給他做鞋子？除非太陽打西邊出來，極有可能這雙鞋不是她做的。

葉連暮打算扔了鞋，突然瞄到什麼，伸手扯了下，拉出一張小碎片，是紙片。

他嘩啦一下把鞋底給撕開，看著那泛黃的紙片，氣得已經說不出話來了，難怪這雙鞋穿上去會那麼軟，鞋底竟然是紙做的！只要他穿出門，不用半個時辰，大家就能見到他鞋子掉紙下來，若是遇上下雨天……

葉連暮把鞋子往地上一丟，瞪著錦雲。「此事我可以既往不咎，但是妳必須給我做三套衣服出來！」

「我做的衣服，你還敢穿嗎？」

「妳要是敢故技重施，妳這輩子都休想再出門了！」

出門是錦雲的死穴，一掐住，錦雲就氣焰全消。

吃過早飯後，葉連暮去了皇宮，錦雲則帶著丫鬟前往寧壽院，跟葉老夫人提到兩人要去莊子上住的事，葉老夫人有些不悅，但也沒說不贊同。

錦雲尋了位子坐下，小坐了片刻，外面丫鬟就進來稟告，馬車準備好了。

馬車一路進宮，待馬車停下時，錦雲都險些睡著了，迷迷糊糊跟在葉大夫人她們身後，由著太監領著去御花園。

御花園內，奼紫嫣紅，歡聲笑語傳得很遠，大家閨秀們三五成群小聲談笑著，至於那些夫人則在涼亭裡坐著，談笑風生。
錦雲也有自己的玩伴，是在遂寧公府上結識的夏侯安兒和趙玉欣，還有清容郡主。
錦雲來之前，她們三個就圍在一起打鬧，瞧見錦雲就忍不住抱怨。「妳怎麼這會兒才來，我們都來好一會兒了。」
錦雲嫣然一笑。「不算遲吧！太皇太后都還沒回宮呢。」
清容郡主聳了下肩膀。「應該快了，昨兒聽母妃說，太皇太后辰時末、巳時初就能回宮的，現在辰時都過了兩刻鐘了。」
四個人就站在湖邊吹風，有說有笑，只是不時有人朝她們看過去，讓人有些不堪其擾，好在沒人上前挑釁。
清容郡主把玩著手裡的繡帕笑道：「她們都在打聽妳會些什麼呢，不過傳來傳去都說妳琴棋書畫、詩詞歌賦都不會，我也好奇，妳都會些什麼？」
錦雲尷尬地撓著額頭，琴棋書畫、詩詞歌賦這八樣，錦雲也不好說會還是不會，就拿作詩來說，如果遇上靈感了她就是大師，遇不上，給她三天，她或許能擠出一首不倫不類的詩來，完全靠運氣的；還有琴曲，他們這個朝代的著名曲子，她都不知道，她算會嗎？若是點名彈哪一首，那她就完了。
錦雲幾次張嘴，就是不知道如何開口，謙虛嘛，又怕一鳴驚人。沒辦法，詩詞她知道的都是那些大家的，不謙虛嘛，萬一一個字都擠不出來，會丟死人的。
見錦雲半天不說，清容郡主急得臉都紅了。「妳成心想憋死我們幾個是不是？」

錦雲嘆息道：「下棋和作賦，我都不會，其餘的會一點點。」

「會六樣？」清容郡主張大了嘴巴。

錦雲滿臉黑線，她說的是一點點好不好。「要真會就好了。」

此時，趙玉欣卻是把手伸了出來。「拿來拿來，我猜得最準。」

清容郡主把腰間的白玉珮解下來，不滿道：「老實說，妳是不是早知道了？」

趙玉欣搖頭，笑得沒心沒肺，轉而把臉望向夏侯安兒，伸手討要，夏侯安兒噘了下嘴，把手腕上的碧玉鐲褪下來給趙玉欣，並叮囑道：「妳小心收著，回頭我會再贏回來的！」

聽這話就知道是賭習慣了的。錦雲明白了，這三個竟然在她沒來之前下了賭注！

清容郡主猜錦雲全都會，畢竟當初錦雲可是要做皇后的，若是不全會，將來被妃嬪挑釁笑話，右相府會很沒臉。

夏侯安兒猜會七樣，畢竟很少有人鬥賦的，那個太難了。

趙玉欣之所以猜六樣，完全是七和八被人給占了……

運氣好，擋都擋不住。

這邊調笑不已，沒注意到一個丫鬟豎著耳朵聽著，待她們說完，便笑著走了，回到主子身側，輕聲嘀咕了兩句。她的主子正是戶部尚書的女兒，也是錦雲的大堂姊——蘇嵐清。

只見蘇嵐清睜圓了眼睛，看著四堂妹蘇錦容說：「妳不是說她什麼都不會嗎，方才紅兒路過那兒，聽她親口說會六樣！」

蘇錦容噗哧一聲笑了。「會六樣，妳我都不會，她能會？」

蘇錦惜也笑了，實在是這話太好笑，她們住在一個府裡，蘇大夫人沒找師傅教過她，一個嬤嬤、兩個丫鬟能教她嗎？

蘇錦惜恍然大悟。「難道是作夢的時候學的？」

蘇嵐清也被三堂妹蘇錦惜那一臉肯定的模樣逗笑了。「準是了，一會兒我倒想瞧瞧她都夢到什麼境界了。」

蘇錦容擺擺手道：「妳就別湊這個熱鬧了。想壓住她的人太多了，還輪不到妳。」

蘇錦容話音才落，那邊一個拔尖嗓子就響了起來。「太皇太后回宮！」

太皇太后回宮了，大家要到前面迎接，那邊有公公領路，眾人都往崇德殿走去。

文武百官攜家眷相迎，請安聲響徹雲霄，站在人群裡，根本聽不見太皇太后說些什麼，沒一會兒就被人扶著先走了。畢竟文武百官及家眷入殿還需要好一會兒，總不能讓太皇太后他們等人吧？

錦雲步入大殿，眼睛四下瞄了一眼，不愧是皇家大殿，足夠容納幾百人入座，待錦雲被公公領著坐下時，葉連暮便來了，問錦雲。「有沒有累著？」

錦雲搖搖頭。「不太累，這壽宴要進行多長時間？」

「才來就想回去了？」

錦雲露齒笑。「我只是問問而已，方才站得太遠了，都沒瞧見太皇太后的模樣。」

「別著急，總會見到的，太皇太后方才還責怪為夫沒帶上妳一起。」

錦雲壓低聲音問：「聽說太皇太后寵愛你更甚皇上，她不會怪我禍害了你吧？」

葉連暮只覺得腦門上有黑線滑落，無語地捏了下錦雲的鼻子。那邊公公再次喊道：「皇上駕到，太皇太后駕到，太后駕到！」

一行人唰的一下站起來，然後又跪下去請安。

錦雲和葉連暮的座位比較靠前，不知道怎麼排的，不在國公爺和葉大老爺後面，反而在前面，且位於親王、公主之列。

錦雲瞅著桌子上的果子，笑問道：「為什麼你能坐這裡，皇上那裡走的後門？」

葉連暮斜了錦雲一眼。「我是看妳坐這裡，所以過來了。」

錦雲無言。她皺緊眉頭，心裡有不好的預感劃過。

李皇后瞧見錦雲和葉連暮坐在那裡，眉頭輕蹙了下，倒也沒說什麼，負責大殿的公公嚇得臉一白，忙走了過來，低聲恭謹道：「葉大少爺，您和大少奶奶能不能換個位子？」

瞅著公公那張哭喪苦求的臉，錦雲很是無語，這是顧忌葉連暮的身分，才說得這麼委婉，這位子肯定是特地給哪個大人物準備的。

坐錯位子，這可真夠丟臉的，更丟臉的是公公獨獨站在他們跟前，說話聲雖然小，可四下還是有不少人聽見了，都在指指點點的議論，也驚動了皇上和太后。

「出什麼事了？」葉容痕問道。

「回皇上的話，奴才也不知道怎麼回事，祁國公府葉大少奶奶坐了特地給北烈戰王爺準備的座位。」

北烈與大朔今乃邦交友好關係，如今派戰王爺前來赴宴，是何等重要的貴賓可想而知。

滿殿譁然，多雙眼睛齊齊地望過來。

錦雲尷尬道：「方才是位公公讓我過來坐的，抱歉。」

蘇貴妃冷冷掃了錦雲一眼，然後對著葉容痕道：「錦雲第一次參加宮宴，不大懂宮裡的規矩，還請皇上看在臣妾的面子上饒了她這一回。」

葉容痕擺擺手。「無妨，她喜歡那位子就坐那兒吧。」

喜歡這位子，之前是因為這裡視野好，離皇上最近，但是現在被人這麼看著，她還能坐得下去才怪。

錦雲轉身要走，右相出聲了。「皇上讓妳坐那兒，妳就坐那兒。」

她愣然地看著右相，皇上是那意思嗎？都說了是給北烈王爺準備的，他們坐了，北烈王爺一會兒來了坐哪兒？

葉連暮抓著錦雲的手坐回去，她氣得噘了嘴。「也不知道是誰成心害我在眾人跟前丟臉！」

「先別氣，妳可看清楚方才帶妳的公公模樣了？」

「你是說順藤摸瓜？」

「為夫有種感覺，妳坐這兒沒準兒是岳父授意的。」

「我爹？我爹為什麼要這麼做？」

「為夫也不確定，岳父就坐在對面，應該一早就看見妳坐這兒了，這位子即便皇上再給為夫面子，也不是妳我能坐的，岳父怎麼會不知道？」

錦雲輕眨眼睫，葉連暮又道：「北烈雖然與我朝交好，但是邊境時常發生磨擦，私底下北烈與南舜更是互有往來，前不久岳父還奏請皇上加派兵力駐守崎門關。」

錦雲眸底閃過狐疑之色。「可朝堂上的事與我有什麼關係，我坐這個位子能改變什麼嗎？北烈戰王爺來給太皇太后祝壽，卻不給人安排上桌，豈不是失了我大國威儀？我坐這裡，我爹的臉不都丟北烈去了？」

錦雲說得也有理，兩人都茫然了，她乾脆道：「一會兒我去問問我爹好了。」

錦雲和葉連暮兩個說話時，腦袋都快湊到一起了，葉容痕坐在龍椅上，三次撇頭望過去，一次眉頭皺過一次，李皇后也注意到他的反常了，看著錦雲和葉連暮兩人，羨慕道：「他們夫妻感情真好，瞧著讓人羨慕。」

站在一旁的公公上前一步，恭謹道：「皇上，吉時到了。」

葉容痕點點頭，常安便送上來一個錦盒。葉容痕接過，走到太皇太后跟前跪下。「孫兒給皇祖母祝壽，祝皇祖母福如東海、壽比南山。」

葉容痕跪送壽禮，文武百官以及皇后等人都跪了下來，太皇太后親自托住皇上，扶他起來道：「皇祖母心裡高興，但你這份壽禮皇祖母不收，皇祖母與你皇祖父要的是你把國家治理好，百姓安居樂業。」

「皇祖母心繫黎民，孫兒向皇祖母承諾，孫兒會盡最大的努力讓百姓過上安居樂業的生活。」葉容痕恭謹道，把壽禮給了一旁的嬤嬤。

太皇太后身著鳳袍，鬢髮霜白，面色和藹，儘管臉上皺紋不少，可依然能看得出來她年輕的時候是何等絕色；沐太后坐在太皇太后身側，同是一身鳳袍，面容姣好，她今年才不過三十八歲，又保養得極好，壓根兒就看不到一絲一毫歲月的痕跡。

當李皇后送上壽禮，太皇太后反而賞賜給她一只玉鐲，勉勵了她兩句。蘇貴妃和沐賢妃兩人，太皇太后同樣有賞，但比不上皇后的。

這些人送完了壽禮，接下來就輪到王爺們，一直排序下來，過了兩刻鐘才輪到七王爺葉容軒，看著公公扯著嗓子報，送給太皇太后祝壽禮的名稱。

錦雲直感嘆，什麼叫收禮收到手軟？過一次壽宴，百官獻壽，換成銀子，至少也是幾十萬兩吧？

葉容軒送的是一串佛珠，紅玉做的，太皇太后忍不住伸手戳著他的腦門，笑罵道：「過些日子皇祖母就給你娶個王妃，省得你連給皇祖母拜壽都臉上帶著傷。」

葉容軒摸摸臉，看著太皇太后道：「皇祖母的眼睛真好，一眼就看出來我臉上還有傷，今兒早上我對著銅鏡看了半天才找到。」

太皇太后忍不住又戳了下他腦門，笑罵了他兩句，才讓他下去。

葉容軒退下，換十王爺葉容頃捧著壽禮上去了，十分乖巧地遞給太皇太后，太皇太后拿起來翻看了一會兒，滿意笑道：「兩個月沒見，字寫得更漂亮了，也沒有寫錯字了。」

葉容頃一張臉頓時漲紅了，他的壽禮與別人不同，送什麼太皇太后早知道了，去年就定下了，去年太皇太后過壽辰的時候，他才六歲大，雖然會寫字，但寫得不漂亮，歪歪斜斜的，還有錯字。當時葉容頃還親自抄了本經書送給太皇太后，太皇太后說這是她收到最有心意的禮物，就是字寫得難看了些，沒有錯字就更好了，希望下次過壽的時候能見到一本沒有錯字的佛經。

葉容痕坐在一旁，難得看到葉容頃臉紅，直說要好好賞賜負責教他讀書識字的蔣學士，太皇太后也說要賞，羞愧的葉容頃跺著腳跑了。

錦雲坐在那裡呷著茶，看得是津津有味，最喜歡做的就是猜人家送什麼禮物了，那麼多王公大人啊，就沒看到送禮重複的。

當右相和蘇大夫人上前跪拜，錦雲好奇地睜大了眼睛，那邊公公接過盛放壽禮的托盤走到太皇太后身側，太皇太后親自揭開紅綢，托盤裡放著的是——

一只手鐲，紫金手鐲。

滿殿人瞧見那手鐲時，心裡都有些怪異，以右相的身分送只手鐲做壽禮未免太有失身分了，哪怕是紫金的。但是太皇太后看著那紫金鏤空木棉花的手鐲時，手上拿著的紅綢掉地上了，整個人都從鳳椅上站了起來。

「這只紫金手鐲，你從哪裡找到的？」

葉容痕望著那手鐲想起了一件事，能讓皇祖母這樣失態的，只有那被賊匪綁架，至今杳無音信的皇姑——葉清歡。

時隔二十餘年，太皇太后見到這只手鐲，眼淚都流了出來，蘇貴妃坐在那裡，眼睛瞪圓了，那不是……她的手鐲嗎？

蘇貴妃原是戴著這鐲子嫁進皇宮的，拜別右相時，右相讓她摘了下來，她還一直納悶呢，誰想竟然是昔日長公主的手鐲！

葉容痕忙問右相。「這手鐲你是從哪裡得來的？」

「貴妃從鋪子裡買回去，輾轉到臣手裡，臣派人去查了，這鐲子前後至少經過三個人的手和兩間鋪子，昨天臣得到消息，紫金手鐲三個月前在凌陽城以一百兩銀子當給了富貴當鋪。」

葉容痕聽到這消息略微有些失望，撇頭望著紅了眼眶的皇祖母，他勸道：「皇姑吉人自有天相，皇祖母放心，孫兒即刻就派人去凌陽城尋找。」

太皇太后手摸著紫金手鐲，搖頭道：「皇上安心處理朝政，尋你皇姑的事還是讓右相手底下的人去找。」

葉容痕點點頭，一旁的太后笑道：「適逢太皇太后壽誕，能收到長公主配戴的手鐲，是件可喜可賀的事，想來以右相的本事，不出半個月準能找到長公主。」

右相眉頭輕攏。「臣定當盡力尋找長公主。」

右相退到座位上坐下，不少人都勸慰太皇太后，長公主福澤深厚，定有母女團圓的時候，好半天才勸住了太皇太后，壽宴依舊。

太皇太后重綻笑臉，左相才敢上前獻壽禮，壽禮很尋常，尊貴不菲，太皇太后笑著點頭。

獻壽禮是有規矩的，絕大部分人都是按著座位來，唯有錦雲這一桌格外獨特些，不是親王，卻在各位王爺前面，怎麼輪也輪不到，錦雲想怎麼樣也得在祁國公府獻完壽禮之後吧，所以就坐在那裡喝著茶，靜靜地看著。

可是祁國公府獻完壽禮，就輪到永國公府了。

錦雲扯著嘴角看著葉連暮。「我們什麼時候獻壽禮？」

葉連暮也是頭疼，已經冒失了一回，他們要再貿然走上去，指不定就跟哪位大臣撞上了，想了想道：「一會兒再送也不遲。」

過了約莫一刻鐘的時辰，外面有公公進來稟告道：「皇上，北烈戰王爺和雲漪公主進宮了。」

「宣。」

公公便扯著嗓子喊，沒過一會兒，大殿門口便出現幾道身影，為首的男子長得頗為俊美，龍章鳳姿，稜角分明，朗目疏眉，雙眸黑幽如暗夜，冷冽霸氣的光芒散發出來，身穿一襲華貴紫袍，衣襟勾勒出幾縷祥雲，腰間繫著白玉帶，神骨飄泠，薄薄的嘴唇好看地抿著，見到眾人望過來，唇瓣微微翹起，頓時讓滿大殿的人驚豔不已。

這男子便是北烈王朝的戰王爺——莫雲戰，雖是以名字封王，但他倒是不負戰王之名，十五歲就隨軍出戰，十六歲領將軍銜，兩年來，出戰必勝，更值得說的是他乃北烈王朝唯一封王的三皇子。

莫雲戰身側站著一個女子，身姿纖秀，一身鵝黃色裙裳華貴大氣，更顯纖纖細腰不盈一握，淡眉如煙籠霧，睫毛細密如絲，清眸流盼，多看兩眼便讓人驚嘆——此女燦如春華，皎如秋月，人面桃花，情致兩饒。

這桃羞杏讓的女子便是北烈王朝的雲漪公主。

他們身後還跟著兩位大臣，大臣之後是侍衛，侍衛端著托盤，托盤裡裝著用紅綢掩蓋的壽禮。

莫雲戰和莫雲漪等人上前行禮，給太皇太后祝壽道：「本王奉吾皇之命來大朔給太皇太后祝壽，特此送上壽禮，祝太皇太后福如東海長流水，壽比南山不老松。」

侍衛上前兩步，莫雲戰一伸手就把紅綢給揭了下來，那一瞬間，錦雲覺得自己的眼睛被閃了下，下意識伸手擋了，聽著四下的倒抽氣聲，她才收手觀看，只見托盤上立著一隻栩栩如生的鳳凰，五彩斑斕，雙翅高振，彷彿欲騰空而去。

上面的寶石翠玉皆上等，每一顆都價值不菲，除了皇上的承諾與右相送的紫金手鐲那兩樣是無法用金錢衡量的，這鳳凰簡直可以說將之前送的壽禮全部比了下去。

錦雲咋舌道：「這份壽禮未免也太重了吧？」

葉連暮嘴角一勾，冷哼一聲。「只怕不會那麼簡單，去年北烈皇帝四十大壽，溫王爺帶著壽禮前去賀壽，卻被北烈大臣奚落了一番。」

前不久，大朔王朝才發生乾旱，皇帝被逼娶後求雨，甚至向安府借糧，這等大事北烈王朝怎麼會沒有耳聞？如今送這麼奢華貴重的壽禮，讓大朔王朝文武百官驚嘆不已，也從側面點出大朔貧窮，人家送給太皇太后的壽禮都這般貴重了，而大朔王朝送給北烈皇帝的壽禮實在是瞧不起人。

雲漪公主輕噘了下嬌唇，略帶失望道：「來得稍晚了些，都沒瞧見大朔王朝臣子進獻給太皇太后的壽禮，太可惜了。」

雲漪公主話音才落，她身側的大臣便道：「大朔王朝奇珍異寶不少，公主一會兒定然能見到。」

雲漪公主的話是赤裸裸的挑釁，她身側大臣說的話更是讓大朔連台階都沒得下。我信你有實力，但是你卻沒有，那就是我高看你了。

滿殿的文武大臣都皺眉，那些送過禮的大臣都暗自慶幸，他們都送過了，不然一對比，真是螢火與皓月爭輝了，這一關不知道皇上怎麼過？

右相起身，嘴角掛著淡淡的笑，卻給人壓力十足。「戰王爺與公主遠道而來送上珍貴的壽禮給太皇太后祝壽，想看奇珍異寶，這等小願望豈能不滿足？一會兒等文武百官送完壽禮，自然有公主可瞧的。」

葉容痕也笑著讓人準備席位，讓他們先坐下，可是原先準備的位子被錦雲和葉連暮給占了，只能在他們對面添席座了。

同等位子，大朔以右為尊，卻偏偏把莫雲戰和莫雲漪安排在左邊，兩人眉頭都忍不住挑了一下，望向右邊坐著的錦雲和葉連暮，雲漪公主忍不住問道：「這兩位是大朔王朝的親王與王妃？」

李皇后笑道：「這是祁國公府的大少爺和大少奶奶。」

雲漪公主嘴角勾起一抹嫵媚的笑來，上下掃視錦雲。「原來妳就是葉大少奶奶？這一路上本公主可是聽了不少關於妳的傳聞，昨兒進京在城門口被人給堵了，還以為大朔王朝恭迎人的方式獨特，一問之下才知道原來是妳引起的，聽說妳喜歡三個銅板一支的木頭簪子，怎麼沒見妳戴？」

雲漪公主問得天真無邪，可是眸底怎麼看都帶著挑釁，四下也是低低的議論聲，所有人的眼睛都看著錦雲，帶著幸災樂禍。

錦雲甚是無語，她得罪這公主了嗎？不就是個座位，至於這樣咄咄逼人嗎？

她懶得起身，就坐在那裡，笑道：「喜歡三個銅板一支的木頭簪子？公主這麼問是瞧不起木簪子還是瞧不起我？」

雲漪公主沒想到錦雲跟她說話竟然都不起身，她長這麼大還沒被人這麼怠慢過，心裡當即就憋了火氣。「別說是本公主，就是大朔王朝那些人聽到妳喜歡木頭簪子，沒幾個不識笑的，想來昨兒在街上，妳也聽過了。」

錦雲淡淡笑著。「的確是聽了不少，不過我不覺得喜歡三個銅板一支的木簪子有多丟臉。這個世上，窮人占大部分，其中一半就是女人，多少人買不起金簪、銀簪，用木簪來綰髮，公主瞧不上三文錢的木簪，是瞧不起那些窮苦的百姓。『民為貴，社稷次之，君為輕。』堂堂公主如此看待木簪，難道北烈皇帝沒有教妳愛民如子嗎？」

錦雲雲淡風輕地說著，雲漪公主臉色大變，嬌容布滿霞雲，她指責錦雲，卻沒想到反被教訓了一頓。

雲漪公主咬緊唇瓣，反擊道：「民為貴，社稷次之，君為輕？本公主還是第一次聽到這說法，難道在妳心裡，皇上還比不上那些百姓嗎？」

錦雲無語，這還有完沒完？看著滿殿詫異的眼神，有些欲哭無淚了，她一個穿越來的，誰知道哪些話能說，哪些話不能說？

錦雲往首座上看，葉容痕也緊緊盯著她。她眼皮跳了下，她可沒有瞧不起皇上啊！

「水能載舟，亦能覆舟，沒有百姓的擁戴，哪裡來的皇上穩坐江山？皇上勤政愛民，我自然敬重他，皇上若是荒淫無道，殘暴不仁，暴斂橫徵，不單是我，只怕天下人都瞧不上他。」

「說得不錯！」葉容痕和莫雲戰同時鼓掌，異口同聲道。

太皇太后也讚道：「右相教女有方，往後可得多勸導皇上才是。」

右相起身行禮，坐在他身旁的蘇大夫人臉上掛著笑，可是心裡氣得直抖，還真是小瞧了她，不知道從什麼時候起竟然連這都會了，老爺竟然偏袒錦雲，連這都教她！

蘇大夫人想到那些守在青院的暗衛，只怕早些年就安排了，他是存了心想把錦雲送上皇后之位！

可憐右相被誤解了，他幾時教過錦雲這些了？他還在想錦雲鑽狗洞的事，難道錦雲經常出門，背後有人教她嗎？那人會是誰？

常安湊到葉容痕身側，小聲道：「皇上，庫房倒是有兩件奇珍比得上鳳凰，可都盛名在外，是前朝之物。」

葉容痕皺緊眉頭。「難道我大朔朝建朝二十多年，就沒一件珍奇之物拿得出手？」

常安可不敢點頭，一場戰亂，要多少年才能恢復元氣，碰上個天災人禍的，都周轉不過來，先皇勤儉，要官員清廉公正；有一次有個大臣進獻了白玉山鷴，先皇大為誇讚，可最後被御史臺彈劾，那白玉山鷴是搜刮民脂民膏得來的，先皇直接就讓人砸了那山鷴，更將那大臣斬首示眾，自那以後，十餘年都沒人敢進獻什麼奇珍異寶。

葉容痕掃了右相一眼，庫房沒有珍寶，有的又不能拿出來，如何應付公主？

右相知道常安是去找奇珍異寶了，這會兒看皇上的臉色也知道沒有，他再次皺眉。

漸漸地，私下問府上有沒有奇珍異寶的話就傳開了，錦雲好奇地推了葉連暮一下。「國庫裡真沒有比得上那鳳凰的嗎？」

葉連暮搖頭。「我也不知道，要是有應該早拿出來了。」

錦雲汗顏，好像問了句廢話，說起奇珍異寶，她眼珠子骨碌碌地轉著，笑著推葉連暮。「我倒是有些奇珍，我幫你一回，你幫我找皇上要個欽賜匾額如何？」

「有些奇珍」這四個字讓葉連暮哭笑不得，有一件就不錯了，還有些？

葉連暮瞅著錦雲。「妳是說香藥坊的匾額？」

錦雲忙點了下頭。

「皇上的字還沒為夫的好看。」

錦雲有種想去皇上跟前告狀的衝動。不就會寫幾個字嘛，得瑟個什麼啊！

「那就你寫好了，我不管了。」

葉連暮頓時無言了。「為夫答應妳了。」

「匾額你寫，回頭讓皇上另外給我寫個。」
「那些奇珍是什麼？」
錦雲小聲嘀咕了兩句，便起身離了座位，走到夏侯安兒身側把她喊了過去，還有趙玉欣和清容郡主，三人有些茫然，不知道錦雲喊她們幹麼。一聽錦雲要她們幫忙，二話不說就答應了。
錦雲回到大殿坐下，那邊雲漪公主已經站到大殿中間，福身道：「此次除了送上壽禮五彩鳳凰外，本公主還特地準備了一支舞蹈獻給太皇太后。」
葉容痕俊美的臉上帶著笑。「雲漪公主舞姿冠絕北烈，朕早有所耳聞。」
大殿門口走進四名宮女，手裡都拿著樂器，四名宮女坐下後，得到雲漪公主的示意，便開始彈奏了，琴聲嫋嫋，簫聲纏綿，笛子悠長，琵琶錚錚，配合得天衣無縫。
樂音奏起，雲漪公主瞅了錦雲一眼，眸底閃過些什麼，忽然一抬雲袖，雲浪翻滾，靈動，飄逸，清雅。輕盈柔軟的身子左右往返，行雲流水，舞姿時而颯爽，時而典雅含蓄，時而妖媚灑脫，俏麗中透著股婉約，宛如仙女下凡，群臣的眼睛都看直了，大殿內一時間彷彿只有雲漪公主一個人。
錦雲看著，心裡連連稱讚，不愧是冠絕北烈的舞姿啊，看得人眼睛都直了。
錦雲撇頭看著葉連暮，葉連暮似是注意到她，回過頭來。「看我做什麼？」
她眼神微慌，道：「你不看我怎麼知道我在看你？」
葉連暮握著錦雲的手，喜歡極了她眼神慌亂、臉頰微紅的樣子。「我看妳，是想看妳會不會跳舞。」

「沒毛病吧？放著好好的舞不看，看我？你能從我臉上看出來我會不會跳舞嗎？」

「從別人臉上可以看出來，但是妳會些什麼，從臉上沒有看出一絲一毫的跡象。」

「那是你不瞭解我。」

葉連暮很贊同這話，瞭解她，只怕需要一輩子，想起皇上聽到那句「民為貴，社稷次之，君為輕。」的眼神，不由得緊緊握著錦雲的手，他確定皇上後悔了。

一曲舞畢，雲漪公主舞袖回首，驚豔全場，葉容痕拍手讚道：「果真是百聞不如一見！」

雲漪公主福身，感謝誇讚。「說起百聞不如一見，當數葉大少奶奶，方才本公主跳舞時，所有人都看呆了，唯獨她還在說話，可是對本公主跳的舞有意見？」

錦雲撫額，這公主今兒難不成真跟她槓上了，跳舞還有空關注她？

她無奈地笑了，起身道：「起舞弄清影，何似在人間？公主的舞姿，讓人驚嘆不已，可惜我不會跳舞，不然真想請公主指點一二。」

雲漪公主睜大了眼睛，隨即皺了下眉頭，正想拉她出來跳舞，沒想到她直接就說不會跳舞了，不由得有些失望。「妳莫要謙虛了。」

沐賢妃也笑道：「妳與貴妃是姊妹，蘇貴妃的舞姿深得皇上讚賞，妳豈有不會之理？雲漪公主既然想看，妳不妨就獻上一舞，也好讓我等看看。」

蘇貴妃聽到這話，沈了臉色，什麼叫她和錦雲是姊妹，她會跳舞，錦雲豈有不會之理，是說她比不上錦雲嗎？

蘇貴妃嘴角翹起一抹冷笑，冷冷地掃了錦雲一眼，然後對上沐賢妃，笑道：「說起跳舞，我哪裡比得上妹妹？錦雲就算會跳舞，也不敢在妹妹跟前放肆。」

李皇后看見兩人互掐，忍不住勾了下嘴角，轉而看向葉容痕，葉容痕望著錦雲，其實他也想看錦雲跳舞，錦雲說不會，這話是真是假他也分辨不出來。「雲漪公主既然相邀，妳不妨就跳上一曲吧。」

錦雲苦癟著張臉，都說了不會還讓她上，這不是成心為難人嗎？

她瞅著葉連暮，咬牙低聲道：「你還傻坐著幹麼，我真不會跳舞！」

「真的不會？」

「我只會跳脫衣舞，你再不幫我說話，我就真跳了！」

葉連暮臉轉瞬即黑，狠狠瞪了錦雲一眼，起身道：「皇上，內子並非謙虛，她是真不會跳舞。」

葉容痕沒想到一直坐著不動的葉連暮會黑著臉起來幫錦雲證明她不會，好好的，他怎麼臉黑成那樣子？

青竹從大殿側門溜進來，走到錦雲身側，輕聲嘀咕了兩句。

錦雲滿意地點點頭，回頭看向清容郡主，眨巴了兩下眼睛，然後道：「雲漪公主不是想瞧瞧我大朔有沒有奇珍異寶嗎？如今又想看大朔的舞，不如兩樣一起看吧！」

前一刻才說不會跳舞，下一刻又說奇珍異寶和跳舞一起欣賞，讓滿殿的人都摸不著頭緒了。

雲漪公主瞅著錦雲。「奇珍異寶呢？在哪……」

話還沒問完，就聞到一股奇異的香味，雲漪公主忍不住嗅了嗅，轉身看向大殿外，大殿裡其餘人的鼻子都嗅著，好奇香味從哪裡來的，以前未曾聞過這樣的味道，外面有公公進來稟告。「皇上，清容郡主和另外兩位小姐在崇德殿前跳舞。」

溫王爺和溫王世子兩個忙往身後望去，清容郡主果然不在了。她怎麼跑外面跳舞去了？都是自家人，舞姿如何他們還能不知道嗎？雖然跳得不錯，可比起雲漪公主還差了半截呢！

溫王妃早等不及了，之前錦雲喊清容郡主出去，她是知道的，肯定與她脫不了干係，當即起身就要朝外面走去。

葉容痕也起了身，笑道：「什麼奇珍異寶，朕倒是要瞧瞧。」

崇德殿，站在外面看著不遠處，有個精緻的花鳥銅爐擱在那裡，裊裊雲煙騰起，被清容郡主等人的雲袖帶散，四下全部都是香味，讓人忍不住沈醉。

漸漸地，有一隻蝴蝶飛了過來，落在銅爐上，被清容郡主的雲袖帶起來，翩翩振翅。

隨後，又來了幾隻蝴蝶。

不到半刻鐘，三人身邊就圍著不下百隻蝴蝶，遠處還有蝴蝶往這裡飛來，在一堆蝴蝶中，舞袖翻回，那場景不知道震撼了多少人；若說方才雲漪公主一舞讓人沈醉，那這一支舞，讓人連眼睛都不想眨，甚至連腳步都不想挪，生怕做出來絲毫動作，驚擾了那些蝴蝶。

這些人中，最高興的莫過於溫王妃、靖寧侯夫人還有安遠侯夫人，沒想到這等壯觀的美景發生在自家女兒身上，不愧她們三人交好，舞姿配合得天衣無縫，三位夫人互望了一眼，然後齊齊看向錦雲，眸底帶了審視和感激。

一支舞不可能跳太久，錦雲見她們要跳完了，見四小姐葉雲瑤直勾勾地看著那三人，時不時地望向錦雲，欲言又止。

錦雲笑道：「妳也可以跟她們一起跳。」

葉雲瑤真切地看著錦雲，小聲問道：「我可以嗎？」

錦雲笑著點頭，葉雲瑤俏臉上立時綻放出一抹笑，二話不說，拉起姊妹們就奔了過去。見其餘大家閨秀望著錦雲，李皇后笑道：「都去吧。」

得了皇后的應允，不少大家閨秀都提起裙襬加入跳舞的行列，大朔皇宮上演一曲蝴蝶舞，與蝴蝶共舞。

雲漪公主看著錦雲，問道：「這就是妳說的奇珍異寶？」

「不算嗎？」

雲漪公主頓時語塞，她能說不算嗎？

「這等奇香，二妹妹是從哪兒得來的？」蘇貴妃眼底有妒忌之色。

錦雲被問得語塞。是啊，這等奇香她從哪兒來的？

她望了眼葉連暮，他暗翻一個白眼，一撇頭全推到皇上頭上了，說得臉不紅、氣不喘。

「皇上給的。」

葉容痕差點吐血，他幾時給過這東西了？他還想問問呢，結果竟然推他身上了？

他狠狠瞪了葉連暮一眼，突然想起來，上回那香水和香膏，肯定出自同一個人之手，便道：「這香與香水、香膏一起的，先前被他討要了一瓶香水和香膏去，後來又將香水要回來送給了賢妃，就把這香給了他做補償。」

沐賢妃聽到這香換了香水給她，心疼得都要滴血了，要是她知道皇上手裡有這等奇香，怎麼可能要那香水呢？

青竹把一只木匣子遞到錦雲手裡，錦雲走到太皇太后前方，行禮道：「今兒是太皇太后的壽辰，錦雲借花獻佛將此香送給太皇太后。」

太皇太后身側站的嬤嬤眼睛都睜大了，忙伸手接了，更忍不住打開給太皇太后瞧了瞧，只見木匣子裡一排擱了七粒香珠，個個晶瑩剔透，堪比大東珠，不過就是點燃了一粒，竟引來千百隻蝴蝶環繞，這壽禮不輕啊！虧得葉大少奶奶捨得拿出來，換了旁人，指不定藏得跟什麼似的呢！

太皇太后慈和地看了錦雲一眼，吩咐嬤嬤道：「用錦盒裝四粒送給雲漪公主。」

雲漪公主欣喜若狂，雙眼冒出精光來，沒有哪個小姐、夫人不愛香，方才還在想能不能向葉大少奶奶討要一粒，畢竟這等奇香不可多得，沒想到她還真捨得拿出來給人瞧見，直接就送給了太皇太后，太皇太后更大方，直接送四粒給她，雲漪公主忙福身道謝。「多謝太皇太后賞賜。」

太皇太后笑道：「妳千里迢迢趕來與哀家祝壽，送妳點奇珍異寶不算什麼。」

錦雲也心疼，這香她是準備在香藥坊開張時，弄出點噱頭的，現在不能用在鋪子開張上了，得另想辦法。一想到自己絞盡腦汁才想出來的辦法不能用了，還得再想，錦雲就腦殼生疼，如何才能讓香藥坊的名號一夕之間傳遍大朔的每個角落？

此時四下都在談論那醉蝶香，沐太后坐在那兒，端茶啜著，對於今兒所見的漫天蝶舞，對醉蝶香也喜歡極了，可惜現在香都在太皇太后手裡頭，她可不敢跟太皇太后張口要。

沐太后把牡丹紋茶盞擱下，轉而問葉容痕。「皇上，那些香膏和香水都是何處進貢來的？」

她心裡困惑極了，宮裡進貢了些什麼，內務府第一個就稟告她，唯獨這香水、香膏她不知道，彷彿從皇上手裡憑空出現了一般，甚至連有這等奇香她都不知道。

蘇貴妃也順著沐太后的話道：「回頭得讓他們多進貢些才是。」

李皇后和沐賢妃也都盯著葉容痕，葉容痕忍不住皺緊眉頭，要真是進貢之物就好了，問題是打哪裡來的他根本就不知道，不過他總覺得這事跟錦雲脫不了干係。

「皇上？」沐賢妃見葉容痕一直看著葉連暮那桌，忍不住出聲提醒他。

葉容痕回過神來，不慌不忙道：「那些並非是進貢之物。」

沐賢妃失望地盯著手裡的繡帕，沒再說什麼了，不是進貢之物，肯定就是特地送給皇上的了，她只有那麼兩瓶香水，其中一瓶還不敢拿出來用，要讓人知道那瓶玫瑰香水沒有打破，她就是犯了欺君之罪了。

李皇后和蘇貴妃才叫氣悶，香水、香膏和香，她們得到的是最不起眼的，香水全給了賢妃！

而那珍奇的香竟然被葉大少爺要去給葉大少奶奶，雖然最後他們還是拿了出來，可皇上未免太寵信葉大少爺了吧？這葉大少爺也太不懂禮數了，從來只有皇上賞賜臣子的，哪有像他這般強要的？

不過轉念一想，如果不是葉大少爺把醉蝶香要去了，皇上只怕還是要給沐賢妃，有了一瓶香水都那麼得瑟了，若將醉蝶香也給她，還指不定怎麼樣呢，她們可不想見到她在御花園裡跳舞引得蝴蝶環繞的景象！

現在這樣也挺好，誰都沒有，蘇貴妃這般想著，可還是忍不住瞪了二妹錦雲一眼，心想就沒見過她這麼蠢笨的女人，香水到她手裡了，護不住，香到她手裡了，也護不住，足足有八粒醉蝶香，她都不知道送兩粒給自己，自己得皇上寵愛，能少得了她的好處嗎？

蘇錦容和蘇錦惜兩個互望，想起那一日在遂寧公府罵錦雲笨，她們根本沒有想到葉連暮不忍她吃虧，要皇上拿香與她換香水，她怎麼都不說，瞞得可真是嚴實！

祁國公府那些夫人、小姐們就更氣了，有那麼多粒香，竟然全部給錦雲一個人，偏她竟然還能忍著不在府裡炫耀，指不定手裡還有什麼好東西。

大小姐葉姒瑤扭著繡帕，心裡泛酸道：「大哥未免也太寵著大嫂了，祖母也愛香，他都不拿兩粒給祖母！」

三小姐葉觀瑤冷冷地掃了錦雲一眼，嫉妒的臉有些扭曲了。「指不定大嫂手裡還有什麼好東西呢，前些時候大嫂畫畫用的蘭花香就能吸引蝴蝶，雖然不及醉蝶香，也極少見了，大哥與皇上那麼熟，皇上手裡有什麼好東西，他肯定先知道，要回去給大嫂賞玩有什麼稀奇的？」

錦雲沒想到出自她手裡的醉蝶香會惹來這麼多白眼，后妃氣她和葉連暮，是因為他們要了本該屬於她們的東西；葉姒瑤她們氣錦雲是因為她私藏，不過也沒敢明目張膽地責怪，畢竟錦雲是葉連暮的正妻，有東西先給她也是應該的，但是做小輩的，有了什麼好東西不想著長輩，便是不孝！

那些冷眼錦雲看見了，心裡也只是當她們羨慕嫉妒恨，而她要的就是這樣，她們越是想要，她就越高興。錦雲端茶啜著，欣賞歌舞。

只是對面兩道視線讓她怎麼都忽視不掉，抬眸就見到雲漪公主打量的眼神，另外一道是莫雲戰的，他手搖白玉扇，似笑非笑地看著錦雲。

錦雲微蹙眉頭，心下微惱，這人好生無禮，大庭廣眾地盯著她看，看什麼看！

葉連暮也惱了，錦雲可是他的女人，被個男人看著，哪怕用的是欣賞和好奇的目光也不能允許，他目光冷冽地看著莫雲戰，這時候，一群女子跳舞上前，擋住了所有人的視線。

錦雲注意到葉連暮的神情了，不由得有些怔住，她還是第一次看到他這樣的神情，冷冽、桀驁，彷彿從來沒有認識過他一般，有股渾然天成的霸氣，但也只是那麼一瞬間，錦雲彷彿看花了眼一般，忍不住伸手在他眼前晃了下。「怎麼了？」

葉連暮握著錦雲的手，柔聲道：「沒事。」

錦雲斜了葉連暮一眼，沒事才怪呢！沒事會有那種神情嗎？可是人家不說她也不能強逼。

宴會持續了半個時辰才結束，這期間沒人再上去奏請彈琴獻舞的，因為她們今兒都跳過舞了，還是與蝶共舞，現下只坐在那裡靜靜地欣賞歌舞、吃糕點、聽曲子。至於有心與錦雲一較高低的人，例如上官凌等人都暫時息了這份心，因為無論今兒錦雲做錯什麼，醉蝶香的鋒頭足以蓋過一切瑕疵，先讓她的鋒頭冷兩天，等到了北烈王爺的接風宴再掃她的臉面也不遲。

宴會進行到最後，葉容痕吩咐人送莫雲戰和雲漪公主回行宮，雲漪公主走到錦雲跟前站著，下戰書。「兩日後的接風宴，我們再比試一番。」

錦雲緩緩站起來，眸底是春風般的笑意，臉上卻略帶遺憾。「實在不巧，後天我有事，恐怕不能進宮參加接風宴了，公主若想與我比試，只能下次了。」

雲漪公主臉色微僵，她都點名了要與她比試，她竟然不來。「妳不會是怕本公主，所以不敢來了吧？」

錦雲輕聳了下肩膀，有什麼怕不怕的，激將法對她沒用。

「人外有人，天外有天，如果公主能回答我的問題，即便再忙，我也會來。」

雲漪公主嘴角一翹，自信滿滿。「妳問！」

錦雲如湖水般清澈明亮的瞳眸閃出笑意，盈盈秋波微漾。「妳能做，我能做，大家都能做，一個人能做，兩個人不能一起做，這是什麼？」

雲漪公主聽到錦雲的問題立時皺緊眉頭了，想了一會兒想不出來，撇頭去看莫雲戰，莫雲戰俊逸的臉上也寫滿了不解。

大殿裡所有人都在想這是什麼時，那邊有公公來請了。「葉大少爺，太皇太后讓您和葉大少奶奶去永寧宮一趟。」

錦雲輕點了下頭，然後問雲漪公主。「公主想出來沒有？」

雲漪公主臉一紅，跺腳。「妳愛來不來！」

第十七章 朝政難題

見雲漪公主離去後，錦雲鬆了口氣，隨著葉連暮一同去太皇太后住的永寧宮。

半道上，錦雲撇頭望著葉連暮。「你猜出來沒有？」

葉連暮捏了捏錦雲的鼻子。「這麼簡單的問題還用猜嗎？」

一個能做，兩個人不能一起做，這件事葉連暮深有體會，每天他都會比錦雲早醒來，看著錦雲嘴角掛著甜意的笑，他就好奇她作了什麼夢，想鑽進去看看。

錦雲聽到葉連暮這麼說，臉頰微紅，東張西望起來，欣賞起雕梁畫棟，飛簷碧瓦，九曲迴廊，翠柳成蔭。

永寧宮，寧靜致遠，大氣不失雅致，錦雲和葉連暮並肩邁步進去，就見太皇太后坐在羅漢床上，神情哀傷地看著紫金手鐲，顯然是在想念長公主。

錦雲請安後，安慰了太皇太后兩句，太皇太后高興，賞賜了一對木簪給錦雲和葉連暮，這對木簪可不得了，是太祖皇帝親手雕刻的，有次失信於太皇太后，太祖就親手刻了簪子。

陪著太皇太后閒聊了會兒，臨走時，太皇太后道：「替哀家把這些東西送去給右相。」

葉連暮接過盒子，和錦雲一起出了永寧宮。一路上，錦雲拿著一幅畫看著，讚嘆長公主畫技高超且字跡娟秀，又問了公公才知道右相在御書房，於是兩人去御書房，正巧在門口遇上右相，把太皇太后交代的事辦好後，錦雲便想起座位的事，問道：「爹，今兒我坐了北烈戰王的座位是不是你……」

右相掃了葉連暮一眼，然後看著錦雲。「是十王爺吩咐的，爹認可了。」

葉容頃？那小屁孩搞的鬼？她招他、惹他了嗎？不會是還想著讓皇上下旨要葉連暮休了她的事吧……錦雲瞪了葉連暮一眼，歸根究柢還是因為他。

葉連暮抖了下眼皮，他沒想到竟然是葉容頃指使公公做的，就聽右相道：「若想幫皇上護住江山，莫雲戰會是你最大的敵人。」

右相說完這一句，轉身走了，錦雲一頭霧水，更讓她啞然的還是葉連暮的話。「明天我給妳雕支木簪。」

錦雲忍不住瞪了葉連暮一眼。「莫名其妙，有話直說！」

「我可能要言而無信了。」

「……你想幹麼？別以為送支木簪就可以理直氣壯地食言而肥，我不同意，說好的等我及笄——」

「……我要去一趟風月閣。」

錦雲臉霎時紅得可以滴血了，尤其是某男還似笑非笑地看著她，她恨不得鑽地洞了，她怎麼就往那方面想了呢，人家壓根兒沒那意思。

不過，他去查風月閣應該與柳飄香有關吧？

「正好，我也想去。」

「我也想去！」葉容頃從御書房裡蹦出來，笑得見牙不見眼。「我也想去風月閣，帶我一起吧！」說著，回頭喊了一嗓子。「王兄，連暮表哥和表嫂要去風月閣玩，你去不去？」

葉容痕正喝著茶，聽到葉容頃的話，一口茶全噴了出來，連連咳嗽起來。

錦雲扯著嘴角，撫額長嘆，四下瞄瞄，確定沒人聽見，然後才問道：「小屁孩，你知道風月閣是什麼地方嗎？」

葉容頃皺著小臉。「妳敢小瞧本王爺，本王爺逛遍京都，自然知道那是喝花酒的地方，七王兄說我年紀小，不能喝酒不帶我去，我去了喝花茶還不行嗎？」

喝花茶？錦雲只覺得腦門上有烏鴉飛過去，嘴角的笑意怎麼憋都憋不住，肩膀直抖，就是葉連暮也滿臉黑線，哭笑不得。

只聽錦雲憋笑道：「去風月閣喝花茶，人家會當你是砸場子的。」

葉連暮的臉更黑了，有哪個大家閨秀跟她一樣想去風月閣的？提到都面紅耳赤了，她還跟葉容頃說風月閣？他瞪了錦雲一眼，拉住錦雲的手，直接將她拖走了，葉容痕出來時，正好瞧見，忍不住掩嘴輕咳了一聲。

葉容頃嘟著嘴，哀怨道：「連暮表哥都讓她去，為什麼就不能帶上我？」

葉容痕無力搖頭，想起那日在醉香樓，葉連暮讓錦雲去風月閣找他，還說要帶她去，說出口的話可反悔不得。「她只是想想而已，你連暮表哥不會帶她去的。」

葉容頃重重點頭，不帶她去是應該的，但是不帶他去就是連暮表哥的不對了，他多乖巧懂事啊！

葉容頃瞅著葉容痕。「王兄，你去不去？」

葉容痕望著天空。「朕要是去了，明天文武百官譴責朕的奏摺加起來都能比你高。」

葉容頃嚇住了，王兄去風月閣，文武百官都要譴責他？那為什麼七王兄可以去，連暮表哥也可以，王兄卻不可以呢？普天之下，莫非王土，王兄竟然不能去風月閣，那到底是個什麼地方啊？

另一廂，被葉連暮拽著走的錦雲氣呼呼的。「我還沒教訓下那小屁孩呢，小小年紀就知道使壞，長大了那還得了。」

葉連暮拿錦雲沒辦法。「妳爹自己都認同了，妳還有何話說呢？」

錦雲沒想到右相和葉容頃那小屁孩竟然變相合謀了一回，對於這事，她還真無話可說。「這次可以算了，下次呢，你就由著他欺負我？」

「連為夫都欺負不了妳，妳能被他欺負去了？」

錦雲只拿眼睛盯著葉連暮，怎麼聽這話裡的意思似乎連他都想欺負她，而且沒欺負到反而很委屈似的？

錦雲突然臉紅了，嘟囔地罵了一聲無恥後，邁步走了，為了不被人發現自己想歪了，又補充了一句。「走快點兒，不然到別院時該天黑了。」

落日西斜，晚霞像一條絢麗的彩帶橫過天際，行了大半個時辰的馬車終於停下了。

錦雲站在別院前，芙蓉出水般的臉容上盡是笑意，別院門口立著兩隻大石獅子，威風凜凜，這座別院可不是一般人家的府邸，據說曾經是名列四大國公之一的安國公名下的產業，安國公府六年前被褫奪封號，查抄了大部分的賞賜之物，這座別院就在其中。

這座別院有四進，因為離窯廠很近，坐馬車約莫兩刻鐘便到了。

那些暗衛知道錦雲要去窯廠，還要忙好些天，就跟她提了下這個院子，錦雲是萬分滿意，只是這別院的地契在朝廷手裡，她只好央求葉連暮出手了，而葉連暮也不知道用什麼辦法，只花了五千兩銀子就拿到地契了。

別院內綠樹環蔭，青石鋪地，松石參天，怪石嶙峋，壓根兒就瞧不出十天前這裡還空盪盪的，張嬤嬤和珠雲迎面走過來，笑道：「這麼晚才到，還擔心少奶奶和少爺回國公府了，飯菜都準備好了。」

珠雲掩嘴輕笑。「奴婢就說少奶奶再晚也會來的，張嬤嬤還不信，要不是奴婢攔著，她都要回國公府了。」

錦雲瞋怪了她一眼，問道：「南香人呢？」

說起這個，張嬤嬤就忍不住笑了，指著青竹道：「也不知道她跟南香說了什麼，南香來別院，都認認真真地掃一下午的地了。」

青竹大呼冤枉。「奴婢沒說什麼啊，她昨兒晚上求奴婢幫她說情，奴婢一時起了興，就跟她說，少奶奶只罰她掃地，她來別院掃也是一樣的……」

青竹沒想到南香還當真了，她有些不知道說什麼好了，只怕一會兒南香要追著她打。南香怎麼就不開竅呢，別院那麼多丫鬟，哪輪得到她掃地啊？

昨兒晚上少奶奶還特地吩咐說讓南香也一塊兒跟去，青竹都還沒來得及告訴她，南香就求她幫著說情了，她們幾個平素在一塊兒也是打趣慣了，沒想到……

青竹羞紅了臉看著錦雲，錦雲無奈地搖了搖頭，邁步朝前走去。

錦雲和葉連暮住的屋子被收拾得乾乾淨淨，一塵不染，床褥被子、桌子凳子都是全新的，錦雲看著很滿意。雖然之前在宮中壽宴上吃過不少，可是現下早就餓了，於是兩人邊吃著飯，邊聽張嬤嬤稟告這別院的事。

內院如今有清掃丫鬟十名，負責廚房的婆子六名，製香的丫鬟全在了，外面有負責掃地的小廝十名，負責燒飯的婆子四名，還有其他下人，加起來足有三、四十個。

張嬤嬤說著，臉上全是笑，因為親兒子張泉被錦雲點名了做別院的總管，這間別院她是知道的，負責的是少爺和少奶奶新鋪子大部分的香，可不是那些管理幾百畝莊稼的總管，責任重大呢！

錦雲點點頭，想著張嬤嬤今兒來別院安置那些丫鬟，肯定累著了，便讓她早早下去歇著了。吃過晚飯後，錦雲去看了看別院的香坊和藥坊，讓那些丫鬟歇下，明兒正式開始製香。

一宿安眠，第二天一早錦雲就起床了，洗漱過後，讓青竹給她喬扮一身男裝，然後青竹也換了身小廝的裝扮，葉連暮瞧得一雙好看的眉毛都快打結了。

雖然錦雲女扮男裝的事他早知道了，可就是看不順眼，再想到她一會兒還要去窯廠忙活，跟一群大男人在一起，葉連暮就有些後悔昨夜睡前答應她了。

葉連暮的彆扭，錦雲壓根兒就沒注意到，一心想著窯廠，前兩天聽田喜貴派人來說，燒製出玻璃了，她當時就恨不得親自去看看。

這都近在咫尺若他還不許她去，錦雲能妥協嗎？再者有些事，田喜貴壓根兒不知道怎麼辦。

錦雲一心急著出門，吃飯的速度就比平常快了一倍，那樣子簡直可以用狼吞虎嚥來形容，葉連暮坐在她對面看得眼睛都直了，真怕她噎著。「妳吃慢點兒，我跟妳一起去。」

錦雲差點被嗆到。「你也去？你不是要去風月閣嗎？」

青竹和谷竹立馬望著葉連暮。那眸底的指責，彷彿葉連暮去風月閣就是對她們少奶奶不滿。

葉連暮瞪著錦雲。「妳就那麼等不及我去風月閣？」

錦雲瞪了他一眼，這人今天就跟吃了火藥一般，問問也不行，要跟她去還吃得這麼悠哉悠哉的，她還當他們不同路呢！早知道吃完了還得乾坐著等他，那她幹麼吃這麼快？

錦雲磨牙。「你不說我怎麼知道？」

兩人你瞪著我，我瞪著你，青竹和谷竹兩人相視而嘆，至於嗎？吃個飯也能吃得吵起來，少奶奶也真是的，明知道少爺要去風月閣，也不想辦法攔著，還這麼直言不諱，還不得讓少爺誤以為少奶奶壓根兒就不重視他，沒將他放在心上。

青竹怕兩人鬧僵，忙道：「少奶奶，一會兒飯菜要涼了，涼了還得熱……」

錦雲癟了下嘴，算他狠，明知道她心急，還故意磨蹭。為了玻璃，她豁出去了，拿起筷子殷勤地給葉連暮挾菜。

看著錦雲前後逆轉的態度，葉連暮險些吐血。這女人，不氣死他心裡不舒服是吧？

一頓早飯總算是吃完了，出了門，上了馬車，很快就抵達窯廠。田喜貴是窯廠的總管，領著另外兩個小總管迎接錦雲和葉連暮。

錦雲對於窯廠的事大體有些瞭解，田喜貴請了不少熟人來幫忙，這個窯廠的工匠加起來有近一百人。那一日錦雲幫田喜貴診脈，又給他留了十兩銀子，他心裡感激，錦雲前腳一走，後腳就讓他媳婦找人來商議，他還沒下床，就把人給找齊了，等人將信送去後，他就領著一群人上工了，按著錦雲的吩咐先是燒製了一批瓷器，是依照錦雲的圖紙燒製的。

暗衛送去給錦雲看過，燒得很精緻，她很滿意，窯廠有兩個窯，一個窯繼續燒製瓷器，另外一個專門用來研究燒製玻璃，失敗了好幾回，總算是成功了一點兒。

田喜貴領著錦雲去看他燒好的玻璃，依照錦雲的要求燒製完成，不算大，約莫兩米長，表面也不夠平整，還有不少的氣泡，但是能製成這樣已經很不錯了。

錦雲誇讚他幾句，田喜貴高興得臉都紅了。

她有信心，要不了兩天，田喜貴就能帶著這群人燒出平整的玻璃來。至於這塊玻璃，錦雲讓工匠給她劃了一塊出來，依照她的要求打磨平滑。

錦雲身著男裝，讓青竹喊葉連暮大少爺，喊她二少爺，窯廠裡那群人也沒懷疑過。有女人會來窯廠嗎？還是個大家閨秀，可能嗎？

一整天，錦雲就跟一群工人忙活著燒玻璃，從配料、熔製、成形、退火等，每一個工序錦雲都親自監督指導，雖然她沒有親眼見過現代是如何製造玻璃的，但是大體的工序還是略知的，前世不僅有專書可閱覽，且有些賣玻璃製品的店鋪，牆壁上會貼有玻璃的製造過程，還配有漫畫。

雖然僅是紙上談兵，可是有燒製銅器、銀器、瓷器的工匠，憑著他們的老練經驗，錦雲那點兒紙上談兵就是專業教材，只要她吩咐一聲，立刻就有人給她辦好，瞧得青竹和谷竹兩個看著錦雲就像看神一樣。

錦雲感覺腳底有些輕飄飄的，葉連暮則對她有滿肚子的狐疑，這些東西她是怎麼知道的？

看著錦雲站在那裡，揮著一雙白皙玉手，眼眸如湖水般清澈明亮，似一顆通體澄明的寶石，閃著熠熠的光華，嘴角一抹輕淺笑容，如雲霧般朦朧，神韻如詩，又宛若月光下一首清麗長賦，風動色如月華，飄揚絢爛，讓人挪不開眼。

窯廠製出玻璃瓶只花了兩天時間，只是玻璃瓶有些粗糙，經過打磨光滑交到錦雲手裡，已經是她住進別院的第六天。

連跑了五天，錦雲也扛不住了，腰痠背疼的。

田喜貴特地把玻璃瓶送到錦雲手裡，青竹忙去拿香水瓶來，見錦雲小心翼翼倒進玻璃瓶裡，把瓶子塞住，放在手裡觀賞。

青竹讚嘆道：「以往擱在瓷瓶裡，不覺得有多美，只覺得好香，換了玻璃瓶後，就是擺在那裡瞧著都心裡舒坦。」

葉連暮走到錦雲對面坐下，接過玻璃瓶看著，也忍不住點頭道：「的確不錯。」

錦雲白皙的臉上綻出光來。「這只是其中一個樣式，還有更漂亮的，只是做起來有些麻煩，回頭讓人多製些香水，最少也得把櫃檯擺滿。」

谷竹在一旁道：「再給香水瓶子配個錦盒就完美無缺了。」

不說錦雲還真忘記了，好的包裝很重要，尤其是這些玻璃瓶子沒有印上標誌。「把錦盒的事給忘記了，香膏可以不要錦盒，但是香水最好還是有個，怎麼辦……手裡的錢不夠了。」

葉連暮忍不住伸手捏了下錦雲的鼻子。「這點小事讓暗衛去辦就是了，等店鋪開張有銀子再付也不遲。」

錦雲微紅了臉，瞪了葉連暮一眼，摸著鼻子道：「店鋪建得如何了？」

「第二層今天就能建好。」

一切都依照計劃在進行，錦雲估計再半個月就能開張了，正好在科舉前三、四天的樣子，錦雲端著茶悠閒地啜著，守在外面的趙章急急忙忙奔進來。「爺，出事了！」

「出什麼事了？」

「屬下剛得到消息，朝廷取消了爺參加武舉的資格。」

葉連暮臉色微沈。「原因？」

「上次災民湧入京都，右相把災民的事交給爺處理，當時是給爺備了官案，是從六品官銜，朝廷有規定凡是入職的官員一律不許參加科舉……」

若是入職的官員再參加科舉，對那些無官職的人的確有失公允，就像考中進士了，不滿意也不可以再考第二次，除非落榜。

葉連暮一張臉黑糊糊的。「我有官職在身，我怎麼都不知道？」

趙章小心地瞄了錦雲一眼，誰知道右相還給少爺安排了職位。不過當時皇上也說了，那麼多請奏少爺去處理災民的奏摺他都只看一眼就扔了，誰知道裡面有沒有寫給少爺安排職位的，一旦下了聖旨認同這事，那安排職位也是順理成章的事，不在其位，不謀其政。

錦雲滿腦黑線，葉連暮被安排去處理災民的事她是知道的，跟她爹有關啊！

她假咳了一聲，問道：「現在怎麼辦？」

葉連暮臉色沈冷，他和皇上的計劃全被打亂了，他不能拿下武狀元，皇上就不能給他授任將軍，更不能領兵出征，這會兒只怕皇上知道這消息也會大怒的。

葉連暮最想不通的是，他有官職在身，為什麼這麼多天沒去點卯，都沒人告訴他一聲？他甚至連身官袍都沒有！

葉連暮趕緊進宮面聖，傍晚才回來。回來的時候臉色陰沈沈的，就跟暴雨來臨前的天空一樣，烏雲密布。

趙章跟在身後，手裡捧著兩套官服，錦雲原是坐在那裡的，見到葉連暮，起身問道：「真不能參加武舉了？」

葉連暮悶坐下，青竹趕緊給他倒了杯熱茶，就聽趙章道：「非但不能，方才在御書房，皇上正和大臣商議那些在戰場上受傷的官兵以及他們的家眷如何安置的問題，爺去質問右相，右相就順手把如何解決官兵的問題丟給了少爺……」

這問題怎麼輪也輪不到少爺一個從六品的小官去解決，可是一眾大臣都贊同右相的提議，讓少爺戴罪立功，皇上也只得同意了，不然以少爺沒有告假就擅自離開衙門不去辦差為由，將可能遭受貶官責罰。早知道還不如不去呢，這不是趕著去被右相欺負嗎？少爺怎麼說也是他女婿啊！

錦雲聽得腦殼生疼，他怎麼就不瞭解她爹，跑去御書房當著一群大臣的面質問她爹，她爹怎麼可能讓他好過了？好歹私底下問啊！

錦雲把他跟前的茶盞端起來。「你先消消氣，要不你把官兵安置的事處理了，辦好了肯定會升你官的。」

趙章聽錦雲說得那麼雲淡風輕，忍不住嘴角抽了下，要是這問題好處理，也用不著一群大臣在御書房商議了，哪是那麼好處理的？還有，往後天未亮，少爺就得起床去衙門了，少爺可不放心少奶奶去窯廠。

趙章把官袍擱下，葉連暮揮手道：「拿下去，暫時還用不到。」

錦雲忍不住挑了下眉頭，葉連暮憋著一肚子氣道：「這不是從六品的官袍，是從五品的。」

錦雲眼角忍不住抖了兩下。「別告訴我是我爹讓人拿的，處理好問題才能穿？」

葉連暮斜過來一眼，不是他還能有誰有這膽子，吩咐公公拿從五品的官袍去御書房？

一想到公公那話，暫時找不到從六品的官袍，他依著葉大少爺的身量只找到從五品的，還不知道合不合適，皇上就順著公公的話說，從五品就從五品吧，上次解決了災民問題，升他兩級做獎賞也應當。

右相在一旁皺眉，御書房內其他大臣也不同意，這升得也太快、太讓人妒忌了，右相一揮手，又說只有處理好官兵安置問題，皇上才能升他兩級。

錦雲聽著在御書房內發生的爭執，笑得腮幫子都疼了，要不是她爹壓著，只怕葉容痕要給他最少三品官吧？

錦雲笑道：「被我爹這樣壓著也好，一步一個腳印，諒文武百官不敢私底下說你這官全是皇上給的，沒什麼真本事；再說，那日在御書房前，我爹自己都說了，你要幫皇上，莫雲戰會是你最大的敵人，他可是北烈的將軍，你手裡沒兵權肯定鬥不過他，我爹肯定不會一直壓著你的。」

錦雲這話說得很對，畢竟有血性的男兒最怕被人說沒本事，全靠皇上寵信，就跟吃軟飯是同個意思，她這反激將法用得不錯，葉連暮臉色好了很多，凡事有利有弊，一步一步來，根基會很穩，而不是一開始就給他將軍頭銜，贏了，人家會說你是僥倖，萬一戰敗，他估計都不會再有機會上戰場了。

錦雲見他臉色回緩了不少，讓青竹端飯菜上來，邊吃邊問：「有沒有給時限？」

葉連暮給錦雲挾了塊豆腐。「這個問題年年都會提及，一直沒有妥善處理，不可能兩、三天就能處理好，為夫只需要半個月內給出處理辦法就可以了。」

半個月，不算長卻也不短，錦雲想起戰亂，那些官兵的家屬最是無辜，多少家族因為戰爭而斷嗣，膝下只有一個兒子，若是死在戰場上了，家中父母會有多淒涼。

錦雲忍不住問道：「大朔如何徵兵的？若是家中只有一個兒子，也必須去打仗嗎？」

葉連暮挾菜的手頓住，詫異地看著錦雲，她連民貴君輕的話都知道，甚至能說出水能載舟、亦能覆舟，竟然不知道朝廷如何徵兵的？

「妳不知道？」

錦雲語塞，吶吶地看著葉連暮。「不知道很奇怪嗎？」

輪到葉連暮語塞了，不過細想她一個女兒家不知道也屬正常，於是幫錦雲釋疑。「若是朝廷需要，會直接下令徵兵，每家每戶必須出一個男丁，尋常時候會出告示，有人願意吃軍糧就從軍。」

跟她想得差不多。錦雲皺眉。「家中只有一個兒子也必須去打仗，太殘忍了吧？」

「戰爭本來就是殘酷的，再者，保家衛國本就是每個男兒的責任。」

錦雲白了葉連暮一眼。「我當然知道戰爭是殘酷的，保家衛國是每個男兒的責任，可若是遇上好大喜功的將軍，殘酷的就不是戰爭了。」

身為將軍，大部分人最喜歡的就是打仗，因為只有打仗，他們才能建功立業！綜觀和平年代，朝廷有文官，將軍卸甲歸田，多少人不甘這樣的落寞？歷史上許多戰爭原本都可以避免，就是有那麼些將軍在，才落得不可收拾的地步。

葉連暮睨視著錦雲。「不然呢，該如何徵兵？」

錦雲眨巴兩下眼睛，聳肩道：「這我哪知道，我想應該先徵用那些家裡有兩個兒子的人家，至少留一個贍養家中父母吧？總不能辛苦養大的兒子去戰場拚死拚活，遇上個天災人禍的，父母還流離失所甚至餓死街頭，連個收屍的人都沒有。他們辛苦保衛的朝廷根本給不了他們父母親安居樂業的生活，這也太讓人寒心了，只怕上了戰場也顧忌家中父母，不敢豁出去衝鋒陷陣，這樣的人再多，也只不過是充充數量罷了，沒有多少戰力；我想若是哪個將軍能幫手底下的官兵解決了後顧之憂，他手底下肯定會有一支戰無不勝、攻無不克的軍隊。」

錦雲說不知道如何徵兵，卻說了好一番讓葉連暮側目的話，她說的話有情有理，一個將軍幫手底下的士兵解決了後顧之憂，那戰力可想而知。當初先祖皇帝不就自己掏腰包也要幫手底下的人，從而凝聚了士氣和威望？

「那依娘子之見，那些戰死官兵的家屬該如何安置最好？」

錦雲掃了葉連暮一眼，這似乎該是他要上表的奏摺吧！

「這還用問，自然是要儘量做到衣食無憂了，可惜太困難了，兒子在家都不一定做到，何況兒子還戰死了，撫恤金要多給點兒。若是家中獨子免五年賦稅，次子可免三年，最好是朝廷再給他們家一畝良田。最重要的是，那些官員家的兒子，有後門走，捨不得送他們去戰場，還溺愛成紈袴子弟，一定要給予懲治！一品官的兒子不去打仗，至少要罰一千兩銀子充作軍餉，二品的八百兩，依次遞減，讓所有人都知道，朝廷對大家是平等的。」

錦雲越說越激憤，臉紅撲撲的，葉連暮的眼珠子差點瞪出來，他可沒忘記上回說只減免百姓賦稅時，文武百官看他的眼神，恨不得生吞活剝了他，他要是敢在奏摺裡寫要他們的兒子去戰場，只怕真要活剝了他。不過錦雲說得很對，同樣是人生父母養的兒子，有人在戰場浴血奮戰，有人卻在青樓酒肆裡歌舞昇平，若是捨不得兒子去戰場，可以用銀子代替，也算是折衷了。

葉連暮捏著錦雲的臉，笑道：「就算他們都彈劾為夫，為夫也要將娘子方才說的那些話上奏給皇上。」

錦雲鼓了下腮幫子。「可別說是我說的，世上沒有不透風的牆，回頭讓那些夫人知道了，我就別想出門了，其實一千兩銀子也不多是不是？」

「……」葉連暮無言。原來她也知道怕啊！

「一千兩不算多，也就岳父半年的俸祿而已，其實，娘子妳不必擔心有人找妳麻煩，沒準兒妳還幫了人家一個大忙。」

錦雲狠狠剜了葉連暮一眼，幫她們把庶子送到戰場上去送死？那樣心腸歹毒的人，她才不要幫人家的忙，恨不得補上一句：長子、嫡子優先才好。

青竹和谷竹兩個丫鬟眼眶紅紅的，錦雲說的話讓她們想到了自己，若是朝廷政策像少奶奶說得這樣實施，她們也不至於落得被賣的下場，家裡沒有田地，根本養不活一家人，一畝水田，至少也是十兩銀子，多少窮苦人家根本就買不起田。

葉連暮一邊琢磨錦雲說的話，一邊吃著飯，很快就吃完了，他便起身去書房寫奏摺。皇上只讓他解決戰死官兵的家人安置問題，但是他細細琢磨了下錦雲的話，只要把這些公告出去，想來日後徵兵也不是什麼難事，而且錦雲提出對貴冑子弟的徵兵要求，至少能讓國庫收入增加幾十萬兩，皇上肯定會樂意，最多他遭點訓斥。

葉連暮連夜寫好奏摺，第二天一早就送進宮了。

葉容痕看著奏摺，眼珠子差點瞪出來，撫恤金從十兩提高到十五兩，還加一畝良田，待遇比之前好上不止一倍。

葉容痕盯著葉連暮。「你覺得這奏摺能讓文武百官贊同嗎？」

葉連暮輕搖了下頭，葉容痕瞪著他道：「明知道不會，你還寫！」

葉連暮繼續搖頭。「文官絕大部分不會贊同，武官只怕會舉雙手贊成，這樣的待遇足以讓絕大部分官兵沒有後顧之憂，鼓舞士氣。」

「那國庫呢？」

「會虛空，但是我想問皇上一句，皇上想天下人的腰包裡塞滿銀子，還是皇上的國庫裡塞滿銀子？是期望糧庫裡堆滿糧食，還是希望百姓的米缸裡有糧？」

葉連暮這一句話讓葉容痕沈默了，這個問題哪裡需要答案，除非他是個昏君，或想做個昏君。

於是葉容痕帶著這份奏摺上朝了，常安宣讀出來，滿殿譁然，如葉連暮所說的那般，將軍笑了，而文官站出來不贊同了，尤其是讓他們的兒子去打仗的話，他們辛苦為朝廷辦事，為黎民百姓辦事，難道不該享受一些優待嗎？

葉連暮站在那裡被人用寒冰刀眼凌遲活剮，仍面不改色地看著葉容痕。「皇上找臣來所為何事？」

葉容痕指著滿殿大臣道：「他們不贊同你上表的奏摺，尤其是讓大臣們的兒子先上戰場打仗這條。」

葉連暮撇頭橫掃過去，見那些大臣個個怒目而視，妖冶的鳳眸閃出笑意來。「為何不贊同？都說你們是百姓的父母官，捨不得兒子打仗，倒捨得孫子、重孫子去打仗了，有這樣沒心肝的祖父、曾祖父嗎？」

他幾句話堵得滿殿大臣面紅耳赤，不過用父母官、孫子、重孫子、祖父來比喻，這嘴巴真不是一般的毒，葉容痕忍不住用拳頭掩著嘴笑了，也省思起自己給官員的優待是不是給過頭了。

只聽葉連暮繼續道：「百姓上繳稅銀、稅糧給朝廷，你們身為父母官，給他們無憂的生活了嗎？而朝廷供養你們，你們有百姓想要的安居樂業、衣食無缺，憑什麼還要求享受優待？國庫是那些孫子、重孫子裝滿的，在陣前打仗的是他們，離鄉背井、客死他鄉的還是他們，要你們何用？」

「說得好！為官者就當有這份覺悟，不予民以恩，不取民以物，誰若是不想做一心為公、人敬人愛的父母官，大可以走出這大殿！」右相讚賞道。

右相說得坦然，可沒誰真出去了，傻子才會甘願丟掉頭上的烏紗帽，不就是幾百兩銀子嗎，他們每年撈的油水是十倍不止，只是這銀子掏得人心裡窩火憋屈。

昨兒才把處理戰死官兵的遺留問題丟給葉大少爺處理，才過了一天，他就給出處理辦法，這辦事效率未免太快了吧！更沒想到的是，頭一個贊同的不是祁國公，竟然是右相，這也太出乎人意料了。

只聽右相道：「這份奏摺意在為民，可也得顧及國庫，天災人禍發生時，若國庫虛空，如何解救萬民於水火？百姓危難，朝廷若不施為，會失去民心，所以這撫恤銀依舊十兩，而這賦稅免五年，臣請奏改為免兩年，減半三年。」

至於並非家中獨子戰亡的，要免兩年賦稅，還有提議獎勵耕田一畝，這個實施起來可能有些困難，雖然戰死的官兵不會太多，但有些地方可沒有那麼多的耕田獎勵，但是荒山不少，一般開墾荒山一畝，還是需要去衙門繳納一定的銀子，這個需要詳細商議；另外，戰死的官兵有戰績在身者，也要有相應的待遇，這就需要一系列的獎勵措施了……若要以一句話概括就是，無論你是想建功立業還是恩及父母，都要上陣殺敵！

武官積極發言，這等鼓舞士氣的事誰甘心落後，回頭朝堂上的事傳揚到那些官兵耳朵裡，會對為他們謀福祉的將軍感恩戴德，文官則不時站出來壓制兩聲，畢竟文武之鬥由來已久。武官瞧不起文官只知道拿筆，勾心鬥角，而文官瞧不上武官五大三粗，不懂風月；若是武官的待遇提高，相對文官的待遇就會減少，這是他們不想看見的，兩派爭鬥，最後在爭鬥中求平衡。

葉蓮暮站在那裡有些尷尬，他到底算是文官還是武官？處在文官的職位上，管得卻是武官的事兒。

這一天的早朝，就商議了這麼一件事，只是這戰死官兵的遺留問題處理好了，其他問題又蹦出來了，這死的處理了，那活著的可還在呢！尤其是那些為國捐軀只捐了一半的、斷手斷腳、被人射瞎眼睛的官兵該如何處理？這些人肯定不能再上戰場了，就是處理日常生活都是問題，可若是送他們還鄉，不給補償肯定說不過去，可如何補償最為合適？

這些人的補償應該不及戰死的官兵，拋開那些父母親情之外，他們回家非但不是勞動力，反而是家中父母妻兒的累贅，這個問題可比上一個問題難解決得多。

很不幸的是，這個問題又落到葉連暮的頭上，葉容痕很同情地看著他，心想：別以為右相贊同你，你就沒事了，人家贊同的是你的奏摺不是你這個人，往後只怕還有得受了。

那些武官瞅著葉連暮，心裡有些糾結，他們一邊希望這個問題得到妥善的解決，可又不希望解決這個問題的人是葉連暮。他們心裡豈會不清楚，葉連暮是皇上的親信寵臣，皇上一心想把兵權交給他，雖然現在他連武舉都參加不了，但是他一來就解決了這些做了半輩子將軍的人都沒辦法、沒膽子解決的問題，今兒之後，只怕他的威望要在他們之上了，要是再給他解決了傷殘將士的問題，只怕在軍中提及葉連暮，那些將士們都會歡呼雀躍，待到哪一日他被分配到他們手底下……情形會如何？

十有八九會一呼百應，若是意見相合倒也罷了；若是意見不合，只怕他們會被架空兵權！

那些將軍面面相覷，神情凝重，不懂右相這是在壓制葉連暮還是在幫他，未進軍營，先贏軍心，若這是右相的一步棋，那這招棋走得是又險又高！

右相在朝廷上雖然做不到一呼百應，可這難處理的問題人家要丟給自己的女婿處理，誰會傻到站起來說不行？誰敢說不行，以右相的性情準會丟給誰了，到時候處理不好，丟臉是小事，丟官就麻煩了，所以一個個都站出來說右相說得有理，能者多勞，這傷殘士兵的問題葉大少爺一定能處理好！

這高帽子葉連暮戴得要吐血，跟右相鬥，就憑他多年積攢下來的官威就能活活壓死他了。處理得好，就給你更難的，處理不好，你就給本相回家吧！

退朝後，葉容痕留下葉連暮在御書房說話。

葉容痕也是個俊美絕倫的男子，又身著龍袍，氣勢非同小可，可葉連暮與他打小一處長大，隨意慣了，坐在那裡看著他，想不通地說：「都是右相的女婿，他怎麼現在處處針對我，不針對皇上了？」

葉容痕正端茶輕啜，聞言一口茶噴出去。「我都被欺壓了四年，你滿打滿算也不過四天！」

這話倒是真的，不過說四天肯定不止，只是他不像葉容痕天天跟右相見面，也幸好不用天天見面。

葉容痕把茶盞擱下，隨意問道：「錦雲就沒向右相說說情，讓他別處處針對你？」

「她不幸災樂禍我就心滿意足了！」

雖然這在葉容痕的意料之中，可葉連暮的話還是讓他忍不住開懷大笑，比起趙琤告訴他，葉連暮被錦雲踩過不止一回，幸災樂禍又算得了什麼呢？

葉容痕的笑讓葉連暮很不豫，站起來道：「皇上的字寫好了沒有？」

葉容痕隨手一揮，常安就拿了個畫軸來，附上一只大錦盒，遞到葉連暮跟前，恭謹地道：「這是皇上讓奴才去御香坊挑的上等香木。」

葉連暮看向葉容痕，葉容痕沒說話，而是換了個稍稍凝重的話題。「朕昨晚讓人去行宮外暗查了下，發現有人蒙面偷溜出行宮，潛進右相府，無意間發現當初你派去探查消息的暗衛並沒有死。」

葉連暮倏然睜圓了眼睛。「沒死？」

葉容痕也納悶呢！可暗衛回稟的就是這話。

他派去的暗衛們親耳聽見，右相府的暗衛在緝拿了北烈暗衛敲暈後，哼了鼻子道：「二姑爺派人來探查也就罷了，又來一批！」

另外兩名暗衛面無表情道：「他們可沒那麼好運氣了。昨兒我還與二姑爺的暗衛過了招，以前能在三招以內拿下他們，如今三十招都不一定能了。」

暗衛只說了這些，葉容痕也只知道這些。

葉連暮眉頭皺緊。「抓了他們，不殺也不放，他想做什麼？」

葉容痕卻臉色沈冷，三招之內就敗了，右相的暗衛到底有多強？

葉連暮望著葉容痕，這群被抓的暗衛他們要不要找右相要回來？派人去探查消息肯定觸怒右相了，要是再開口，無疑是在老虎嘴裡拔牙。

葉連暮沈思了幾秒，抬眸看著葉容痕。「北烈一行人何時離京？」

那日的接風宴，葉連暮和錦雲並未出席，自他去了別院後，昨天才進宮，葉容痕對此甚為不滿。「這幾日你跑哪裡去了，都不見你人影，若不是武舉的事，你打算躲到什麼時候？」

葉容痕還不知道錦雲要開鋪子的事，不過這「天下第一香」幾個字寫出來，他隱約能猜出些什麼，畢竟錦雲說過每年要付三萬兩銀子，她就算陪嫁再多，也不可能每年都能拿出三萬兩來，不由得好奇。「她要了兩百名暗衛，甚至主動提出支付暗衛的開銷，她打算做什麼生意來掙銀子？」

葉連暮輕咳了一聲。「皇上不會想參一股吧？」

葉容痕手指輕敲了下龍案，挑了下龍眉。「朕昨夜作夢向你借了一百萬兩銀子，今天你上表的奏摺告訴朕，朕要做個明君，將來會很窮，不能剝削窮苦百姓，朕只好剝削你了……」

葉連暮滿臉黑線，這是神夢示警嗎？皇上要參一股，他不知道錦雲同意不同意，不過當初錦雲找他也是為了找個後臺，但他很納悶，右相做她後臺不是更好嗎？

葉連暮略微沈思了兩秒，想到錦雲這兩天還在為銀子不夠發愁，想來多皇上一個靠山她不會拒絕，便道：「她要做生意的事只怕連右相都不知道，皇上要參一股，我把自己的那一半讓一半給你，入股的銀子三萬兩。」

常安站在一旁，聽得眼珠子險些瞪出來，店鋪的四分之一，入股三萬兩銀子？這開的什麼鋪子啊？更讓常安險些跪下的是，葉連暮說錦雲的鋪子要開遍大朔，皇上能作主的只京都這一間，其他的目前還沒影。

葉容痕挑了下眉毛，確定昨天那夢不是鬧著玩的，於是吩咐常安拿銀票來，入股這件事算是定下了。

第十八章　王爺私訪

當葉連暮騎馬到別院門口，正好錦雲也從窯廠回來了。

錦雲還以為他早回來了呢，沒想到竟然碰在一起。「事情都處理好了？」

葉連暮牽過她的手進院子，吩咐青竹道：「把東西都拿進來。」

錦雲好奇地看了一眼，一個大包袱，忍不住有些訝異，這人早上出門就帶了份奏摺，回來卻拿了這麼多東西。「不會是皇上賞賜的吧？」

他捏了捏錦雲的手，鳳眸帶笑。「都是妳最想要和最喜歡的東西。」

這麼說錦雲倒是好奇了，等回到屋子瞧見一盒子的香，她笑得合不攏嘴。「今兒早上你走了，我還後悔沒讓你找皇上要點香木，怎麼說我那八粒醉蝶香也不能打了水漂。」

葉連暮哭笑不得，這麼說來，皇上還算很識相了？

他把懷裡那三萬兩銀票拿了出來，錦雲接過看了兩眼，然後用一種質疑的眼神盯著葉連暮，她現在最缺的就是錢啊，缺到她滿打滿算只能開張一樓和二樓，三樓要晚些再開張，沒想到他手裡還有錢呢！

「這銀票不是你的？」

葉連暮輕咳了一聲。「皇上昨晚夢見向為夫借了一百萬兩銀子，又猜出妳要做生意，就要入股，為夫答應把自己股份的一半讓一半給他，這就是入股的錢，有了這三萬兩，鋪子應該可以全部開張。」

他緊盯著錦雲，有些擔心她因為自己擅作主張而生氣。

錦雲只輕聳了下肩膀，四分之一的股可不少了，他還真大方，不過皇上自己開口了，不答應肯定不行，怎麼說也先坑了三萬兩來給她救急。

錦雲道：「那一半是你的，你自己作主好了，不過與皇上做生意可以，但我不與朝廷做生意，這是兩碼事。」

錦雲說著，喜孜孜地翻著三萬兩的銀票，轉身就要出門，又忽然想到什麼而頓住腳步，回頭看了葉連暮一眼。「既然鋪子皇上也攙和了，就不能太便宜他，你讓人進宮告訴他一聲，他御花園裡有好多的花，讓丫鬟採了送別院來，我要是高興了，所有鋪子都可以給他五分之一的股。」

葉連暮無言地看著錦雲與高采烈出門的樣子，走出珠簾前她還回頭補了一句。「別讓人知道是我要的。」

葉連暮只覺得頭頂上有烏鴉在徘徊，御花園的花全採了那還叫御花園嗎？前腳才說讓皇上入股，後腳她就要御花園的花了，他敢肯定，她一直有把御花園的花據為己有的想法，只是不敢而已，現在皇上主動送上門來，用她的話說，送上門的鴨子不宰不傻嗎？

葉連暮也不客氣，要跟錦雲合夥就得有這種覺悟，所以讓趙章進宮告訴葉容痕。

當葉容痕聽到趙章的稟告，一張臉憋得脹紅，常安更是無語了。「這，不妥吧？」

葉容痕也不知道怎麼想的，一揮手。「把之前太后喜歡的那幾盆花送坤寧宮去，皇后、貴妃她們喜歡的也全都搬去，剩下的，全給朕採了。」

「……」常安無言。

趙章忙道：「只要花瓣，別弄混了，還有各種珍貴花的種子也要，越多越好。」

常安險些跌倒在地，葉容痕也幾近吐血。「要不要朕再賞她幾百畝地來種花？」

趙章大汗，想起錦雲那句，有多少拿多少，總之不嫌多。「皇上真瞭解我們少奶奶，少奶奶說了，只要皇上願意給，都讓奴才扛回去。」

葉容痕真要吐血了，忍不住在趙章跟前抱怨。「這入個股，倒是先把朕給折騰窮了。」

趙章面無表情的臉慢慢破功了。「我們少爺早就被折騰成窮光蛋了。」

常安真哭了。「皇上，差不多就成了吧？」

之後，趙章滿載而歸，可御花園卻鬧成一團，有宮女、太監從各個院子裡搬花出來，然後把御花園裡的花遷走，差不多把御花園給改頭換面了，不過最終依然是花團錦簇的模樣，整個宮裡都在納悶，皇上今兒怎麼了，就是洗花瓣澡也用不到那麼多的花吧？

沒人知道那些花瓣被偷偷送出了皇宮，在錦雲的別院裡堆得滿滿的，錦雲一揮手，二十多個丫鬟全丟了手上的活兒，聽她的吩咐把這些花給蒸餾了，別院的燈火徹夜通明。

直到第二天上午，丫鬟還在忙活，不過那些花都處理大半了，看著幾大車的花瓣最後就得了那麼點香水，那些丫鬟都嘖嘖讚嘆，這得多少銀子才能買到一瓶？

窯廠送了四種樣式的玻璃瓶來，錦雲讓丫鬟清洗晾乾後，把香水小心裝好，再用木箱子仔細存放。

錦雲正在屋子裡吩咐著，張嬤嬤急急忙忙地進屋來，稟告道：「少奶奶，雲漪公主去了祁國公府，指名要見妳，大夫人讓人找到莊子去，沒瞧見妳……」

錦雲皺緊眉頭，雲漪公主怎麼會去祁國公府？之後才想起來，前些時候國公府要辦賞花宴會，雲漪公主肯定是得了信才去的。

公主去賞花便是，還指名要見她，她沒那閒工夫好不好，可現在被人發現她不在莊子上，那不是欺騙葉老夫人和國公爺他們嗎？

錦雲輕揉太陽穴，吩咐張嬤嬤道：「一會兒妳回國公府一趟，就說少爺臨時改了主意，帶我去了另外一座莊子，前兩日我在花園裡賞花，被蟲子給螫了，身上起了紅疹，大夫說不能見風，也不能與旁人接觸。」

別院依舊如火如荼地忙著，因為有了三萬兩的銀子，錦雲便吩咐設計首飾的王平兄弟倆把圖紙畫出來給她過目，只有她同意了，才能挑選玉石製作，每天大約有十多張圖紙送到錦雲手裡，可讓她滿意的一次也沒有，於是改了又改，整整修改了四天才定出二十套精美的首飾，每一套光看圖紙就讓人心生羨慕了，還有玉珮、髮簪、手鍊……只要是大家閨秀喜歡的，都預備上了。

進行圖紙設計的同時，錦雲還兼顧了另外一件事，就是製作鏡子，有了玻璃，怎麼能沒有玻璃鏡？前世她在化學課得知現代工廠就是利用這個「銀鏡反應」來製造鏡子，而且她還親自動手做過，原理她還記得。不過畢竟隔了許多年，步驟有些模糊了，她折騰了好幾天才弄出來有點兒像鏡子的玻璃，不知道報廢了多少玻璃，直惹得青竹和谷竹心疼。

堅持不懈、努力了三天，錦雲總算有些滿意了，加上店鋪這兩日就能完工，不由得心裡有些雀躍，她決定了，明天去逛街，好好放鬆放鬆！

錦雲打定主意就去了書房，雖然她人不在國公府裡，可要是葉連暮不同意，她也很難走出別院大門。

才走到書房門口，錦雲就聽見屋子裡有說話聲傳來，是葉連暮正在訓斥人。「誰准許你去風月閣的？」

錦雲推門的手頓住，就聽屋子裡傳來軟軟的說話聲。「王兄說他去風月閣會有文武百官聯名斥責他，我就想看看是什麼龍潭虎穴，誰知道是一群女人啊……臉上好癢！」

葉連暮瞅著葉容頃一臉的大紅包，吩咐趙章道：「去喊少奶奶來。」

「喊她來幹麼？她肯定要笑話我！」葉容頃不悅皺眉。

葉連暮掃了他一眼。「不喊她來，那我就去請太醫來了。」

葉容頃立馬慌了。「要讓人瞧見我滿臉包的樣子，我臉往哪裡擺啊！連暮表哥，請個大夫不行嗎？」

趙章面無表情道：「我們少奶奶醫術高明。」

葉容頃回頭瞅著趙章，然後又盯著葉連暮，腦袋裡飄過錦雲的樣子，小眼微微瞇起。「是不是真的啊？」

錦雲在外面輕咳了一聲，然後推門進去，瞧見葉容頃轉過頭來，她嚇了一跳，嘴角不由自主地抽了好幾下。「相公，這是誰啊？」

葉容頃一張臉頓時紫如茄子了，他也知道自己的臉肯定很難看，可有至於難看到都認不出他來了嗎？

葉連暮嘴角微微翹起，指著他向錦雲道：「是十王爺。」

錦雲知道是葉容頃，不過就是想逗逗他，忽而睜大了眼睛望著他，問他怎麼弄成這副慘不忍睹的樣子。

葉容頃又氣又羞，撇過頭不搭理錦雲，一旁的趙章就說起這原由，他辦差從風月閣前路過，見到喬裝打扮的葉容頃大搖大擺地要進風月閣，於是跟了進去。誰知道葉容頃一進門就要喝花茶，老鴇頓時大笑出聲，上下瞅著葉容頃，問他毛長齊了沒有？

葉容頃哪懂這些啊，沒理會她逕自往前走，找了個地方坐下，整個閣樓的人全都盯著他，這年頭喜歡這胭脂粉味兒的人多，有五、六十歲的老翁，可還沒有七、八歲的孩子呢！他懂什麼啊？

不過有客人上門，雖然穿得普通，可氣質不凡，那目空一切的樣子可不是尋常人能坦然做得出來的，老鴇當下問了句。「有銀子嗎？」

葉容頃隨葉容軒出門時，遇過大額銀票找不開的情況，所以特地換了小面額銀票，還有銀錠子，老鴇看得眼睛直泛精光，管他是幾歲呢，有銀子就一切好說。

當即吩咐幾個姑娘過來招呼葉容頃，葉容頃長得粉嫩，看著就讓人喜歡了，當即撲了過來，手裡的香帕拂過葉容頃的小臉上，一口一個爺地叫著，把他嚇了一跳，那香粉嗆鼻，當即就連打了好幾個噴嚏，他趕緊躲，直嚷嚷是來喝茶的，惹得滿閣樓的人大笑不止。果真是個小孩，喝茶喝到青樓來了。

那幾個負責招呼葉容頃的姑娘就要抓他，葉容頃左躲右閃，雖然有師父教他學武，可他喜歡偷懶，哪裡學到幾分真本事？又秉持君子動口不動手的訓誡，很快就被人抓住了，只差沒喊出自己是十王爺的身分，趙章怕葉容頃失了王爺身分，就站出來讓人放了他。

由於趙章時常跟在葉連暮身邊，常幫葉連暮進皇宮辦事，便是皇宮門口的守衛都認得他是葉連暮的人，不用看進出宮的腰牌，因此葉容頃也認識他，當即跟著他走。

只是兩人跨出門的時候，正巧遇到兩個熟人，認出了他的身分，葉容頃雖然小，經過方才那麼一鬧和那些人的笑話，也知道風月閣是做什麼的了，於是不敢回宮，死活拽著趙章要找葉連暮。

趙章無奈，又不能丟下他不管，只好把他帶來別院，誰料到半道上葉容頃的臉竟然癢了起來，等到別院的時候，臉上已經起了好多紅疹。

聽到趙章說這些，葉容頃站在一旁眼睛險些瞪出來，錦雲掩嘴打趣道：「人家是喝酒臉紅，你這喝個茶也臉紅呢，紅暈沒化開成紅疙瘩了？」

葉容頃坐在那裡雙手環胸生悶氣，葉連暮輕咳了一聲。「就別打趣他了，那一張臉我瞧著都難受，趕緊給他治治吧。」

錦雲走到葉容頃身側，湊近了看他的臉，撇頭對葉連暮道：「有刀嗎？這些紅疹要挖掉，不然明天化膿就沒得治了。」

葉容頃鼓著嘴，惡狠狠地瞪著錦雲。「本王不是三歲小孩子，妳少嚇唬我。」

錦雲輕聳了下肩膀，一臉「不信就算了」的表情，她什麼話都不說，反倒讓葉容頃膽怯了，委屈地望著葉連暮。

葉連暮揉著太陽穴，不懂錦雲怎麼這麼愛捉弄葉容頃。「娘子？」

「要我治也可以，我有個條件。」

「什麼條件？」葉容頃睜大了眼睛。

錦雲掃了葉容頃一眼。小屁孩，不是跟你提條件好不好，瞪著我做什麼？

「我明天要出門上街。」

葉連暮揉額頭，葉容頃一揮小手。「這算哪門子條件，我答應妳了。」

錦雲捏捏葉容頃的臉，露齒一笑。「你答應有什麼用啊？」

葉連暮點頭。「趕緊給他治吧。」

錦雲笑靨如花，轉頭吩咐趙章。「倒半杯酒，摻了水拿來。」

葉連暮疑惑。「就這麼簡單？」

「就這麼簡單。他這是中了花毒，這種花和酒水混合會是很好的春藥，喝得酒水越多，藥性越強，像他這樣半個月內滴酒不沾，才會半個時辰之內有中毒跡象，一般人最少也要半個月才會發作，我想進了風月閣，還能在半個月內不喝酒的人，應該找不出第二個。」

起初葉連暮聽到春藥，還擔心地看了眼葉容頃，怕他小小年紀落下什麼後遺症，聽完錦雲說的話，就放心了。

葉容頃還想派人去查封風月閣替自己報仇，可是聽到最後錦雲說像他這樣的找不到第二個，怎麼聽都像是他自找罪受。葉容頃滿肚子憋著小火，待趙章端了杯酒來，他一飲而盡，喝得快了些，嗆著了。

葉容頃這下臉更紅了，不滿道：「風月閣那樣的地方，王兄怎麼還允許它在京都一直開下去？」

葉連暮被問得啞然，這要他怎麼回答？

錦雲道：「的確該好好問問，為何男人可以隨意去花天酒地、左擁右抱，吃著碗裡的，看著鍋裡的，女人就必須在家相夫教子，守三從四德？」

她隨口抱怨了一句，葉連暮怔愣看著她，連葉容頃都皺起眉頭。「女人在家相夫教子，不是天經地義的事嗎？」

錦雲翻了個白眼。「什麼叫天經地義？還不是勝者為王、敗者為寇一樣的道理。」

葉容頃偷偷瞄了葉連暮一眼，低聲問：「她不會是想出去左擁右抱，你在家相婦教子吧？」

葉連暮一張臉青得發紫了，他一直知道錦雲不同於尋常女子，可還未曾聽過她說這樣的話，不由得沈了眉頭。這些話右相肯定不會教她的，她從哪裡學來的？

葉連暮皺眉道：「誰教妳這些亂七八糟的想法？」

錦雲扯了下嘴角，完了，一時忘記說得過火了些。她撓著額頭，很無辜地問：「這樣想有什麼不對嗎？」

葉連暮滿臉黑線，她學過《女誡》、《女訓》沒有？肯定沒學過，不然怎麼會這樣想，那邊葉容頃已經跳起來了。「妳還意識不到自己的不對？妳那樣想，要讓御史臺知道了，不用唾沫淹死妳就是妳命大了！」

錦雲撫額，她今兒肯定是抽風了，不然怎麼會說那些話，不過說了也是白說。

錦雲翻了個白眼。「御史臺怎麼會知道？」

她左右瞄瞄，最後眼睛落在葉容頃的身上，正要說要不要殺人滅口，就見葉容頃氣呼呼地對著葉連暮，斷言道：「這女人腦袋肯定不正常！」

錦雲輕揉太陽穴，一聲不吭轉身走了。葉連暮忙跟了過去，葉容頃也緊緊跟著，追在她後頭問：「妳為什麼會那樣想？」

錦雲以四十五度眼角，淡淡的眸光回頭看著葉容頃。「小屁孩，你知道太陽為何東升西落，這棵樹葉子是綠色的、花是紅色的嗎？大千世界無奇不有，你要是知道有些地方只有女人，就連皇帝都是女人，你還不得說我瘋了。」

只有女人？就連皇帝都是女人？葉容頃一張嘴大開，回頭望著葉連暮。「她說的是真的嗎？」

葉連暮搖搖頭，他沒聽說過啊。

葉容頃眨巴眼睛，來了興致，希冀地望著錦雲。「是哪兒？妳說給我聽聽。」

錦雲腦殼生疼了，由於不知道跟葉容頃說武則天的故事合不合適，最後乾脆把女兒國搬出來，獨獨一個女兒國不好說，她便跟葉容頃說起了故事——耳熟能詳的章回小說《西遊記》！

西遊記的經典版本，各種翻拍版、動畫版，錦雲都看過，因此跟葉容頃講起來，可謂是小菜一碟，讓葉容頃聽得津津有味，拉著錦雲不許她走，一定要她一口氣說完，錦雲懊悔不已，從大中午講到日落西山，要不是她餓得沒力氣，葉容頃都恨不得她不停歇地講下去。

葉連暮聽了一會兒，他與葉容頃不同，怎麼說也是大人了，知道那是虛構的故事，忍不住抹了下額頭的汗珠，還好是虛構的故事，可是轉念一想，這樣的故事錦雲是從哪裡聽來的？

吃過晚飯後，葉容頃就坐在那裡嗑著瓜子，聽錦雲講故事，直到葉連暮來轟人，他才戀戀不捨地一步三回頭，遵從錦雲的吩咐。「欲知後事如何，且聽下回分解。」

待葉容頃離開後，錦雲揉著胳膊和頸脖子，咕噥道：「口渴死了，給我倒杯茶。」

葉連暮果真倒了杯茶遞到錦雲跟前。「都說了幾個時辰了，還沒說完？」

錦雲咕嚕一口氣喝完，哀怨地看了葉連暮一眼。「故事太長了，最少還要一個時辰才能說完。我還要一杯茶。」

葉連暮見錦雲一直揉肩膀，眼睛在屋子裡掃了一圈。「妳那幾個丫鬟呢？渴成這樣了都沒人給妳倒茶？」

「幾個丫鬟打碎了一面鏡子，被我罰製鏡子去了。」

錦雲也很納悶，按說製個小玻璃鏡不費多長時間啊，怎麼就是不見人影呢？

她正欲起身時，那邊一陣腳步聲傳來，就見四個丫鬟抬著一面大鏡子走進來，喜不自勝地道：「少奶奶，妳看這個怎麼樣？」

錦雲坐在那裡沒動，幾個丫鬟把鏡子抬到她跟前，葉連暮瞧那鏡子，很是驚嘆，下意識地看著錦雲，錦雲卻微微皺眉。「不是讓妳們製小鏡子，怎麼弄個這麼大的？」

四個丫鬟頓時語塞了，吶吶聲回道：「那些小玻璃都被奴婢們給弄毀了，最後就剩了這塊大的……」

錦雲很無語，小的全毀了，大的倒成功了，她瞧著鏡子裡的自己，把垂在臉頰一側的散髮勾在耳後，指著梳妝檯道：「就擱那裡吧，明天讓工匠替我做個穿衣鏡。」

青竹她們忙小心翼翼地擱下，這玻璃有多容易碎，她們可是領教過了，見少奶奶沒責怪她們，應該就算過關，總算可以吃飯了，餓肚子的感覺真不好受。

安放好後，幾個丫鬟就向錦雲行禮，然後要退出去，臨走前，南香實在忍不住問了句。「少奶奶，那麼大面鏡子得值多少銀子啊？」

錦雲望著葉連暮。「相公，你覺得訂價多少較為合適？」

葉連暮走到鏡子處，細細看了看，又看了看銅鏡，最後指著銅鏡道：「比這個貴十倍？」

錦雲險些被口水噎住，這面銅鏡連著梳妝檯，用的是梨花木，要五十兩銀子呢，光是這面銅鏡最少也要十兩銀子，而這面鏡子竟要價一百兩？

錦雲毫不猶豫地吐出來兩個字。「奸商！」

葉連暮尷尬地紅了耳根子。「五倍？」

錦雲搖頭。葉連暮繼續猜。「三倍？」

錦雲知道讓他這樣猜太為難人了，直接道：「若是同樣的梳妝檯，用的是我這樣的鏡子，一樣的價格，相公選哪個？」

葉連暮睨了錦雲一眼。這還用選嗎？長眼睛的都知道選哪個，聽她的意思似乎要訂一樣的價格。

只聽錦雲笑道：「雖然鏡子清晰一些，可比不上銅貴重，銅鏡能掙三兩，我至少能掙九兩以上，香藥房價格昂貴的東西太多，總要有些物美價廉的東西來平衡下口碑。」

若只賣鏡子，那價格肯定不低，實在是可賣的東西太多了，而且錦雲想的是若京都每戶人家的正房、小妾，以及那些大家閨秀們都要一個，其中的利潤不會低了。

錦雲想著，眼睛都閃出光來，看得葉連暮直搖頭，他忽然想到什麼，蹙眉道：「這樣一來，銅鏡就很少人買了，只怕會徒惹事端。」

錦雲走到一旁的小榻坐下，雲淡風輕地回了一句。「你跟皇上兩個是擺設嗎？」

葉連暮扯了下嘴角，她不會是想做甩手掌櫃吧？這麼大塊肥肉，只怕不知道有多少人眼睛盯著呢！沒有大靠山，根本撐不了兩個月。錦雲和他當初都不想讓人知道，如今多了個皇上，那也是不能讓人知道的主，看來出了事，還得他出去照應。

錦雲坐在那裡，神遊了好一會兒，青竹吃過晚飯後端了水來，錦雲洗漱一番就上床歇下，便聽到隔壁有大動靜。

錦雲皺了眉頭。「十王爺在幹麼呢？」

「十王爺在翻跟斗，說是體驗下乘觔斗雲是什麼樣的感覺。」

錦雲滿臉黑線。在床上翻跟斗？一米都翻不了，還想體驗一下翻出十萬八千里是什麼感覺？完了，她不會禍害了個小朋友吧？

錦雲還真的沒想錯，第二天一早起來，洗漱完，就見葉容頃拎了根大棍子擺了個造型站在錦雲跟前，還轉了下，十分得意道：「怎麼樣，像石猴嗎？」

錦雲石化，眉毛一抖再抖。「你要聽真話還是假話？」

「假話。」

「……真像。」

葉容頃懨懨地把棍子收回來，摸了摸自己的臉。「肯定是因為沒長毛。」然後，一把掀了珠簾，扯著嗓子喊。「小栗子、小栗子！喊錯了，趙章、趙章……」

趙章出現在門口面無表情地看著他，葉容頃吩咐道：「你去皇宮，把王兄養的那兩隻猴子的毛給我剪了拿來，我要變身。」

趙章很無言，讓他去皇宮取猴毛？他無力地看著葉連暮。

葉連暮頭疼。「還是你自己回去取吧。」

葉容頃不幹了，噘著嘴道：「故事還沒聽完呢，皇宮我早玩膩了，我過幾天再回去。」

錦雲雙手拍著臉頰，葉容頃用一副看傻子的目光看著她。「妳幹麼自己搧自己？」

錦雲額頭青筋一突一突的，青竹抿了下唇瓣，當初她們見錦雲拍臉，也是這樣問的，若誰見了都要答上這麼一次，少奶奶早受不了，忙替錦雲回道：「我們少奶奶這是在美容，不是自虐。」

錦雲卻反問葉容頃。「你都不用回去上課嗎？」

葉容頃坐到椅子上，甩著雙腿。「讀萬卷書不如行萬里路，先生說的，本王爺很聽話。」

葉連暮掃了他一眼。「你讀的那幾本都不夠你出宮的。」

一屋子的人都捂嘴笑，葉容頃一張臉脹成青紫色，錦雲也知道他比較可憐，宮裡頭沒有和他年紀相當的孩子，能跟他玩的只有宮女和太監，那些人不敢放肆，他要做什麼，哪怕是簡單的翻跟斗，都會擔心他有個萬一要擔責任而出言阻止。由於七王爺葉容軒搬出宮住了，皇上也忙著處理朝政，沒空照顧他，太后和皇后她們各有各的事，也只能做到不短他吃穿罷了。

錦雲一時心軟道：「讀書很重要，不可只圖玩樂而荒廢了，我許你在別院多玩一天，明天再回宮。」

葉容頃微黯的眼睛忽然亮了起來，撇頭瞅著葉連暮。

葉連暮點點頭，錦雲都同意了，他沒什麼話說，但還是叮囑道：「下次出宮前記得跟皇上說一聲，免得皇宮上下都在找你。」

「說了王兄就不許我出來了。」

「回頭我跟皇上說一聲，帶幾個暗衛，每月許你出來玩一天。」

「才一天啊？」葉容頃有些不滿，轉頭一想，一天就一天，回頭遇上七王兄，再求他帶自己出宮，怎麼樣也能玩兩、三天，當下綻顏輕笑，臉頰粉嫩如玉，讓錦雲真想去捏兩下。

吃過早飯後，錦雲想了想，還是把身上的女裝給換了下來，誰知道她會不會倒楣透頂，再遇到那有眼無珠的紈袴子弟，一次可以說是意外，再多兩次，她的名聲可就真蕩然無存了。

葉連暮本來不願意，可是錦雲說得又有理，便提了要求，可以扮男裝，但不許去那不該去的地方，如青樓、賭坊，且不止這一回，往後他沒有陪著都不許偷去，否則禁足半年，至於那些不知勸阻的丫鬟全部發賣，嚇得幾個丫鬟直勾勾地看著錦雲。

錦雲想了想，不去就不去，她能做到，再說，他話都說到這分上了，她要真偷溜進去，行嗎？

上了馬車，葉容頃就纏著錦雲繼續說故事，經過昨兒，他對錦雲的臉色好了很多，沒再對著葉連暮提起休了她的話，反而在心底覺得她其實不錯，雖然時常瞪著他，但是眼神清明，不像皇宮裡那群女人，即便臉上掛著笑，但是眼睛卻冷冰冰的，看著就覺得心裡發毛，恨不得離得遠遠的才好。

錦雲雖然脾氣不大好，可從來沒有人給他說過這麼精彩的故事，他就喜歡湊到她身邊。此外，她還會醫術，聽別院裡的丫鬟形容錦雲是天底下最好的人，不過，這一點還有待考證。

馬車在正街前停下，錦雲與葉連暮下了馬車，她看著街上車水馬龍，清澈的眸底如冬日初雪般純淨晶瑩。

一旁的葉容頃也被她那興奮的勁頭所感染，直問道：「去哪裡玩？」

錦雲從袖子裡將一把玉扇拿出來，吧嗒一下打開。「逛過幾次街，都沒好好享受過街上的美食，今兒我們從街頭吃到街尾！」

葉容頃踮起腳尖往前面望去，這一路有多少賣吃的，只怕得把肚子吃撐了，難怪她早上吃得那麼少，也不早點跟他說，真不夠義氣！

腹誹完後，他狠狠地點頭，然後就竄到賣棉花糖的地方，要了一串，一想不成，就要了八串，錦雲和四個丫鬟，葉連暮以及趙章，人人有分。

先做好一串，葉容頃迫不及待地往嘴裡塞，嚐了一口覺得味道很不錯，忙轉身呼喚錦雲等人快點來，誰知道轉身那一瞬間，一陣風吹來，棉花糖沒了，就剩下光禿禿的一根棍子。

葉容頃傻了，拿著棍子傻在那裡，四下全是笑聲，再抬頭，就見有女人塞荷包給葉連暮。

錦雲斜了一眼，自己該幹麼就幹麼去了。

葉容頃丟了手裡的棍子，跑過來問：「她對著連暮表哥獻殷勤，妳怎麼都不生氣？」

錦雲哭笑不得，這小屁孩多大點就知道吃醋了。「我現在穿著男裝，若是生氣，人家會想歪了。」

葉容頃不解。「想歪什麼？我看妳根本就不生氣，換了王兄那群妃子，只怕要跳起來罵了，太后說她們爭風吃醋是因為喜歡王兄，妳不喜歡連暮表哥是不是？」

錦雲滿臉黑線，皇上的後宮會像他說的這樣嗎？

錦雲拍拍他的後腦勺，笑道：「誰告訴你有人對他獻殷勤，我就該發飆的？夫妻之間，最起碼的信任不能少了，若是他這麼輕易就喜歡上別的姑娘，他哪點兒值得我喜歡？若是真心疼愛我，怎麼會捨得娶三妻四妾回來惹我生氣？」

葉容頃認真沈思了兩秒，覺得她說得有理，隨即道：「那就是說我王兄根本不是真喜歡那些女人了？」

這小屁孩管得未免也太寬了，錦雲撫額。「你王兄與你表哥情況不同，他是皇上，皇上若是只娶一個皇后，只怕文武百官都要上奏請他納妃，皇上獨寵後妃，也有可能導致朝綱大亂，你年紀還小，等你長大了就會明白了。」

葉容頃重重嘆息一聲。「果然七王兄說得對，皇上最可憐了。」

錦雲再次無言，不知道說什麼好，多少人就喜歡三宮六院、左擁右抱，追求的東西不同，不能一概而論，錦雲正想說他，結果葉容頃眼睛卻亮了起來，指著老遠的小攤販，興奮道：「捏泥人，那有捏泥人的，我要捏一個孫猴子！」

說著，就跑了過去，他走了兩步想起一件事，身上沒銀子，忙又走回來，把青竹拉了一起去。

葉連暮一直走在錦雲身後，雙眸璀璨地看著她，原來她不是不在乎他，而是信任他？他眸底閃過一絲笑意。

錦雲一路買了不少東西，大多都是吃的，玩得不亦樂乎，等逛了小半條街，葉容頃才拿著泥人追過來，不過手上多了個糖人，同樣是孫悟空的造型，笑得是見牙不見眼。

科舉在即，不少進京趕考的書生在街道上擺起了攤子，賣字畫或替人寫書信，沒人光顧的時候，便坐在那裡搖頭晃腦地看書，頗有點鬧中取靜的意味。

京都說大很大，說小也小，尤其是在繁華的街道上，總能遇到熟人，葉容軒和溫彥騎馬從他們身側路過，葉容頃喊他，他才勒住韁繩，回頭就聽葉容頃笑咪咪地喊。「七王兄，你可不可以喊我一聲孫悟空？」

葉容軒皺著眉頭，心想孫悟空是誰？

溫彥很乾脆地喊了聲。「孫悟空！」

話音才落，葉容頃立馬扠腰大笑，給人一種花枝亂顫的錯覺。「爺爺在此！」

「……」溫彥無言。

錦雲撫額望天，果然小孩子最喜歡的是這個場景，而葉連暮一腦門的黑線，那邊的溫彥也石化了。

葉容軒趴在馬背上抖肩膀，幸好自己警覺，沒有中招，隨後坐直了身，沈著眉頭。「大丈夫行不更名，坐不改姓，大昭寺有了空大師、遠空大師，你別告訴我你要做悟空大師！」

葉容頃倏然瞪直了眼睛，氣呼呼地剜著葉容軒。誰要做和尚了？誰要天天吃齋菜、敲木魚唸經了？跟他說話真沒勁！

葉容頃深吁一口氣，大人不記小人過，不和他一般見識，但還是忍不住問道：「你們這是上哪兒玩去？」

葉容軒捋著馬背上的鬃毛，眼睛卻盯著錦雲。這人怎麼這麼眼熟？多打量了兩眼，又看看站在身後的葉連暮，忽然腦中靈光一閃。

葉容軒抽了下嘴角，在心裡直嘆息，連暮表哥果然夫綱不振啊，整個京都由著自己的嫡妻穿成這副模樣出門閒逛的，估摸著也就他一個了，不過倒也挺有趣的。

眸底閃過一絲笑意，葉容軒笑道：「去醉香樓湊熱鬧，連暮表哥和這位小兄弟也一起去吧？」

小兄弟？錦雲翻了個白眼，不過一想到醉香樓就在香藥坊對面，她就是要走過去看看，然後在醉香樓吃飯，一起也不錯。

走了約莫小半刻鐘就到了醉香樓下，錦雲先看了看香藥坊，就在外頭瞟了幾眼，因裡面空蕩蕩的，去了也只能看地板，指不定還惹得一身灰。

香藥坊樓層很高，氣勢驚人，以前覺得醉香樓很有氣勢，如今跟它比起來，有些不值得一提了，來來往往的行人都會抬頭看看這建物有多高，耳邊甚至還能聽到談論這樓到底要建多高的話。

醉香樓裡，座無虛席，一眼望過去，十有八九是書生模樣，也有不少魁梧的男子，舉手投足間滿是沖天的豪氣，錦雲路過時，正巧聽到幾個男子在說話，說的話讓錦雲忍不住多瞧了他們兩眼，只聽他們兩個說話間滿是怒氣。

「誰他娘的說，他為民請命是個好人，我和柳兄登門求見，一句話還沒說完就被他轟了出來！」

「你們不是欺騙我吧，我可是聽我姑父說的，他在朝堂上親眼所見，親耳所聞，將士的待遇正是因為他上奏才提高了很多，軍中將士都對他推崇備至，我姑父對葉大公子更是讚賞有加，說他有大將風範，豈能有假？」

「大將風範？我看就是個小白臉！」

就是這句小白臉讓錦雲止了腳步，她承認葉連暮長得很俊美、很白皙，可也不至於被人冠上小白臉的稱號吧？

錦雲微微側目，同樣做男裝打扮的青竹早就怒上心頭了，走過去，磨牙道：「你們怎麼能在人家背後說人壞話！」

罵那句小白臉的人名叫程立，長得魁梧健壯，有股英勇之氣，聽到青竹說他，再見四下不少人都撇頭看過來，很是不高興地皺起眉頭，把手裡的酒盞重重一磕。「罵他怎麼了？要不是看在他做了不少好事的分上，我早揍得他滿地找牙了！」

同桌的另外一個公子忙拉住他。「程兄忌言。」

另外一個名喚柳毅的人也勸他。「你那衝動的性子該改改了，他不是你我能得罪得起。」

程立冷著張臉，撇頭見青竹還瞪著他，不由得狠狠一拍桌子。「爺今兒心情不好，不想挨揍就閃遠點兒！」

青竹挺直了背脊，也不膽怯。她膽怯什麼？少奶奶在身邊，少爺就在前面，還有兩位王爺，隨便哪一個都能像踩隻螞蟻似地踩死他。

「你罵我們少爺，我說你兩句怎麼了？」

一桌子人頓時脹紅了臉，還當青竹是打抱不平，沒想到竟是人家府上的小廝。

程立微微一窒，起身道：「大丈夫敢做敢當，罵他的人是我，有種我們單挑！」

青竹望著錦雲，程立隨著青竹的視線望過去，眼睛微微瞇起，今兒在國公府門前見到的人不是他，柳兄說可能認錯了人，難不成真不是他？

「他是你家公子，葉大公子？」

錦雲望了他一眼，指著正在上樓的葉連暮，笑道：「你口中的小白臉是他。」

葉連暮正轉頭往回看錦雲因為什麼耽擱了，就聽到錦雲說小白臉，臉不由得黑了下來。

錦雲打著玉扇上樓梯，眸底閃過促狹之色。「葉大公子，樓下有人找你單挑。」

錦雲一身水藍色錦袍，腰束玉帶，翩翩俊逸，惹得不少人嘖嘖稱讚，不知道這俊朗少年是誰家的，竟然膽子這般大，敢如此打趣葉大公子，那小白臉的話聽過了也就罷了，怎麼還敢說出來？再說，他可比葉大公子更白呢！

程立和柳毅都傻眼了，半晌才找到自己的聲音。「到底誰是葉大公子？」

青竹朝他們兩個瞪眼，旁桌的男子就大笑了。「葉大公子的名聲，只怕京都還沒人敢冒充，也不知道兩位兄台是被哪個吃了熊心豹膽的給糊弄了？」

程立吶吶怔住，撓著後腦勺。「那我們今兒在祁國公府門前遇到的還能有假？」

柳毅也想不通，若說街上有冒充的他們還信，可是從祁國公府裡走出來的會是假的嗎？

葉容頃趴在樓道橫廊上笑道：「連暮表哥這些日子都沒回國公府，你能在國公府見到他才怪呢！我連暮表哥哪裡像小白臉了？你自己長得黑還不許人家比你白了，這可是你的不對了。」

程立的臉立刻紫如茄子，四下都是倒抽氣聲，用一種「你完蛋了」的表情看著他們這一桌。

錦雲忍著嘴角的笑意，打著扇子就上了樓，走到葉連暮身側，笑看著樓下的程立。「想單挑就上來吧。」

說完，拉著葉連暮一起進了包廂，溫彥和葉容軒上下瞄著葉連暮，然後摸摸自己的臉，若說他這樣都叫小白臉了，他們這算不算是大白臉了？

店小二端了茶水來，出去的時候正巧碰上程立和柳毅，還有另外一位周松。店小二同情地望了三人一眼，葉大少爺在醉香樓打架的次數不算少，掌櫃的可不敢管，連賠桌椅錢都不敢討要，他們好自為之吧。

三人進了屋，臉上有抹尷尬之色，認錯了人，還說了人家壞話，程立咚一聲跪了下來。「我叫程立，前些日子進京，聽了不少葉大公子的事，敬慕你為那些將士所做的事，想跟在你手底下辦事，一個時辰前在祁國公府被人轟了出來，所以對公子有了誤解，我不該在大庭廣眾之下侮辱你，要打要罵，聽憑尊便。」

程立也算是錚錚鐵骨了，知錯便改，另外兩位也都認罰，這樣的人錦雲還是很欣賞的，望著葉連暮。「他們是找你的，怎麼會被人給轟出來？」

葉容軒喝著酒。「這不是很正常？若是隨隨便便一個人找上門都要見，那還要大門做什麼？倒是這兩個，想在連暮表兄的手底下做事，你們倒是說說有什麼本事？」

程立和柳毅也不扭捏，直接把自己的本事報了出來，兩人都會武藝，臂力驚人，能單手舉起三百斤，此番進京是準備參加武舉的，只是進京路上出了點事，誤了行程，耽誤報名，昨兒都準備回家了。

難得進京一趟，總要買些禮品回去，於是逛街時遇上了周松，因幾人皆為同鄉便多聊了幾句。周松是要來參加文舉，提前了半個月進京，聽見兩人這樣錯過武舉，那是要再等三年的，周松就想到了自家姑父在飯桌上誇讚葉連暮，就替他們出了個主意，去找葉大公子，來個毛遂自薦。

兩人也敬慕葉連暮，見軍中待遇好，都打算回去便投軍。當兩人到祁國公府門前求見葉大公子，守門的輕蔑地看了他們兩個幾眼，讓他們候著，守門的進去稟告不久，然後跟在二少爺葉連祈和三少爺葉連銘身後出來了。

葉連銘冷冷地看了他們兩個幾眼，哼了鼻子道：「隨便什麼阿貓、阿狗都找大哥，以後這些事不必進去稟告，直接轟走。」

葉連祈沈著臉，什麼話沒說，葉連銘卻說了不少。「不過就是遞了兩份奏摺，國公府的門檻都快要被踩爛了，還是大哥有遠見，知道出去躲著。今兒去哪裡玩？」

葉連祈隨口說了個地方，讓程立和柳毅誤認為葉連祈是他們所敬慕的葉大公子，一聽他說他們是阿貓、阿狗，兩個血氣男兒如何受得住，這才有了後面的事。

錦雲聽兩人說那些事，忍不住嘆息了一聲。子隨母性，葉連銘是二夫人的兒子，說話不是一般難聽，就算有人貿然上門求見，你直說大哥不在府上，改日再來不就成了？非得拒人於千里之外，寧欺白頭翁，莫欺少年窮，誰知道這兩位將來的成就會不會在他們之上？三百斤的臂力，就是尋常的將軍也不見得有這等實力，再看兩人的年紀，也就二十歲左右的樣子。

錦雲看著葉連暮，葉連暮也在沈思，轉頭吩咐趙章。「你去兵部吩咐一聲，讓他們參加武舉。」

葉容頃眨巴眼睛。「成嗎？連暮表哥自己都沒法參加武舉。」

葉容軒輕拍了下葉容頃的後腦勺。「笨蛋，連暮表哥不能參加武舉是有人背後搗鬼，他們兩個名不見經傳，誰會放在眼裡？」

「你又打我腦袋，我讓王兄剁你手！」

「王兄要是知道你這麼笨，肯定說我打得對。」

葉容頃牙齒磨得嘎吱響，聽得錦雲直想捂耳朵。

程立和柳毅兩個大喜過望，他們早息了參加武舉的心，沒想到還能再參加，之前還出言侮辱了葉大公子，他非但沒記仇，還要幫他們，這份恩情定當銘感五內，兩人忙行禮道謝。

「待我們取得功名，定追隨公子驢前馬後。」

趙章送他們去兵部後，錦雲問道：「不知道他們能不能堪當大用？」

葉連暮端著茶杯喝茶，單從一面之緣上看不出來，他也希望他們是大用之才，武舉被兵部把持，雖然有舅舅做監考官，只怕很快就會被太后和李大將軍一黨所拉攏，不過聽說蘇二少爺蘇猛對武狀元是志在必得，這一次的武舉有熱鬧瞧了。

門被叩響，青竹忙去開門，瞧見蘇猛站在門外面，不由得一怔。「二少爺？」

蘇猛掩嘴輕咳了一聲，邁步進去，錦雲忙站起來。「二哥，你也在呢！」

蘇猛瞅著錦雲那一身男裝，然後看著葉連暮，不由得撫了下太陽穴。「你怎麼又讓她穿男裝了，連著我都左右為難了。」

葉連暮有些聽不懂，茫然地看著蘇猛，蘇猛無奈道：「方才那一鬧，不少人都瞧見了她，上回那對聯讓人驚嘆，非得讓我來請她過去品茶、論詩、作畫。」

都是同窗好友，蘇猛還真不好拒絕，他不來，他們要親自過來了，幸虧他攔得快。

錦雲滿臉黑線，葉容頃上下瞅著她，托著下顎道：「想不到妳穿男裝還盛名在外？論詩作畫？」

溫彥訝異地看著錦雲，上次太皇太后壽宴他也進宮了，自然也聽到錦雲的那番話，對錦雲原本就心存敬佩了，沒想到她還盛名在外，他正想瞧瞧呢，便站了起來。

葉容頃也是個愛湊熱鬧的，上回沒見到錦雲跳舞，但是知道她歌唱得不錯，故事說得也好，要是還能在論詩作畫上壓倒那群才子，可能嗎？

見兩人都站起來，又是蘇猛親自來請，錦雲還真不好意思說不去，她瞅了葉連暮一眼，葉連暮乾脆也站了起來，最後這個包廂空了，店小二端著糕點站在門口，呆呆地看著。

蘇猛所在的包廂很大，裡面有六個人，瞧見錦雲進來，當即笑著走了過來。「蘇兄，有禮了。」

錦雲還真不大喜歡作揖，但還是客氣地回了一禮，那邊桌子旁正有一人在提筆作畫，其中有兩個人是認識錦雲的，他們這樣介紹錦雲。「這位就是我跟你們說的蘇兄，他參加科舉，定在三甲之內。」

三甲之內？錦雲狂飆汗，除非閱卷官眼睛瞎了，她才能混個三甲吧。

錦雲乾笑了兩聲。「我不參加科舉。」

那幾個男子全都怔住了。「蘇兄不參加科舉？」

錦雲重重地點了點頭。「小弟生性淡泊，喜歡遊山玩水，怕涉足官場，一不小心成了名貪官，貽害萬民就罪過了。」

錦雲此話一說出來，好幾個人都被自己的口水給嗆著了，葉連暮抖了下眉頭，聽過不願意為官的，怕成貪官所以不當官的還是第一次聽到，還小弟哩，真當自己是男子了！

葉容頃潑錦雲冷水。「妳也得考得上功名才有官做。」

錦雲瞪眼。「小屁孩，別瞧不起女……」

錦雲險些說溜了嘴，好在及時停住了，葉容頃緊緊地盯著錦雲，一副「妳繼續說啊」的表情。

錦雲一瞪眼。「還想不想聽故事了？」

「……妳肯定考得上！」

葉容軒見葉容頃改了口，速度之快，前所未見，甚至臉上還掛了討好的笑容，他一雙眼珠子險些瞪出來，忍不住往窗外探頭看。「今兒太陽是從東邊升起來的嗎？」

那邊正在作畫的男子把筆擱下，笑道：「蘇兄來得巧，我一時想不到給這幅畫題什麼詩好，就煩勞蘇兄執筆了。」

葉容頃立馬從凳子上站起來，努力扳回自己的面子。「我可是說妳考得上的，可別讓我丟臉。」

錦雲暗暗磨牙，轉頭看著蘇猛，睜著眼睛無恥道：「還等你題詩呢，你看人家手裡拿著筆多累，別杵在這裡啊……」

「……」蘇猛無言。

蘇猛不動，屋子裡除了葉連暮外，所有人都盯著錦雲。

錦雲尷尬地訕笑著。真不懂風趣，就不能讓她蒙混過關嗎？她有什麼才華，他們想看，她就搜索枯腸地找點好了。

正笑著走過去，步伐從容，可她走到一半，突然想起來，自己還不大會用毛筆啊！雞爪子爬出來般的字，再美的詩也烘托不出氣氛了。

葉連暮見錦雲那模樣，嘴角慢慢翹起，他是知道錦雲不大會寫毛筆字，前些時候就讓她多學學，可錦雲當時說又不是不會寫，夠用就成了，他說她遲早還是會學的，錦雲說絕對不學，說得斬釘截鐵，無庸置疑，這會兒看她怎麼應付。

錦雲站在書桌旁，看著上面的畫，畫的是幾枝寒梅，瘦骨嶙峋的，有種不懼寒霜風雪的傲骨，畫意、畫技皆不錯，她毫不吝嗇地誇讚。

葉容頃站在一旁，催促道：「差不多誇兩句就成了，趕緊題詩啊，等著看呢。」

錦雲翻了個白眼，瞅著葉容頃的眼珠骨碌碌一轉，一把攬過他的肩膀，湊到他耳邊小聲嘀咕，也不知道說了什麼。

葉容頃歪著個腦袋，雙眼發光。「妳發誓沒騙我？」

錦雲無比真誠地舉出三根手指頭，葉容頃這才點頭道：「那妳說吧，讓我寫什麼？」

錦雲把詩讀出來，葉容頃二話不說轉了身就把詩題在了畫上，那邊作畫的男子皺眉。

錦雲伸手道：「昨兒玩玻璃不小心把手指割破了，拿不了筆，所以讓十王爺代為執筆，十王爺一手字寫得飄逸，皇上都大為誇讚。」

聽到錦雲說把手指割破，葉連暮眸底閃過擔憂。「怎麼那麼不小心，給我看看如何了？」

錦雲割破的是食指，早抹了藥。「沒什麼大礙，過兩日就好了。」

蘇猛在瓊林書院求學，沒有參加太皇太后的壽宴，不知道皇上和太后誇讚了葉容頃的話，想他小小年紀寫得一手飄逸的字不由得大為好奇，走過去一看，臉色頓時脹紅了，扯著嘴角看著錦雲。「這首詩是妳讓十王爺寫的？」

錦雲看他那表情有些不對，很詫異，她撓了下額頭，然後點點頭，那邊葉容頃擱下筆，笑得見牙不見眼，把那首詩讀出來，搖頭晃腦，抑揚頓挫——

「牆角數枝梅，凌寒獨自開。遙知不是雪，為有暗香來。」

滿屋子的人都拍手叫好。「好一個遙知不是雪，為有暗香來！」

蘇猛險些被口水噎死，幸好他攔著沒給人瞧見，隨即轉身。「這首詩作，就送與我了！」

作畫男子見這麼好的詩，怎麼能送人呢？忙上去攔著。「下次再送給蘇兄，這次就留給小……」

後面的話沒說了，他無意間瞄到葉容頃寫的詩，眉頭一抖，臉色立馬很精彩了，只見詩詞如下——

牆角數隻梅，寧寒獨自開。搖知不是血，未有暗香來。

兩人的動作止住了，葉容軒很好奇地過來瞥了一眼，隨即抽著嘴角，瞥著錦雲道：「搖知不是血，這人眼睛有毛病吧？」

葉容頃理直氣壯地道：「不對嗎？這一堆全是雪梅，就這一枝是紅梅，誰知道是不是誰的血灑在了上面？」

錦雲吐血，好好一首詩，怎麼就成這樣殘忍的畫面了？

她走過去看了兩眼，瞪著葉容頃。「你不是說字都會寫嗎？」

「寫得不對？」葉容頃睜著一雙無辜大眼看著錦雲。

葉容軒大笑趴在那作畫男子的肩膀，用他獨有的方式安慰道：「十王弟送給太皇太后做壽禮用的佛經上都錯了五十七個字，現在只錯了五個字，已經很不錯了。」

作畫男子也笑了，連壽禮都有錯字，這倒不算什麼，撇去這些錯字，這首詩堪稱絕品之作，才華洋溢自是不用說，男子朝錦雲作揖。「蘇兄果真奇才。」

錦雲受之有愧啊！兄弟啊，奇才另有其人，不過她一笑而過，欣喜地想，在場都知道她手受傷了，應該沒人會再要求她寫詩了吧？

包廂內，那些男子相邀過兩日去大昭寺看風景，順帶求道平安符，讓錦雲也去，錦雲忙擺手。「我就不湊這個熱鬧了，我……」

錦雲話還沒說完，就聽樓下傳來一陣騷動，甚至有不少人都奪門而出，錦雲好奇看了眼，就見店小二滿臉堆笑地跟掌櫃的稟告，掌櫃的先是一驚，隨即臉上綻出喜色，一閃即逝。「人死了沒有？」

店小二搖頭。「應該沒斷氣，不過砸得可慘了，好像砸在右肩上，那男子似乎來頭不小，是位侍郎府上的少爺呢，官兵都來貼封條了。」

錦雲心下一驚，葉連暮眉頭皺緊，見對面的鋪子明天差不多就能完工了，今兒卻砸傷人，甚至還有可能砸死人？

葉連暮站起身走了出去，錦雲也擔心，畢竟是侍郎府上的少爺，若砸出個什麼事來，還真不好交代。

第十九章　妍香認親

香藥坊門口裡三層、外三層圍著一堆瞧熱鬧的人，待錦雲和葉連暮走近的時候，那邊十幾位官兵已經把香藥坊層層圍住了，裡面做工的人挨個兒地出來，足有三十多個，面帶懼色，直說砸人不關他們的事，求官兵放了他們。

可惜回答他們的是官兵的冷刀冷眼以及冷冰冰的語氣，一旁瞧熱鬧的人群紛紛感嘆。

負責香藥房闢建的是趙擴，出來對官兵道：「方才之事是意外，出了什麼事我們會負責，這些工人還要忙著建鋪子，你們只能帶走不小心掉了磚頭的那個。」

官兵冷冷掃了他一眼，哼笑道：「忙著建鋪子？等著關門吧！你們砸的可是趙侍郎的姪兒，我看你有幾個腦袋也負不起這責任，叫你們東家出來說話！」

醉香樓的掌櫃走過去，那官兵還朝他點頭行禮。「李大掌櫃的可認得這鋪子的主人？」

李掌櫃搖頭。「這店鋪就建在醉香樓對面，也算是街坊鄰舍，我讓小二天天守著，我們大老爺也想見他一面呢，賣我個面子，別為難那些小廝可行？」

錦雲嘴角彎起一抹冷笑來，若不是方才聽到店小二稟告砸了人時，看見他臉上幸災樂禍的笑，還真當他是好心。這鋪子還沒開張，才建了三層樓，就惹來這麼個大人物了，往後只怕事更多了。

官兵笑道：「李大掌櫃替他們說好話，我豈能不給您個面子？我儘量不為難他們，可你也知道，有時候我們也心有餘而力不足，方才侍郎大人得知此事，已經大發雷霆了。」

李大掌櫃笑說公事公辦，一碼歸一碼，心裡暗忖著，只有壓得喘不過氣了，他才好乘虛而入，不是嗎？

那邊官兵領了封條來，趙擴冷眼望著他們，正要出手阻攔時，卻瞥眼瞧見錦雲和葉連暮，微微一怔。

錦雲推搡了葉連暮一下，嘟著嘴問道：「現在怎麼辦，真讓他們查封嗎？」

一日查封，還不知道要耽擱多少天呢，錦雲心裡氣悶。

葉連暮點點頭，趙擴便收手轉了身，扭頭走了，那官兵和李大掌櫃兩人傻眼了，尤其是李大掌櫃心裡忍不住直犯嘀咕，他都幫著求情了，怎麼樣也說句好話吧！他這麼目中無人，難道是背後撐腰的人太大了？可是他查過了，並沒有什麼大勢力啊！

錦雲眼睜睜看著店鋪被打上封條，嘴巴越噘越高，葉容頃瞅著她那樣子，小眉頭也皺了起來，看著手裡的泥人兒，眉頭一皺一鬆，乾脆直接走了過去，官兵瞧見他，都冷著臉。

「官府辦案，去一邊玩兒去。」

葉容頃站在他們跟前，皇家氣勢十足。「讓開，我要進去瞧瞧裡面是什麼樣子！」

葉連暮原是想喊住葉容頃的，可是被錦雲拉住了。人家怎麼說也是王爺，這些人哪個敢將他怎麼樣，與其他們出頭，還不如葉容頃站出去，一會兒鬧大了他們再出去，總之這鋪子不能關。

那邊官兵已經拔刀嚇唬葉容頃了，葉容頃才不怕他們呢，他脖子一昂，扠腰瞪著他們。

「我看你們是不是吃了熊心豹膽敢拿刀砍本王爺！讓開！」

那些官兵還真膽怯了，拿刀的手有些打顫，大氣不敢出一聲，眸底疑惑地看著葉容頃，雖然他穿得不甚華貴，可大庭廣眾之下，借他三、五個熊膽也不敢冒充王爺啊！

葉容頃手一推，就走到大門處，嘩啦一撕就把封條給撕了個粉碎，那些官兵不敢說什麼，只盯著為首的那個。

為首的男子皺眉，上前道：「王爺，小的也是聽吩咐辦事，您就別為難我。」

葉容頃挺直了腰板。「京都大小鋪子，本王爺都逛過了，獨獨這一間，本王爺都等了半個多月，你們這一查封，本王爺猴年馬月才能見到它開張？」

葉容軒站在一旁聽得直吐血，還以為他要路見不平呢，忙過來拉葉容頃。「你別杵這兒妨礙公務，我帶你玩別的去。」

葉容頃白了他一眼，就知道玩兒，於是把葉容軒拉到一邊，兩個腦袋湊一起。「我偷偷跟你說，前些時候我偷溜進御書房想偷王兄的權杖出宮，不小心聽常安抱怨窮，王兄不該開鋪子，你說這麼有氣勢的鋪子不是王兄的會是誰的？我還瞧見連暮表哥都著急了呢！」

葉容軒蹙眉。「你是不是聽錯了，王兄早已經是皇上了，還用得著開鋪子嗎？」

葉容頃也疑惑。「可我是聽常安說的啊，再說了，若不是王兄的鋪子，連暮表哥吃飽了撐著，跑來看熱鬧？」

說得也是，連暮表哥和皇上是一夥的。

葉容軒站直身子，吩咐那官兵道：「趕緊把無辜的人放了，讓他們該幹麼就幹麼，讓瞧熱鬧的人都散了，別堵在這裡，至於砸人的事……我十王弟吃飽了撐得慌，他會處理的。」

葉容頃瞪眼。「我還沒吃飯呢！為什麼是我處理？」

葉容軒指著地上的封條。「那可是你撕的。」

葉容頃白了葉容軒一眼，玩著手上的泥人。「我處理就我處理，回頭王兄一高興，沒準兒就把鋪子賞賜給我了呢，這麼大一間鋪子，若是生意比醉香樓好，哪怕只給我一點兒，等我長大了，肯定是最有錢的王爺了，你可別找我借錢啊！若是我沒處理好，王兄又知道你袖手旁觀，一生氣沒準兒就讓你去守皇陵，也有可能把你貶得遠遠的，還有可能給你娶個又醜、脾氣比他還壞的女人做王妃，讓你生不如死！哦，還有可能送你去和親……」

葉容頃說的時候，眼睛瞥向錦雲。葉容軒滿臉黑線地抽著嘴角，送去和親的都是公主好不好，他一個王爺送去和親？

葉容軒趕緊捂住葉容頃的嘴，指不定還能聽到什麼亂七八糟的話，趕緊朝那官兵補充了一句。「侍郎府上的事，我與十王弟會處理的。」

兩位王爺趕上門來給鋪子撐腰，那幾位官兵哪個敢說不行？侍郎官再大，能大得過王爺嗎？忙吩咐把人放了，只抓了那個砸傷人的工人。

錦雲和葉連暮兩個面面相覷，沒想到葉容頃不但自己撕了封條，還把葉容軒給拉了進來，她詫異地看著他們兩個，有些懷疑是不是知道鋪子是他們開的了？

只見葉容頃昂首闊步地走過來。「這回不回宮，王兄肯定不會訓斥我了。」

錦雲笑問：「你為何要撕封條？」

葉容頃的手像算命一般掐指起來，一本正經道：「我方才定睛一看，發現這鋪子布滿龍氣，與王兄有關係，王兄身處皇宮，諸多不便，我這個做王爺的就勉為其難地幫幫他……」

葉容軒一把拍掉他的手。「萬一你猜錯了，這鋪子壓根兒與王兄半點關係也沒有怎麼辦？」

「應該沒有萬一吧。」

「王兄身為一國之君，會偷偷開鋪子？要是讓文武百官知道，甚至北烈那群人知道了，我大朔的臉面就丟盡了，我竟然還隨你胡鬧？」

葉容頃鼓著腮幫子望著錦雲。「沒關係嗎？」

錦雲大汗，這小屁孩還真有點本事，不管是矇的還是猜的，竟然都對了。

錦雲含糊笑道：「怎麼沒關係？你們兩個可是這鋪子的靠山，皇上是你們的靠山，也就是鋪子靠山的靠山。」

葉容頃連連點頭，對葉容軒齜牙道：「我就說有關係吧！」

葉容軒滿臉黑線，他怎麼會有這麼笨的王弟！在方才之前，他們與鋪子有關係嗎？

葉容軒都不忍心打擊他。「靠山，現在怎麼辦？」

葉容頃聳了下小肩膀。「也不知道那被砸的人死了沒有，沒死就沒什麼事，死了的話他可真倒楣，我們趕緊走吧，萬一又掉下來砸到我們就慘了。」

錦雲又回到醉香樓坐下，時值正午，便在醉香樓用飯，只是才吃到一半，趙章就回來道：「被砸的是趙侍郎的姪兒沒錯，此番進京是參加科舉的，現在一直昏迷不醒，太醫也束手無策。趙府放了話，若是趙二公子有個三長兩短，即便鋪子有兩位王爺撐腰，也要告到衙門。」

葉容頃啃著雞腿，聽到這話睜大了眼睛，有些著急了。他雖然還小，沒怎麼接觸王權，可那群大臣奏諫，皇上就是氣，有時候也拿他們沒辦法。

「太醫都束手無策，那不是死定了？他要真去王兄跟前告我一狀，我豈不是完了？」

葉容軒很無力地瞪了他一眼。「現在知道怕了？要是被御史臺那群老匹夫參奏幾本，王兄不罰我們俸祿也得封了我們的鋪……」

葉容軒心想，鋪子又不是他們的，這不是吃飽了撐得慌沒事找事嗎？

錦雲輕揉太陽穴，望著葉連暮。「要不我去趙侍郎府上一趟看看吧？」

葉連暮點點頭，由於他和葉容軒有要事要談，只好吩咐葉容頃道：「你也去一趟。」

有葉容頃領路，錦雲一路暢通無阻地進入趙府，見到了趙征，傷勢的確嚴重了些，不僅胳膊骨頭斷了，身體其他處也有傷。

錦雲細細把脈，眉頭越來越沈。葉容頃忍不住問道：「妳也救不活他？」

錦雲鬆了手，眉間沒了之前那股沈色。「那倒不是，只是我若是再晚來半個時辰就真的救不活了。青竹，拿銀針。」

青竹將銀針送上，錦雲掀了被子，挑了根銀針就扎下去，一口氣不帶歇地扎了二十多根，扎得葉容頃汗毛都豎了起來，小心翼翼地看著錦雲。連暮表哥說她會醫術，昨兒見識到了，只是沒想到這麼高明呢，太嚇人了！

扎了銀針後，錦雲去寫藥方，讓丫鬟拿了方子去抓藥。待錦雲收了銀針，便有人問：

「他什麼時候醒啊？」

錦雲起身道：「兩、三個時辰後就會醒。青竹，拿四千兩銀子給趙侍郎。」

青竹拿了四張銀票遞給趙侍郎，趙侍郎有些摸不著頭腦，錦雲笑道：「工人砸了趙二少爺，雖不是有意為之，可畢竟對他造成了傷害，這是鋪子的主人讓我轉交的，算是對趙二少爺的補償。」

鋪子的主子？這下可以肯定不是十王爺和七王爺而是另有其人了，可就算不是兩位王爺，只怕與兩位王爺多少也有些關係，今兒兩位王爺及時站出來替鋪子解圍，想必那鋪子東家也不會錯失這順著杆子往上爬的機會。趙侍郎有些猶豫，畢竟得罪兩位王爺對他不利，雖然這兩位王爺沒有實權，可他仍舉棋不定。

趙二老爺的妾氏三姨娘乃是趙征的生母，她早忍不住了。「區區四千兩銀子就想息事寧人？二少爺此番進京是為了科舉，如今科舉在即，他這樣子如何參加？白白耽誤了三年前程，這是你賠得了的嗎？」

錦雲淡淡看著她。「那妳想怎麼樣？」

「我要那間鋪子做為賠償！」

趙侍郎臉色一沈，正要說話時，趙大夫人就朝他搖頭了。「老爺，姪兒雖暫住在府上，可畢竟不是你親兒子，他出了這事，還得看弟妹怎麼處理，要是處理不妥，你也不好與二弟交代不是？」

他們還真沒把葉容頃這個十王爺放在眼裡，葉容頃站在一旁聽得直冒火了，又不能說鋪子是皇上的，忍不住拽了錦雲的袖子道：「砸人是得賠不是，可妳也上門賠禮道歉了，他們還不滿足，要不就把鋪子賠給他們吧，反正他的傷不過一、兩個月就能痊癒，到時候我求王兄另外給他準備個題目，他考上也就罷了，要是考不上，就是訛人錢財，我讓王兄誅他九族，以趙侍郎的家底，足夠買三、四間更大的鋪子了！」

錦雲贊同地點點頭，趙家人都白了臉。

此時，趙二夫人從外面走進來，三姨娘立刻就朝她走過去，大概說工人砸傷了二少爺，錦雲拿了四千兩銀子賠罪，讓她拿主意，這銀子是收還是不收？

趙二夫人淡淡看著她。「老夫人和大老爺都在，哪裡輪得到我作主了？再說，老爺讓妳進京伺候二少爺，二少爺的事也應由妳拿主意。」

趙大夫人笑道：「弟妹這話就不對了，妳才是當家主母，我和老爺不好管這事，妳看行就行，不行再商量。」

趙二夫人身側走來一個姑娘，輕聲道：「娘，妳不作主，回頭三姨娘再去爹跟前告妳的狀，爹會怪罪妳的。」

趙二夫人疲憊的一笑。「娘知道。」

三姨娘氣得直扭帕子。

那邊趙老夫人也不悅了，吩咐趙侍郎道：「既然他們這麼有誠意，這銀子就先收了，若是征兒好不了，留下什麼後遺症，這事不會這麼算了的。」

三姨娘臉上一喜，果然薑還是老的辣，伸手就要拿銀票，青竹把手一收，讓她撲了個空。

錦雲真是無語了，還是二品大員家呢，強盜窩還差不多。她笑著站到趙侍郎跟前，輕聲笑道：「侍郎大人肯定派人去查過鋪子了吧？告辭。」

葉容頃早就想走了，趙侍郎忙相送，錦雲才走沒兩步，趙二夫人的女兒趙娥就給錦雲跪了下來。「大夫，求您救救我大哥。」

趙二夫人也跪了下來。「大夫，求您救救我兒子，我給您磕頭了。」

錦雲望著天花板，葉容頃不耐煩了，瞪著趙侍郎道：「趙大人家真奇怪，一邊獅子大開口要人家鋪子，一邊又跪下來求人救命。」

趙侍郎尷尬地臉紅了，他也沒想到弟媳會跪下來求大夫救命。不過，弟媳他們此番進京就是為了找大夫替大少爺趙遇治病的，可是太醫也瞧了不少，都沒什麼用。如今來了神醫，能不求嗎？可方才都要把人家給氣走了，他怎麼好意思開口求人治病？

錦雲要走又有些於心不忍，趙二夫人與屋子裡那群人給她的感覺不同，她甚至能為了兒子跪求自己。

錦雲心一軟，點了點頭。「帶我去瞧瞧吧。」

趙大少爺的院子離得不遠，就在隔壁，剛被領進屋，錦雲就聽見屋裡有輕柔的說話聲。

「相公，你快把藥喝了，喝了藥才能好。」

錦雲進門就瞧見一個身著淺紫色裙裳的女子坐在床邊，一手端著藥碗，一手餵男子吃藥，餵一口，就拿帕子幫著擦嘴角流出來的藥汁。女子眼眶紅紅的，直到丫鬟喚她，她才起身給錦雲行禮，錦雲多看了她兩眼，只見她風髻露鬢，淡掃娥眉眼含怯，雪膚溫潤如玉，朱唇不點而紅，腮邊兩縷髮絲隨風輕柔拂面，平添幾分誘人的風情，尤其是微紅的眼眶，讓人忍不住想憐惜。

錦雲朝她走過去，看了眼躺在床上的男子，男子臉色蒼白，眼圈卻泛黑，氣若游絲，因為久病，消瘦得厲害。

錦雲坐到繡墩上，細細替他把脈，神情嚴肅，屋子裡的人大氣都不敢出一聲，但是外面卻有腳步聲傳來，未進門，先聞聲。「大夫怎麼說？大少爺的病能治好嗎？」

錦雲撇頭掃了來人一眼，淡淡地把眼睛閉上，青竹卻道了一句。「哪裡飛來的烏鴉？轟遠點兒，別惹得我們少爺把錯了脈！」

趙娥忍不住抖著肩膀捂嘴笑，那三姨娘一張臉氣得成紫色了，趙二夫人冷冷望了她一眼。三姨娘不敢造次，氣呼呼地走了，心裡仍想著若沒有她的征兒受罪，能有神醫來給那病秧子治病嗎？

半晌寂靜，錦雲收回手，端起小几上的藥細細聞了聞，臉色微變。

趙二夫人皺眉。「大夫，這藥？」

錦雲把藥碗擱下，笑道：「這不是治病的藥，是催命的藥，不知是方子有問題還是被人動了手腳。趙遇的五臟六腑都受損了，要悉心調理，慢慢溫養，這藥卻很猛，非但不能調理還讓他的病情每況愈下，幾近藥石罔效的地步。」

趙二夫人聽到這裡，險些昏倒，幸好女兒趙娥扶著她，趙遇的嫡妻鐘妍香已經去吩咐丫鬟拿藥方子來了，錦雲接過看了兩眼，道：「方子沒錯，雖然沒有什麼大效用。」

趙娥沈眉。「那就是被人下了藥，藥是大嫂妳親自熬的，妳怎麼……」

鐘妍香急著辯駁。「我沒有給相公下藥……」

錦雲相信她，不過看她年紀也才十五歲的樣子，模樣標緻，要是趙遇真喪命了，她可就是個寡婦了。

錦雲輕嘆一聲。「我就算給你們開了方子，你們能保證吃到他嘴裡的還是這副藥嗎？」

這話說得太直白，直白得一屋子的人都望著錦雲。

趙二夫人蒼白了臉，藥被人動了手腳，若沒有查出來，遇兒的命就保不住。此時，鐘妍香請錦雲開方子，說會寸步不離地守著煎藥。

錦雲忍不住翻了個白眼。「人家要是想動手腳，總能尋到機會的，方子我開給妳，能不能救活他就看你們自己了。」

錦雲起身去開藥方，屋子裡另一邊就是書桌，她走過去，就見書桌上擺著一幅字，寫得很漂亮，丫鬟要收起來，錦雲卻皺了下眉頭，這字怎麼瞧著有些眼熟？

錦雲快丫鬟一步伸手拿過紙張，細細地瀏覽，先是皺眉，最後才恍然地問丫鬟。「這字是妳們少奶奶寫的？」

丫鬟連連點頭。「是我們少奶奶寫的。」

錦雲又瞅了那字幾眼，讓丫鬟請鐘妍香過來。鐘妍香納悶地看著錦雲，只聽錦雲吩咐她寫藥方。

錦雲拿過寫好的藥方瞄了兩眼，讚道：「少夫人寫得一手好字，真讓人羨慕。」

鐘妍香沒想到錦雲會誇她，倒是她身側的丫鬟有些得意地道：「瞧過我們少奶奶字的人都誇說好看呢！」

錦雲被丫鬟那高興的勁兒逗笑了，緊緊盯著鐘妍香，彷彿要從她臉上看出點什麼，盯得鐘妍香滿臉通紅，丫鬟都要說錦雲好生無禮了，就聽錦雲問道：「妳有沒有典當過一只紫金手鐲？」

鐘妍香身子一怔，丫鬟嘴快問：「你怎麼知道的？我們少奶奶三個多月前當過一只紫金手鐲。」

錦雲又問：「妳這字是誰教妳寫的？」

鐘妍香很茫然，丫鬟很快就回了錦雲的話。「是我們少奶奶的姨娘教的，除了字，琴棋書畫、詩詞歌賦都教過……」

鐘妍香聽到丫鬟如此誇她，臉大紅。「我娘過世得早，我學得不多。」

錦雲又多問了下鐘妍香她娘長的模樣和性情，以及家住哪裡。

鐘妍香說了一句。「我也不知道我娘家住哪裡，她是我祖母買來的丫鬟，因為笨手笨腳打翻了東西，是我爹替她求情，後來我娘就給我爹做了小妾。」

丫鬟……笨手笨腳？小妾？錦雲再瞅著手裡的字，心裡有了幾分肯定。

「還以為妳被人綁了呢，把個脈要這麼半天嗎？」葉容頃皺著眉頭走近。

錦雲拿起桌子上的紙，笑道：「我發現了比把脈更好玩的事。」

葉容頃烏溜溜的眼睛聽到「好玩」兩字，立馬亮出光來，錦雲笑著湊到他耳邊嘀咕了幾句，葉容頃立馬喊人來。「來人，來人，我要回宮！」

趙侍郎吩咐完小廝準備馬車，就來請葉容頃。

葉容頃指著鐘妍香道：「妳跟我進宮去見皇祖母。」

趙侍郎疑惑。「王爺，她去見太皇太后不妥吧？」

葉容頃翻著白眼。「有什麼妥不妥的，本王說的話從來都是妥妥的，你是不是覺得我皇祖母會欺負她？」

趙侍郎嚇得跪下就說不敢，鐘妍香便跟著葉容頃進宮，錦雲則先回別院了。

一回到別院，錦雲揉著肩膀進屋，葉連暮看著她眉間的疲憊之色，眸底閃過一抹疼惜，給她倒了杯茶，卻沒瞧見葉容頃，有些納悶地問：「他怎麼沒跟妳回來？」

「他回宮了。」錦雲喝茶，頭也不抬地回了一句。

錦雲把茶盞擱下，把在侍郎府上的事說了一遍，青竹在一旁更是氣憤。「少奶奶辛苦忙活了一個多月，好不容易才弄好，她們一張口就要鋪子！」

葉連暮端茶悠閒地啜著。「十王爺已經回宮了，他會向皇上說的，這事就交給皇上處理。」

錦雲想起葉容頃，嘴角忍不住逸出一絲笑意，既然他敢上來做靠山，那她肯定毫不猶豫地靠過去了，便吩咐谷竹。「寫兩份合約，京都的香藥坊兩位王爺一人給半股。」

吃晚飯的時候，葉容頃又來了，進門就道：「趕緊給我拿碗筷來，餓死我了！」

葉容頃進來，看著滿桌子的菜，眼睛都發光了。「好香啊，還是別院的飯菜香些，御膳房那群御廚是不是你們兩個挑剩下的？」

葉容頃大快朵頤，根本就不用人喊他多吃點，錦雲盯著他。「太皇太后怎麼樣了？」

葉連暮挑了下眉頭，雖然錦雲沒跟他說鐘妍香的事，可暗衛還是稟告了。

葉容頃雲淡風輕地回道：「沒什麼大礙，太醫說她一時激動，氣血上衝，休養個三、五日就沒什麼大礙了。」

錦雲狂暈，這小屁孩，她問的壓根兒就不是這回事好不好，葉連暮卻是皺眉。「好好的，太皇太后激動做什麼？」

葉容頃鼓著腮幫子，先是瞪了錦雲一眼。「還不是她發現了皇姑的女兒，險些連累我被皇祖母打入死牢。」

葉容頃很委屈，委屈得胃口都變差了，想到他費盡精神帶著鐘妍香進宮，結果太皇太后不信，他還因為偷溜出宮被訓斥了好幾句，若不是他機靈，把鐘妍香的事先說了，這會兒他肯定被罰了。

費盡唇舌，太皇太后才答應見鐘妍香，誰想才見了一眼，她激動得就要站起來，哪知道起得猛了些，頭暈目眩，直接就暈倒了！

太皇太后暈倒能是小事嗎？鐘妍香是他帶進宮的，出什麼事都算在他頭上了，要不是葉容痕及時趕去，他真的要進大牢了。好在太醫扎了兩針後，太皇太后就醒了過來，一醒來就要見鐘妍香，接下來自然就是認親的場面了。

葉容頃立了功卻挨了罵，差點還受罰，這仇怎麼能不報？當即找太皇太后，幫著罵那些宮女、太監。然後，接下來才是葉容頃最喜歡的，有功的賞賜，先是找葉容痕要，誰讓他是皇上呢！

葉容痕好笑地瞪著葉容頃。「你找到皇姑的女兒，皇祖母還能少得了你的賞賜？」

葉容頃鼓起腮幫子。「王兄，你就算窮，也不能對我小氣了啊，今兒我可是跑前跑後。看，臉都瘦兩圈了。」

葉容痕還不知道鋪子的事，葉容頃見他那一副不明白的表情，忍不住在心裡罵了他一句笨，然後一陣輕聲嘀咕。

一旁的嬤嬤聽到葉容頃要賞賜的事，就向太皇太后替他討賞，太皇太后高興地說：「皇祖母高興，你要什麼，皇祖母只要有，都賞賜給你。」

葉容頃滿臉堆笑，就像風中綻放的花兒一般。「皇祖母，妳隨便賞孫兒點什麼好了……」

「隨便賞？」

「……孫兒不嫌多的。」

葉容痕滿臉黑線，他怎麼會有這麼個財迷般的王弟？伸手找他要賞賜也就算了，跟皇祖母要也不嫌多？

那邊太皇太后笑得眼淚都流出來了。「帶他去庫房，他能拿多少都隨他。」

「……皇祖母，妳也欺負我小！」

葉容頃紅著一張臉，他這麼小，能拿多少啊？他賭氣般去了太皇太后的庫房，挑花了眼，以往進貢什麼東西，皇上第一個孝敬的是太皇太后，然後才是太后，所以太后庫房裡的寶物還沒有太皇太后的一半多，東西也比不上太皇太后的。

這個摸摸，那個看看，大的他根本都抱不動，苦惱地坐在那裡，眼睛橫掃，他想到黃眉大王的人種袋。

而太皇太后那邊呢，之前顧著高興，後來問鐘妍香長公主的事，鐘妍香顧忌太皇太后的身子，報喜不報憂。可丫鬟巧兒就不同了，她心裡只有主子鐘妍香一個，話像一陣倒豆子似的，只要她知道的全都一五一十告訴太皇太后，還等著太皇太后替她家少奶奶作主呢！

幾個人聊一些細枝末節，細到葉清歡喜歡吃什麼，不喜歡吃什麼，都能跟鍾妍香的母親對得上，且鐘妍香的字跡、繡藝，都有葉清歡七、八分影子，再加上那張臉，基本上沒人懷疑鐘妍香不是長公主的女兒。

太皇太后聽到自己的女兒給人做妾，替人端茶遞水，還捏肩捶腿，動不動還要挨訓，沒差點氣死過去。

本來以為自己的女兒夠苦了，沒想到外孫女兒更苦，因為庶出，就被逼著替嫡姊嫁給趙大少爺沖喜，幾十年來太皇太后慈藹的臉上第一次出現憤怒的神情，就連葉容痕都聽不下去了，沈眉要替鐘妍香出頭，可還是忍住了，他知道皇祖母的性子，她只要他專心處理朝政，不願意他插手這樣的小事。

太皇太后也是雷厲風行，聽到巧兒說葉清歡的屍骨連入鐘家祖墳的權利都沒有，氣得把嬤嬤端上來的茶盞都砸遠了，沈著寒慄的聲音道：「替哀家擬旨，讓右相和瑞王親自去凌陽城迎回長公主遺骸，葬入炤陵。」

炤陵是太祖皇帝的陵寢，女兒陪著也合情埋，只是長公主嫁人做妾這事說出去不好聽啊！雖然是情有可原，畢竟關乎皇家顏面，葉容痕還在想到底怎麼處理好，哪怕是嫁個小門小戶甚至尋常百姓家，也好過與人為妾啊！

那邊沐太后已經不贊同了。「公主陪葬炤陵不算什麼，可長公主流落民間，與人為妾，有損皇家顏面，不如低調處理，既可讓長公主陪葬炤陵，又能維護皇家顏面……」

太皇太后沈著臉色，冷哼道：「皇家顏面？一個公主流落民間二十多年尋不回來，頃兒偷溜出宮一趟就找了回來，皇家就有顏面了？太祖皇帝、先帝，就是痕兒都登基四年了，這麼多年，讓歡兒在外面吃盡苦頭，哀家要為她風光大葬，誰有這個臉面說半句微詞？皇上的意思呢？」

葉容痕贊同道：「皇祖母，朕贊同迎回皇姑，至於妍香，也該給她個封號。」

太皇太后看著鐘妍香，眸底閃過一絲溫情。「鐘家能這般欺負妳，這樣的親情不要也罷，往後，妳就跟妳母妃姓葉，叫葉妍香，封號妍香郡主。」

葉容頃剛說完宮裡發生的事，有個小丫鬟端了個大木盒進來，有些吃力，他立馬笑了。

「拿過來、拿過來。」

丫鬟把木盒子遞到葉容頃跟前放下，他迫不及待地把木盒子打開，然後對錦雲道：「這些是我從皇祖母的庫房裡拿出來的，有四十八樣，我分給妳一半，夠義氣吧！」

錦雲一腦門子的黑線，看著木盒子，再聽葉容頃說的話，想像著他走出太皇太后的庫房時，雙手套著十幾個手鐲，那纖細的腰上掛滿玉珮，脖子上只要能掛上的，全部都掛了，走路的時候，差點兒跌倒，快嚇死他了。

葉容頃惋惜道：「我本來想把北烈進獻給皇祖母的鳳凰抱回來，可是我沒找到，肯定庫房裡有暗房，那裡擱著的才是真寶貝！」

錦雲見他那麼大方，輕笑道：「你真捨得給我？」

葉容頃皺眉看著錦雲，齜牙咧嘴。「本王爺是那麼小氣的人嗎？本王爺知道知恩圖報，這些是我自己挑的，我要不給妳，我拿玉鐲幹麼？回頭戴出去，還不讓人笑掉大牙，不過回頭皇祖母另外賞賜給我的東西，就沒妳的分了，我沒跟她說是妳找到皇姑的女兒。」

葉容頃把十幾個手鐲拿出來堆在桌子上，又拿了幾塊玉珮出來，每一件都玉質上乘，玲瓏剔透，別說葉容頃年紀小，可到底是生長在皇宮裡的人，什麼東西好，那是一眼就能看出來的。再說，用什麼討女孩子的歡心，他也一清二楚，皇宮裡那些後妃顯擺什麼，什麼就能討女孩子歡心，平常王兄賞個手鐲都鬧得滿城風雨的，他一給就十幾個，葉容頃咧著嘴笑，心想：我果然比王兄大方，虧他還是個皇帝呢！

青竹和谷竹盯著那些手鐲，那可是好東西啊，忙去把準備好的合約拿給錦雲，錦雲看了兩眼，然後給葉容頃。「這是給你的。」

葉容頃盯著錦雲兩秒，然後把手裡的玉珮擱下，小心地瞄了兩眼。「半成股？雲閒閣？雲閒閣在什麼地方？」

「就是今兒出事的鋪子。」

葉容頃恍然大悟，不大明白半成股是多少。「那就是說我能作主那鋪子了？」

「作主鋪子肯定不行，不過你能做鋪子的靠山和坐等收銀子。」

葉容頃小心地把合約收好揣進懷裡，瞄著葉連暮道：「我還以為鋪子是王兄的呢，原來是你們的，現在多了個我？」

谷竹忍不住道：「還有七王爺。」

葉容頃瞪了一眼。「還有七王兄的？讓他幫忙準是幫倒忙，他那一份我拿著算了，回頭他缺銀子，我再借他好了……」

吃完了飯，葉容頃就纏著錦雲給他講故事。

此時，眾人置身在安寧的別院內，京都卻熱鬧了，尤其是趙侍郎府上，鐘妍香是長公主女兒的事他算是最先知道的，畢竟鐘妍香被葉容頃帶進宮見太皇太后這事可不小，誰知道會出什麼亂子，立刻就派了人去皇宮打聽，得知鐘妍香是長公主的女兒時，趙侍郎差點被嚇暈！

這一夜趙府沒人能安睡，第二天就聽說右相和瑞王被太皇太后指派去凌陽城迎接長公主骸骨回京的事，他們心裡感嘆啊，鐘府完了！

褻瀆長公主，把她當作小妾，堂堂郡主之尊卻代替個嫡女沖喜，皇家不整死他們才怪呢！就算皇上和太皇太后不說什麼，底下有的是見風使舵、拍馬屁討好的人，加上又是右相出馬，鐘府能討得了好處，除非太陽打西邊出來！

尤其是鐘妍香改姓葉的事，這是斷絕關係的事啊，鐘府想來攀親，太皇太后都不允許。在朝堂上，聽到皇上說把原本屬於長公主的封地賞賜全部賞給葉妍香的時候，趙侍郎大吃一驚，長公主的賞賜等同親王啊，比趙府不知富裕多少！

正當趙侍郎還在沾沾自喜時，皇上卻當著滿朝文武提及鋪子的事，直說趙侍郎不該仗勢欺人，得理不饒人，也讓錦雲那未開張先出名的鋪子徹底進入文武百官的眼。

錦雲可沒想過鋪子是這樣出名的，她還一心想著來點什麼噱頭好呢！鋪子砸傷人的事和妍香郡主的事徹底傳遍京都，街頭巷尾都在議論這事，沒人說長公主什麼，直說她可憐，甚至替她灑淚的都有不少。

而這香藥坊，錦雲已定名為「雲閒閣」。鋪子建成之後，她就忙著裡面的裝修了，整整忙活了六、七天，才將三個樓層裝修完畢。

錦雲一直想去鋪子看看，結果葉連暮攔著，不許她出門，有一次都走到大門口了，還被他拖著回來，錦雲一直記恨在心。

這不，鋪子開張這天，丫鬟端了銅盆進屋，準備伺候錦雲和葉連暮起床，就見錦雲站在床邊了，彎腰狠狠地揉捏著某位爺那俊美無儔的臉，嘴裡還唸唸有詞。「你有本事再說一遍『不許我出門』的話試試，別以為你是我相公就可以隻手遮天，我忍你很久了！」

青竹和谷竹兩個互望一眼，湊到床邊一瞄，就見她們少爺的臉都被捏紅了，這會兒一隻魔爪正對著鼻子下手，谷竹哭笑不得，就說少奶奶不是那麼好說話的人，果不其然。少爺也真是的，明知道少奶奶想害個人不過就是抬抬手的事，又睡在枕邊上，他能不中招嗎？

青竹重重的一咳。「少奶奶，少爺的臉都要腫了，一會兒該沒法出門了。」

錦雲收回手，輕輕地揉了揉，谷竹無語，這手都捏瘦了，還不知道下手多久了呢！

只見錦雲站起身來，雲淡風輕道：「他都見過鋪子不下十回了，今兒就不用去了，妳們誰要是不放心，就留下吧。」

丫鬟們無言。

第二十章　新鋪開張

馬車在鋪子跟前停下，門口擺了不少東西，紅綢隨風輕揚，彼時，錦雲臉上多了張紫金面具，更添了三分神秘。

錦雲下馬，對面的醉香樓就有兩道身影從窗戶處跳下來，葉容頃一溜煙竄到錦雲跟前，上下瞄著。「我也要面具！」

錦雲瞅著葉容頃那身打扮，忍不住輕咳了下。

「你這樣子戴面具是浪費。」

葉容軒也忍不住咧嘴笑。「可不是，一路走來，不少人當我是耍猴的，還有人問我這猴一百兩銀子賣不賣……」

青竹幾個丫鬟頓時捧腹大笑，葉容頃這身打扮正是孫猴子的造型，想著那天，少奶奶吩咐人訂做了這身衣裳，小王爺當下迫不及待地穿上了，急急忙忙趕回宮炫耀一番，結果險些被宮門口的侍衛亂刀砍死，那群侍衛見到一隻猴子，一蹦一跳地過去，手裡還有根金箍棒一揮一舞的，誰知道是不是訓練的猴子殺手，專門刺殺皇上的。

好不容易過了侍衛那一關，葉容頃進了宮，引起整個皇宮的騷亂，有擔驚受怕的，有好奇觀望的……還好事情發生在妍香郡主冊封那一天，太皇太后高興，替他擔保，不然他還不被葉容痕狠狠罰一頓。

好好的王爺不做，竟然去做猴子！

太皇太后說他本來就是個小潑猴，葉容痕也就隨他了，所以葉容頃就正大光明、理直氣壯地在皇宮裡當猴子，今兒更是穿著出門了，可想一路上那些人的驚嘆了，他們見過猴子穿衣，可穿這麼奢侈的衣服還是頭一遭，果然是富貴人家養的猴啊！

見青竹和錦雲等人憋笑抖肩膀，葉容頃氣得直跳腳。「不許笑，都不許笑！」

錦雲無辜道：「笑又不犯法，即便你是王爺也不成啊！今兒可是雲閒閣開張的大喜日子，要是讓外人瞧見七王爺帶隻猴剪綵，豈不讓人笑話？」

京都裡誰都知道他養的這隻猴是十王爺，葉容軒腹誹地想，然後瞅著葉容頃。「趕緊換下來吧，你願意當猴，我可不願意被人當成養猴的，回頭御史臺彈劾我玩物喪志，我可就把你送深山老林自生自滅了。」

葉容頃輕聲嘟囔了一句。「送我去花果山住兩天也挺好的啊……不過要帶兩個御廚去，天天吃桃子我可受不住……」

想歸想，他還是乖乖地把這身衣裳換了下來，葉容軒大呼了口氣，終於不用遛猴了……

鋪子今日開張的消息早就傳遍京都了，這條街上的行人比之前多了一倍不止，實在是鋪子太大，大家都想瞧瞧裡面賣些什麼，就算不買，瞧瞧也是好的啊！

尤其是鋪子前面和左右各擺了兩個物件，用紅綢蓋著，四周圍了不少的人，都指指點點的，小聲交談著。

左等右等，時辰終於到了。

趙擴走到鋪子跟前，說了些話，不外乎是鋪子開張大吉，歡迎各位光顧什麼之類的話，然後錦雲一個眼神使著，葉容頃走過去，嘩啦一下把紅綢給揭開了，別說別人了，就是兩位王爺也都怔住了。

紅綢遮掩下的是面鏡子，四周刻著花草，栩栩如生，這不是重點，重點是這兩位王爺對著鏡子這裡照照，轉過身還照照，嘖嘖稱奇，對著趙擴來了一句。「這鏡子一會兒送我宮裡去……」

趙擴翻了個白眼。「王爺，您能挪個位置嗎？」

葉容軒回頭，就見身後頭一群人，個個伸長了脖子，大聲道：「這鏡子真清晰，比銅鏡清晰一百倍不止！」

有人忍不住伸手去碰了，結果被另外一個人伸手給打了。「別亂摸，碰壞了，你賠得起嗎？」

「這鏡子得賣多少錢啊，我真想買個回去。」

「得了吧，就你那俗樣啊，一大清早照兩遍，早飯都省了！」

「呸，你怎麼說話的，我長得風度翩翩，一表人才，擺明是秀色可餐，不然我家那婆娘能長得跟豬一樣胖？」

「嘿，你打哪裡學了兩句自誇的詞呢，老劉，你媳婦也來了。」

「……哪兒呢，哪兒？」男子左右瞄瞄，確定沒人在，不由得一瞪眼。「王三，你敢騙我，你信不信我告訴王嫂子，她那支簪子不是丟了，是被你拿去送人了！」

「別啊，鬧著玩的……」

錦雲站在一旁瞧著，對於這樣的效果不甚滿意，給趙擴使眼色，差不多可以開業了。

趙擴請葉容軒和葉容頃上前，在鞭炮鑼鼓聲中剪了紅布，然後拉下牌匾上的紅綢，錦雲跟著眾人一起鼓掌，可是她鼓掌到一半，眼睛就冒火了。

「誰給我換了名字！」

明明是雲間閣的，怎麼就變成了「雲暮閣」?!

一群人擠進門，瞧見鋪裡的樣子，都驚呆了，傻乎乎地站在那裡不知道挪步，還是後面人推他們才反應過來。「這是鋪子？」

只見屋子中間一根大圓柱子撐著，圓柱子旁邊站著六個小夥計，中間一圈圓形的櫃檯，不是木頭的，全是他們不知道的東西，可以把櫃檯裡的商品瞧個一清二楚，往兩側看，每邊都擺了八個梳妝檯，形態不一，大門正對著通往二樓的台階。

這是一間從未見過的鋪子！

帶著好奇，大家都走到玻璃櫃檯前瞧著，毫無疑問，第一層主要賣的是鏡子，小巧的、半大的……只要銅鏡有的樣式這裡都有，看得人眼花繚亂，這個想要，那個也想要！

部分人急著買鏡子，另一部分人上了二樓，二樓賣的是首飾、手鐲、項鍊、髮簪……金的、銀的、玉的，足足有一、兩千件，樣式精美，擱在玻璃櫃檯裡，讓人忍不住想全部搬回去；二樓的另一側在珠簾掩蓋下，四張大床擺在那裡，毫無疑問，賣的是床。

絕大部分人在二樓淪陷了，那麼多件首飾足夠他們看半天了，去三樓的少了一大半。三樓賣的是胭脂水粉、香膏、香珠、香水、香皂、手提包以及女孩子喜歡的玩偶，另外，還有各式各樣的補藥，不過只占了五分之一。

錦雲在一樓充當起了店小二，剛開始不少人對錦雲感興趣，可最終感興趣的還是鏡子，凡是擺在玻璃櫃裡的都是展示樣品，給人挑選用的，每樣僅備有二十件貨，賣完即止，導致有些人甚至吵著要買展示樣品。

錦雲邁步走過去，半道上就聽到有個熟悉的聲音傳來。「這梳妝檯我要了，一會兒給我送相府去。」

錦雲撇頭望過去，就見蘇錦容指著一個梳妝檯問，小夥計拿著紙筆站在她對面，回道：「這梳妝檯八百兩銀子，用的是上等梨花木打造的，不過一會兒肯定送不過去，這是樣品，我們鋪子每個梳妝檯只打造一百件，滿一百件就換個樣式擺在這裡，小姐是今兒預定的第七位客人，估計要三天才能送到相府。」

蘇錦容的眉頭當即皺了起來。「要三天？最遲明天就要給我送到！」

雲暮閣的規矩不可能因為蘇錦容打破，偏她占著身分來硬的，這就槓上了。

這裡一鬧，不少人就圍了過來，葉容頃走過去，皺著小眉頭。「誰敢在這裡鬧事，給我轟出去！」

錦雲好笑地看著葉容頃。「是蘇府四小姐呢。」

葉容頃齜了下牙。妳還是蘇府二小姐呢！真是奇了，姊姊開鋪子，妹妹第一個鬧事。

「就算是我王兄和右相來，不依照鋪子的規矩，我也照轟不誤！」

這話可是說絕了，就算是皇上和她爹來，他都不怕，更何況是她了？

蘇錦容氣得哆嗦，又不敢說什麼，畢竟跟前站著的是十王爺。

一旁的蘇錦惜打圓場道：「這個我們不是很喜歡，我們要那一個，三套，做好了送相府去。」

夥計清脆地又是一聲好。「三套，一千八百兩銀子，三天後送相府。妳們已經花了一千八百兩，只要今兒在雲暮閣消費一萬兩銀子，就能獲得香木牌一只，以後憑香木牌能打九五折，僅此一日，先到先得。」

一萬兩銀子和香木牌，四下都是倒抽氣的聲音，這香木牌真難得，不過才買了三個梳妝檯就花去了一千八百兩，這僅是一樓呢，二樓還不知道得花費多少，心裡好奇二樓的人，忙去瞧熱鬧了。

蘇錦容聽到三個，眉頭皺了下，撇頭望著蘇錦惜。

蘇錦惜抿唇道：「這麼好的梳妝檯，母親也該買上一個，我也想要……」

不說她都忘了，這麼好的梳妝檯應該給娘準備一個討她歡心，也就同意了，不過讓蘇錦惜跟她用一樣的東西，也太抬舉她自己了，便道：「另外一個給祖母，再加一個，我瞧那個就不錯，那個給妳。」

最外面一個，五百兩的，是這當中最便宜的，蘇錦惜眸底閃過一絲寒芒，轉瞬不見，小夥計又添了一筆。「那個買的人多，預訂了三十多個了，估計要八天後才能送到，兩位小姐要是等不及了，可以挑兩面小鏡子。」

小夥計說完，那邊就有人喊他了，小夥計點點頭就去了另一頭。

錦雲早轉身走了，只聽見屋子裡叫喚聲不斷。「再拎五箱子牙刷、牙膏來，櫃檯空了！肥皂送十箱子來！」

葉容頃坐在隔壁屋子裡，端著茶啜著，雙眼發光。「生意也太好了吧？」

葉容軒也大為讚嘆。「京都還沒哪間鋪子的生意有雲暮閣好，這麼多人要買，妳怎麼不多準備點？」

這話問的是錦雲，錦雲白了兩人一眼。「說得輕巧，也得有那麼多人手吧，時間又緊，能做到現在這樣已經很不錯了，你想把東西一天全部賣完，明天就關門？」

錦雲毫不留情地數落，外面青竹進來道：「三小姐和瑞寧郡主爭起來了。」

「隨她們去吧，只要不把我鋪子鬧翻天，隨她們爭去。」錦雲撫額。

青竹點頭出去，外面珠雲進來了。「好了，方才還是三小姐和瑞寧郡主爭，現在又多了表小姐。真弄不明白，明明有二十套，幹麼都喜歡那一套？三小姐和瑞寧郡主同時瞧中的，趙擴大哥也不知道賣給誰好了。」

錦雲輕揉了下額頭，葉容頃一揮手。「這還不簡單，拿個骰子給她們，誰擲骰子的點數大就賣給誰。」

錦雲滿頭黑線，不過不失為一個好辦法，但還是稍稍迂迴了點。

「讓她們抽籤吧。」

珠雲轉身出去了，葉容軒瞅著錦雲。「二樓的那床真軟。」

葉容頃也來了興致。「不是一般的軟，躺在上面比王兄的龍床還舒服，我都預訂一組了！」

錦雲瞥了葉容頃一眼。「小孩子還是睡木板子好些。」

葉容頃一昂脖子。「誰是小孩子，我早就是大人了！」

錦雲上下掃了他一眼，翻了個白眼，那邊葉容軒一拍腦門，想到自己忘記跟夥計下訂單了，皺眉瞅著錦雲。「我跟十王弟能走後門吧？」

錦雲故作不知。「好好的前門不走，走後門做什麼？前門近一些，出門也方便。」

葉容頃也很配合地道：「後門得走好一會兒才到，你怎麼不去陪著王兄啊？」

葉容軒默默端起茶盞，就知道不會有後門給他的。

「連暮表哥呢？怎麼到這會兒都沒見到他的人影？」

「還睡著呢。」

一刻鐘後，葉連暮出現了，臉色青紫，隱隱可見腦門上方的怒火，錦雲毫不懼怕，悠哉悠哉地來了一句。「這不是葉大公子嘛，今兒小店開張，葉大公子可真是給面子，不知道你瞧中哪套頭飾了？」

葉連暮氣得想活活掐死錦雲，她竟然把他迷暈在家裡，自己跑來了，還把他的紫金面具給戴了出來。

正當他覺得自己快忍不住時，一旁的葉雲瑤湊過來。「大哥，你怎麼也來了？是挑頭飾送給大嫂嗎？大嫂怎麼沒來？」

葉姒瑤眼珠子一轉，指著一套精美的頭飾對著葉連暮道：「大哥，這套頭飾最適合大嫂了，大嫂戴上肯定漂亮。」

葉雲瑤也連著點頭，葉觀瑤等人也湊過來，盡說些好話，就是要葉連暮買下這套頭飾送給錦雲。不過，她們不是為了錦雲，而是想要香木牌和大白熊贈品。

葉連暮微微皺眉，讓他買頭飾，他現在身上的銀子連支髮簪都買不起，不過想是她們的一番心意，就拿了吧！

葉連暮指著頭飾，夥計正要說價格時，錦雲眉頭一挑。「那套頭飾二萬兩銀子。」

夥計一怔，默然不語。

葉觀瑤皺眉。「明明是二千兩，怎麼轉眼就二萬兩了？」

錦雲搖著玉扇。「本少爺看他不順眼，只要是葉大公子買東西，一律按十倍價格！」

錦雲霸氣十足，二樓所有人都怔怔看著他。這人與葉大公子真是有仇，按十倍價格賣給他，他還會買嗎？得罪葉大公子，這鋪子還能開幾天啊！

葉容頃站在內屋門口，忍不住睜圓了眼睛，有這樣的女人嗎？連暮表哥得罪她了嗎？還有這鋪子連暮表哥不是也能作主，怎麼還要自己掏錢買？他要不要上去幫著求個情什麼的……不過最後想了想，還是打消了這個念頭，瞧熱鬧就好了。

回頭見葉容軒也在，葉容頃叮囑道：「方才王叔找你去不會是說鋪子的事吧？」

葉容軒彈了葉容頃的腦門一下。「你放心好了，這麼一大塊肉我都吃進嘴裡了，怎麼可能會吐出來？你七王兄可不傻。」

「那可說不準。」葉容頃咕噥了一聲。

葉容軒掐他脖子。「你說什麼？」

葉容頃齜牙咧嘴瞪著葉容軒。「我說你要是把鋪子的消息洩漏給誰，你那半成股我就拿去封誰的口。你就知道欺負我，要不是有我，你能得到那半成股的餡餅嗎？往後你要聽我的，好吃、好玩的第一個就要想到我！」

「請你吃燒雞。」

「這還差不多。」

外面，葉連暮一張臉越來越黑，因為錦雲不搭理他，轉去招呼別人了。

葉連暮不怒反笑。「我來買十倍價格，葉大少奶奶來買多少銀子？」

錦雲心咯噔一下跳了，回頭狠狠剜了葉連暮一眼，差點就掉他陷阱裡了，夫妻一體，賣他十倍，賣她自己不也得十倍？回頭要讓祁國公府的人知道她花十倍的銀子買了床和梳妝檯等等，還不得數落死她？

錦雲若無其事地回頭。「十王爺，你說該賣她什麼價格？」

躺著也中槍！葉容頃鼓著腮幫子，她後腦勺上長眼睛了嗎？怎麼知道他在這裡，瞧熱鬧也不許了？

葉容頃回頭望著葉容軒，葉容軒拍了他一下腦門。「擺明了連暮表哥拿她沒辦法，識時務的就該站她那一邊。」

葉容頃一臉沈重地掀了簾子出去，扳著指頭，這鋪子她排第一，連暮表哥排第二，王兄排第三，他排第四，他能欺負的只有排第五的七王兄，怎麼不找七王兄的麻煩呢？那要找他絕對沒有問題，葉容頃很委屈地想，小步子挪過去，眨巴著一雙烏溜溜的大眼，天真無邪地道：「不要錢，活活氣死他！」

錦雲只覺得腦門上全是黑線，說得這麼殺氣騰騰，不是擺明了便宜他嗎？

「你胳膊肘向著誰呢？」

葉容頃抖著粉嫩俊臉。「這是我想到的最好辦法了，別為難我好不好啊，妳瞧我這小身板，回頭你們倆掐起來，我夾在中間還不得被你們擠爆啊，再怎麼說我也喊他一聲表哥，給我個小面子？」

趙擴也站起來求情，錦雲狠狠剜了葉連暮一眼。心想回頭再跟他算帳，竟然拿她做擋箭牌！

見錦雲轉身邁步走了，葉容頃大吁一口氣，然後從袖子裡掏出一個翡翠權杖，笑得見牙不見眼。「連暮表哥，你要買什麼，我可以給你打八折。」

雲暮閣打折分等級的，消費一萬兩是九五折，得香木製牌子；二萬兩是九折，有銀質牌子；四萬兩則是八五折，是金質牌子；最頂級的是五萬兩，是玉質的，這個只有兩個，方才趙擴拿給錦雲的時候，葉容頃非要一個，錦雲就給他了。

那些人聽到打八折，眼睛都發光了。八折啊，一千兩就可以便宜二百兩，一萬兩就可以便宜二千兩，這可不是一筆小數目，不過那五萬兩也不是一般人能拿得出手的，不由得唏噓不已，十王爺竟然有這樣一塊牌子，真讓人羨慕。

葉姒瑤和葉觀瑤幾個人互望幾眼，若是她們也能打八折的話，那餘下的二千兩可以買好多東西呢，於是幾個人就開始相互推搡了，最後把葉雲瑤推了出去。

葉雲瑤真切地望著葉連暮，輕聲道：「大哥，你能不能把小王爺的權杖借我們用用？」

葉連暮挑了下眉頭，不好拒絕，葉容頃皺緊眉頭，他可不想給她們用，這不是讓鋪子少賺銀子嗎？

趙擴笑道：「幾位小姐不想要權杖了？可就今日有優惠。」

趙擴說完，見葉姒瑤幾個有動搖之色，便又道：「幾位小姐也挑選不少東西了，湊湊也足夠一萬兩，自己手裡有個權杖比什麼都強，那些梳妝檯、鏡子都是上好物件，不止妳們，就是府裡的夫人、老夫人遲早都要買，還有三樓的香膏、水粉，想必妳們也都瞧過了，這還只是開張，將來還會有新貨……」

葉姒瑤幾個動搖了，求人不如求己，往後要買的東西還很多，總不能每回借吧？左右還沒有付銀子，還可以累加，幾人決定暫時不買了，回去把娘叫來，然後一起買，應該能拿到銀質的木牌，不然過了今兒，回頭想拿到優惠權杖，要花雙倍的銀子呢！

葉觀瑤幾個急急忙忙地回去了，她們一走，不少人都竊竊私語起來，商量著是不是也湊足一萬兩換個優惠牌子，府上富裕的，最後都回去喊娘親一起來，也有跟著長輩一起來的，已經開始說服自家長輩了。

錦雲坐在內屋喝茶，夥計匆匆忙忙上來稟告。「二少爺，木牌只準備了十份，不夠用了，還有那些梳妝檯有些都訂製了十組，排到半個月後了……」

錦雲聽得眼睛睜圓了，心想第一批打頭陣的丫鬟或是大家閨秀肯定回家了，畢竟這些大件還得那些夫人們來才能作主，她們一來，肯定是兩、三件地下訂單，好在她之前想得深遠，沒有直接買一件送一件，不然鋪子估計都要關門了，即便她按照現代生產方式，讓幾位工匠專職負責一個部分，讓製造速度快了一倍也還是不夠的。

「再招二十名木匠，木牌的事先緩緩，送她們一份禮物，說明天親自送到府上去。」

錦雲原想十份都不一定送得完，沒想到這才中午就送完了，那木牌是特製的，有獨特的花紋，還在她特製的香水裡浸泡過，外人沒法模仿。

葉容頃坐在一旁，眼珠子已經快要掉出來了。十份木牌，這表示了什麼？已經出售了十萬兩的貨物，他持半成股，表示十萬兩銀子裡有他的五千兩啊！五千兩啊！他一年的俸祿也不過一千五百兩，這還只是半天的收入！

青竹和谷竹兩個也是笑得見牙不見眼，錦雲忍不住打擊她們道：「妳們想得太多了，這裡面絕大部分錢都還沒收回來，那梳妝檯和床應該占大部分，只收了二百兩的定錢，其餘的要把貨物送上門了才能拿到，還要扣除成本，今兒一天能盈利十萬兩就不錯了。」

青竹和谷竹想想也是，成本是要排除在外的。

「肯定不止，少奶奶之前估計不就少了嗎？」

這話錦雲還真沒法反駁。「還不趕緊出去幫忙。」

兩個丫鬟一吐舌頭，笑逐顏開地出去了。

葉連暮進來，錦雲從鼻子裡哼一聲。「葉大少爺，你給我解釋下我的雲閒閣怎麼變成雲暮閣了？」

葉連暮也問：「我今兒為什麼會睡死過去？」

錦雲絲毫不懼。「你也體會到不許你出門的滋味了？我都體驗多少天了！你別給我岔開話題，你為什麼擅自更改店鋪的名字？」

葉連暮在錦雲對面坐下，斜睨她一眼。「鋪子一人一半，妳是雲，我自然是暮了。」

葉容頃坐在一旁，咕噥道：「那按照這樣算，鋪子應該叫『雲暮痕頃軒』，一聽就知道誰是老大，誰是老小。」

錦雲差點吐血，誰告訴他們起名字是依照這個來的？

「閒來無事看天上雲卷雲舒，所以叫雲閒閣，回頭我叫人換成連暮雜貨鋪好了！」

真改成連暮雜貨鋪，看人家不活活笑死他去，葉連暮一張臉紅得滴血了，錦雲可是說到做到的人，上回問她鋪子為何叫這名，她讓他自己猜。

「我讓人重新換個匾額。」

「……大家都知道了，還改幹麼？」

這事就算揭過了。葉連暮吩咐丫鬟拿了裙裳來給錦雲換下，錦雲皺眉。「幹麼換衣服？」

葉連暮瞪著錦雲。「出門都有二十多天了，妳還不打算回國公府？從明天起我就要上朝了，因此天未亮，我就得起床。」

上朝？

錦雲覷著葉連暮。「我爹不都去凌陽城了，他還遠距離操控你？」

葉容頃用笨蛋的眼神看著錦雲。「就是因為右相不在，我王兄才把表哥升職為從四品的官，讓他去做監考官。」

錦雲狂暈。「那你升得也太快了吧，自從六品升到四品，人家三年都不一定升一級，你三個月連升四級？」

葉容頃撫額。「連暮表哥升官不是好事一件嗎？妳怎麼這表情啊！」

葉連暮也覺得稍稍快了些，其實他也不大喜歡上朝的，還不是因為這段時間住在別院甚少去皇宮，皇上有事都找不到他，正巧周監考的父親過世，政敵以守孝三年為由讓他回家，這不就空出來個位置？皇上想也沒想就讓他先頂替了。

錦雲端茶輕啜，隨意問道：「之前那個官升五級的薊道員，你查得怎麼樣了？」

葉連暮挑眉看著錦雲，之前不過就是跟她提了一句，她還沒忘記呢！

「證據已經查到了，去探查的暗衛昨兒回來了，明天一早我就上奏。」

錦雲扯了下嘴角。「新官上任三把火，你這火燒得有點兒遠啊，你還是趕緊處置吧，不然我爹要是把你外放到柳州就慘了！外祖父不就是從柳州回京的，怎麼不見舅舅上奏啊？」

葉連暮滿頭黑線。「柳州離京都有些遠，我也跟舅舅提過，他知道我在查就沒插手了，道員是正四品，比他略高一級，右相沒準兒真做得出來。

再加上他新任吏部尚書，還有武舉的事，哪裡管得了柳州的事。」

兩人談論了下，葉容頃聽得不大明白，他只知道肚子餓了，催促道：「去醉香樓吃飯吧！好餓，七王兄人呢？他說要請客的。」

葉容頃推開二樓的窗戶，就見對面醉香樓坐著的葉容痕和葉容軒也望過來。

葉容頃頓時咧了嘴笑。「七王兄，你請客！」

葉容軒指著葉容痕，心想：笨蛋，敲詐他有得是時候，難得遇上王兄出門，肯定是敲詐王兄啊！

葉容頃立馬會意，然後拉著錦雲和葉連暮要出門，葉連暮讓錦雲去換了身衣裳，打算吃完飯就直接回祁國公府。

醉香樓生意依舊，時值正午，樓下坐滿了用餐的客人。

當錦雲和葉連暮站在包廂門口，就聽到葉容頃的抱怨聲。「我就說先上菜吧，你不讓，現在點菜還不知道什麼時候才端上來呢，餓死了！」

聽見侍從來報後，葉容軒也很苦惱。「你不是說她換衣裳還要打扮嗎？哪個女人打扮不用小半個時辰，我哪知道她這麼快就來了，這可不能怪我，王兄都說一會兒菜涼了不好吃。」

錦雲狂暈，不好意思地瞅著葉連暮。「我要不要出去蹓躂兩圈再來？」

葉連暮妖冶的鳳眸裡含了絲笑意，推門邁步進去，常安忙過來行禮，然後去找店小二上菜。

錦雲一坐下，常安就回來了，手裡還拿著一盤鮮竹牛肉，放在皇上面前，這是他從店小二手裡劫回來的，常安恭謹地道：「皇上先吃點兒，別餓壞了肚子。」

葉容痕沒動筷子，葉容頃倒是先挾了塞嘴裡，嚼了兩口，嘟囔道：「還沒別院廚子做得好吃呢。」

錦雲好笑地看著他。「要不我再開間酒樓？」

葉容頃立馬雙眼發光，葉容痕看了眼絡繹不絕的街道，笑道：「妳要是再開間酒樓，醉香樓只怕會沒生意做了。」

葉容頃猛點頭，肯定是啊！「我贊同妳開酒樓。」

葉連暮卻是盯著錦雲。「妳不是說想開書坊？」

錦雲撓著額頭，眼睛橫掃，所有人的眼珠子全看著她，錦雲扯了下嘴角。

「先把雲暮閣的生意做好了再說，不急，我還要先慢慢研究活字印刷是怎麼弄的。」

葉容痕聽到個新詞，眸底閃過一抹好奇。「什麼是活字印刷？」

「對啊，什麼是活字印刷？」葉容頃也睜圓了眼睛問。

錦雲解釋了一番，葉容痕讚嘆道：「妙絕，妙絕！」

「我是嫌雲暮閣裡賣的東西太少了，若是能賣書的話，進出的人肯定更多，只是一時半刻還沒有研究出來。」錦雲訕笑著說。

葉容軒恍然，難怪二樓有一部分沒開放，原來是留著賣書的；三樓也有一部分沒有開放，不知道賣什麼？

只聽葉連暮道：「不如這事交給朝廷去辦吧，也好增加一部分收入。」

葉容痕身子一怔，常安也盯著錦雲，這可是一樁大買賣啊，做好了，可是家財萬貫的生意，這點子擺明行得通，葉大少爺說讓給朝廷就讓了？

錦雲很無語。「望著我做什麼？我只是提了個建議，又不是我管。」

她是想開書坊，可是書坊哪有銀行好啊，所以她還想著將來要開間錢莊。

就書坊一事商議後，葉容痕把書坊的事交給葉容軒去辦，七成的收入交給朝廷，另外三成，葉容軒占一成，皇上占一成，錦雲和葉連暮兩人一成，錦雲原想不要的，可是他們硬塞給她。

葉容頃坐在那裡，鼓著腮幫子。「為什麼沒有我的分？」

錦雲忍不住瞪了他一眼，笑道：「最好的留給你，你還不滿意？」

「最好的？」

「方才說的是印刷部分，京都總要有人開書坊吧，你和他合夥，一人一半的股。」

小半個時辰用完飯，又坐下來喝杯茶，葉連暮便要和錦雲回祁國公府了，只是才出醉香樓，就見祁國公府的馬車停在雲暮閣前。

葉雲瑤掀了車簾，正好瞧見錦雲，欣喜地喚了一聲。「大嫂！」然後麻利地由著丫鬟扶下馬車。「大嫂，妳都買了些什麼？」

錦雲還沒有說話，那邊葉三夫人下馬車打量了錦雲一番，估計是想瞧瞧她毀容了沒有。

錦雲福身請安，葉三夫人不冷不熱地道：「病好全了就回國公府住。」

錦雲同樣不冷不熱回道：「今天就回去，正好挑些香給祖母。」

說起挑香珠，葉雲瑤就來了興致，攬著錦雲一條胳膊。「大嫂還沒買嗎？我們一起吧，我們加起來肯定能拿到銀質的木牌。」

為了銀質木牌，祁國公府這回可是豁出去了，大肆購買一番，湊了個二萬兩出來，方才打道回府。

一路上，葉雲瑤拉著錦雲說話，比如做糕點的時候葉觀瑤把手給割了；葉連祈和瑞寧郡主的婚事也定下了，在下個月十六號……

葉雲瑤一口氣說了不少，錦雲聽得直撫額，這陣子忙著鋪子的事，她壓根兒就沒有過問國公府裡的事，青竹幾個丫鬟也沒回去過，現在她完全就是抓瞎。

葉雲瑤給她惡補了一回，說完差不多就到寧壽院了。

葉老夫人瞧見錦雲給她請安，臉色綻出一抹和藹的笑。「我瞧著比出門前消瘦了不少，身上的紅疹全好了吧？」

錦雲點頭如搗蒜。「已經好了有兩日，怕見風復發就在莊上多待了幾天，這些日子沒來給祖母請安是錦雲不孝，還請祖母責罰。」

葉老夫人擺擺手，而葉姒瑤獻寶似地把一面鏡子送到葉老夫人跟前。「祖母，這是我特地給妳挑的，妳喜不喜歡？」

葉老夫人驚嘆道：「這就是雲暮閣裡賣的東西？果真是不錯。」

葉姒瑤嫣然一笑。「豈止是不錯？這鏡子在裡面都不算什麼，那床才叫舒服呢，軟軟的，就像睡在一堆棉花上一樣。」

錦雲坐在那裡呷茶，葉雲瑤她們幾個拉著葉老夫人說起雲暮閣，興起時還想讓葉老夫人也去逛逛。

錦雲把茶盞擱下，正要起身向葉老夫人告退時，外面總管匆匆忙忙進來稟告。「老夫人、夫人，雲暮閣送了不少東西來，奴才帶人給您送來了。」

「這麼快，不是說好了七天後才送來嗎？怎麼這會兒就送來了？都送了些什麼？」葉二夫人問。

總管回道：「奴才也不是很清楚，東西著實不少，說是大少奶奶買的。」

那幾位夫人都盯著錦雲，錦雲撓著額頭。「就是雲暮閣裡賣的那些東西。」

葉雲瑤鼓著腮幫子。「為什麼啊，明明大嫂跟我們一起買的，怎麼她的就先送來，那我們的呢？」

總管搖頭，他哪裡知道。「這會兒應該送到院子裡了。」

院子裡，一張大床擺在那裡，除了梳妝檯，還有一面穿衣鏡，梳妝檯上還擺了個半大的盒子，送貨的夥計手裡拿著張紙。

「誰是葉大少奶奶？貨已經送到了，請簽字，小的好回去交差。」

丫鬟接過紙和朱砂遞到錦雲跟前，錦雲用大拇指摁了朱砂然後蓋在紙張上，小夥計眉開眼笑地謝過，然後回去了。

王嬤嬤和夏荷忍不住去按了按那彈簧床，讚嘆道：「果真是很舒服，這床怕是要不少銀子呢。」

葉雲瑤看了看床，又望了望錦雲。「這不是給祖母挑的那張床？妳給祖母買了，怎麼不說一聲？」

葉大夫人也責怪地看著錦雲，買了雙份，那可是要多花二千多兩銀子啊！

錦雲眼睛一轉，要說是自己買的肯定會被人罵敗家，便隨口扯了個小謊。「不算買的，相公小小敲詐了七王爺和十王爺一筆，就有了這些，因為是他們付銀子，我都是挑最好的，香珠、香水也都是最好的。後來妳們也說要買，我不好說什麼，祖父的書房不是有床嗎，也換成這個，不會浪費的啦……」

是不是最好的，她們當然看得出來了，葉連暮和兩位王爺關係好，她們都知道，他敲詐，他們願意付銀子，那是他們的事了，只是心裡有點兒妒忌。

王嬤嬤瞅著葉老夫人，眼睛裡都是笑。「有了好東西，大少爺首先想到的就是老夫人您呢！這床軟綿，那被褥像是蠶絲做的，輕輕的，還很暖和，枕頭、被套什麼的一應俱全，奴婢這就讓人把床換了。」

葉老夫人輕點了下頭。「小心點兒，別磕壞了。」

王嬤嬤忍不住嗔怪道：「奴婢做事，您還不放心嗎？」說完，便招呼小廝把床扛內屋去，好一陣忙活。

錦雲朝葉老夫人行禮。「祖母，我也回去把床給換了。」

葉老夫人微怔，眉頭一皺。「暮兒跟王爺討了兩份回來？」

「一人一份……」

從寧壽院出來，錦雲一路想著怎麼給葉連暮過生辰，原本想做個生日蛋糕給他慶祝，可惜，人家味覺還沒有恢復，就算是撒胡椒粉，人家也吃不出味道，所以蛋糕這事肯定是不用想了，那送什麼呢？

青竹在後頭提醒道：「少爺生辰與皇上相差幾日，是不是要給皇上備一份？」

錦雲搖了搖頭，今年大朔辦的大事太多了，先娶后納妃，又是給太皇太后過壽辰，若是再給葉容痕大擺筵席，他自己也該不好意思了。

錦雲一路苦思冥想，就走到了逐雲軒院門口，此時天邊晚霞絢爛，飛鳥歸巢，屋內有谷竹和珠雲幾個人在，床鋪、梳妝檯早安放妥當了。

錦雲進屋的時候，她們正在收拾床鋪，這裡按按，那裡捏捏，錦雲瞧得忍不住好笑。「妳們就那麼喜歡這床？回頭妳們嫁人，我就給妳們買張彈簧床做喜床。」

幾個丫鬟臉一紅，像是雪原上染了一抹胭脂般絢麗，輕嘟著嘴。「少奶奶就知道打趣人，誰喜歡這床了，我們才沒有，才不要嫁人呢，少爺最喜歡這床了！」

葉連暮掀了簾子進來，聽著丫鬟的話，很配合地點點頭。「床很好。」

幾個丫鬟轉身出去了，錦雲坐在小榻上，隨口問葉連暮。「相公啊，你最近有什麼想要的東西沒有？」

葉連暮倏然抬眸盯著錦雲。「妳要送我生辰禮物？」

錦雲滿腦黑線，還沒遇到這樣尷尬的情況過，這人就不能裝不知道嗎？

她假咳了一聲。「最近用腦過度，不想動腦子了，祖母說你生辰都沒大辦過，今年怎麼辦？」

今年怎麼辦？葉連暮被問得愣住了，往年都是收一堆禮物，和幾個朋友在醉香樓喝酒，醉醺醺地回來，今年與去年也沒什麼不同，除了娶她。

「就跟往年一樣吧，吃碗長壽麵。」

錦雲愕然，想不到堂堂國公府少爺，竟然吃碗長壽麵就算了？這不是最普通人家過壽、過生辰的方式嗎？長壽麵，一根從頭到尾不許斷，她可做不出來。

只聽葉連暮問：「妳都是怎麼過生辰的？」

錦雲癟著嘴。「我比你還慘，我連長壽麵都沒得吃，我吃雞蛋……」

張嬤嬤正端著湯碗進來，聽到這話忍不住瞪了錦雲一眼。「那是少奶奶自個兒不喜歡吃麵條，奴婢才給妳煮雞蛋的。」

葉連暮睨視著錦雲，見她滿臉通紅，嘴角閃過一抹笑意。「今年不同了，回頭讓廚房給妳準備一大碗長壽麵。」

錦雲瞪眼，撇頭吩咐青竹。「回頭讓廚房用銅盆裝長壽麵來給他吃，撐死他。」

銅盆裝壽麵？

虧少奶奶能想得出來。

錦雲瞧著挽月和柳雲，兩人神色淡淡的，就在進門的時候給她行過禮，之後就一直低頭靜靜的，跟往常很不一樣。

錦雲納悶了，離開二十幾天，這兩人性子都變了？

接下來，這一頓飯吃得和睦，等飯菜撤走了之後，又漱了口，錦雲正準備去院子裡散步，張嬤嬤端了碗藥來，擺在錦雲面前。

錦雲眼睛直眨。「好好的，我又沒有病，怎麼端這個來？」

張嬤嬤笑道：「前些時候去溫府時，溫夫人不是給了少奶奶一張方子嗎？妳給了小廝，小廝最後還回來，丫鬟以為妳身子不適，特地送去給老夫人瞧了，老夫人還找了大夫來看過，覺得方子不錯，就讓人給少奶奶抓了十幾帖藥，由南香守在那裡煎的，她不敢端來，非得推著奴婢來。」

錦雲頭大了，那車夫還真把方子還回來了。

她猛搖頭，堅決不喝，葉連暮卻在一旁催著，一屋子的人都盯著她，讓錦雲忍不住想爆粗口。

都還沒圓房呢，就急著生小孩了？自己這身子還小，能受得了嗎？

張嬤嬤苦口婆心的一頓勸，錦雲硬著頭皮接過碗，都到嘴邊了，她卻是眸底閃過寒芒，把碗放回桌子上。

「去把南香叫來，藥罐子一併拿來。」

南香懵懵懂懂地端著藥罐子進屋。「少奶奶，妳喊奴婢嗎？」

錦雲示意南香把藥罐子放在桌上，又拿了筷子來，在罐子裡一陣搗騰，最後挾出一塊藤條。

錦雲冷哼了一聲，眼角餘光卻是掃向挽月和柳雲，果不其然，柳雲神色有些慌亂，兩隻手緊緊地握著。

錦雲把藤條往桌子上一擱。

「有人想把我變成瘋子呢！」

——未完，待續，請看文創風222《花落雲暮間》3

文創風 213-214

重生婆婆鬥穿越兒媳

全套二冊

筆鋒犀利，一解心中千千愁／蕭九離

帶著憾恨重生而來的王府續弦妃、
不甘落於人後的穿越世子媳，
大家各憑本事，置之死地而後愛！

前世恍如一場夢魘，教重生後的顧晚晴不能忘也不想忘，
都恨她識人不清，引狼入室，害死了娘親，連自己也慘遭毒手，
豈料再世為人，不但沒聽見那包藏禍心的庶妹遭到報應，
還因「賢孝之名」被指婚給平親王世子，教她如何甘心？!
既然蒼天無眼，那就由她親手了結這段弒親奪嫡之恨——
素聞平親王姜恒雖是而立之年，卻因接連剋死五妻而無人敢嫁，
那教名媛們避之唯恐不及的王妃之位，便是她復仇之路的開端，
無論如何，她都要先一步嫁進王府，設下天羅地網，
任憑那庶妹本事再滔天，她也要與之纏鬥不休，
死過一回之人何懼之有？如今，她要把失去的一一討回來……

文創風 208-212

全套五冊

娘子不給愛

情感刻劃細膩，催淚指數破表／溫柔刀

他寵著她、護著她，會為她醋勁大發，甚至與皇帝對峙，
這男人愛上她了，她知道，但她並不愛他，他也知道。
呵，相較於他的冷酷，狠心絕情的她，
其實也不是個好人啊……

汪永昭，一個令歷任皇帝都忌憚不已、欲殺不能的大臣。
他不僅聰明絕頂，而且心腸比誰都狠，不喜的便是不喜，
即便那人是她這正妻所出的嫡子，或是美妾所生的庶子，
兒子自小便恨極了他，因為他的存在對他們母子倆只有磨難，
然而張小碗卻清楚明白一點——違抗他是沒有好果子吃的！
兒子的前程他可以不施援手，卻絕不能痛下殺手，
因此在他跟前，再低的腰她都彎得下去，他的話也必定服從，
對她而言，他從不是什麼良人，只是一個可怕而強大的對手，
所以他要她笑，她便笑；要她再幫他生幾個孩子，她就生，
她敬他、顧他，盡心為他持家育子，不多惹他煩心，
所有他想要的一切，她都可以給也願意給，除了愛。
情愛害人，只有無情無愛，她才能完美扮好溫婉妻子的角色……

穿越做地主　努力向錢看

小確幸也能有大精彩，品嚐種田新滋味／月色如華

醫仙地主婆

全套五冊

她的命格據說貴不可言，
但現代女穿越來到大名朝，現代技能難施展，
只好立志坐擁良田向錢看，究竟會怎麼貴起來？

文創風 203 1

車禍穿越來到完全沒聽過的大名朝，中醫林小寧成了農村小姑娘！
上有老獵戶爺爺和大哥，下有年幼的妹妹小香和傻弟弟小寶，
一家人窮得快揭不開鍋，還好上天給她一個寶物——隨身空間！
既然已成定局，她乾脆「轉行」靠土地吃飯，
要是能坐擁百千良田，也不枉穿來這一遭了……

文創風 204 2

林小寧卻突發奇想，又是買地又是建設，
這廂她忙得不亦樂乎，那廂縣令卻換了個年輕的蘇大人，
林小寧好奇萬分，成天跟著她到處轉，莫非是對她有意思？
而她之前救了個陌生男子，如今對方現身桃村，自稱是「王大人」；
大人物同時出現，到底是關心地方，還是對她的「能力」起疑？

文創風 205 3

桃村漸漸開發，生氣盎然，林小寧更是賺得笑呵呵；
不過人怕出名豬怕肥，有了名之後，麻煩也就滾滾而來——
前有個太傅之女曾嫣嫣要跟她「切磋」醫術，卻是來了不走，
後有身分成謎的王大人，一副對她勢在必得的態度，又是在演哪一齣？
待她多方觀察，才知王大人並非姓「王」，而是本身就是個王！

文創風 206 4

林小寧被封為天下「醫仙」，在京城還有了自己的「醫仙府」，
好姊妹也一同創業，將華陀術發揚光大，但厲害如她也有解不開的難題！
寧王之母貴為太后，雖然心喜小兒子要娶親，
可嫌她只是平民，還曾經議過親，根本配不上皇子！
婆媳問題成了擋路石，縱然林小寧是醫仙也束手無策啊……

文創風 207 5 完

欽天監卜出一卦，寧王死劫只有林小寧能解，代價卻是以命相抵，
預言一出，教他怎麼敢娶？自己的深情將置她於死地，
捨棄令人痛，卻也必須捨，為保住心愛的女子，
他只得請皇上下旨退婚，又將醫仙府護衛得滴水不漏，便離京赴戰場；
但他的舉動卻讓林小寧誤會，有情人為此分隔兩地……

為流浪貓狗加油 和貓寶貝 狗寶貝

廝守終生(一定要終生喔！)的幸福機會

對人來說，貓寶貝狗寶貝只是生活的一部分，但妳（你）對牠們來說，卻是生活的全部，領養前請一定要考慮清楚——

▲ 等真正幸福的饅頭

性　　別：男生
品　　種：米克斯
年　　紀：3歲
個　　性：樂觀懂事、親人親狗
健康狀況：已結紮、定期注射疫苗、
　　　　　定期體內外驅蟲。
目前住所：新北市三芝區

本期資料來源：https://www.facebook.com/blackmixmantou

『饅頭』的故事：

第一次遇見饅頭，是在街道上的寧靜角落。面對我的靠近，牠總是搖著尾巴，笑臉迎人，那親人、不怕生的可愛模樣融化了我的心。不捨牠這般流浪，所以當時我積極為牠尋找家人，但也因為是第一次送養，以為牠真的找到幸福時，卻因自己未好好了解認養人，在半年後被告知饅頭因為齒槽癌癌末，只剩下幾個月的生命……

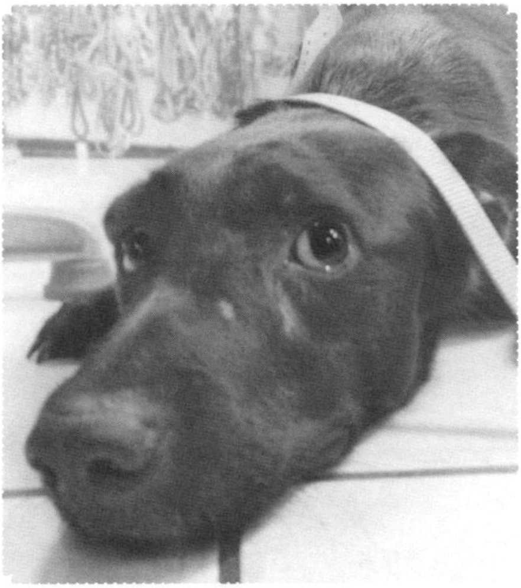

聽到這個消息，我不禁錯愕又自責。尤其看到饅頭受病痛折磨，口、耳、鼻流著膿血而奄奄一息，在抱饅頭的那一刻，眼淚不禁落了下來。半年前牠還是健康的小幼幼，為何在短短的時間內就病成這樣？聽認養人說僅帶照片給醫生看，就草率判定牠罹患齒槽癌?!當下，我決定帶回饅頭，親自帶牠送醫治療，才得知牠可能在流浪時期，口腔感染到菜花，因未及時發現，所以才會這般嚴重。

在治療的過程中，饅頭那股堅毅眼神，時不時將頭靠在我的腿上，像在安慰我不要傷心，牠會挺過去，我不禁對牠在受這麼大痛苦時，還會體貼人感到窩心，同時又萬般自責牠這般堅強懂事，竟遭受這等折磨！所幸饅頭撐過來了，現在身體恢復良好，不過因為感染到菜花，以後不能再啃骨頭或任何尖銳食物，但吃飼料是沒有問題的。

熬過病痛的饅頭恢復以往的活潑、有朝氣，特別喜歡和人玩耍，也和其他狗狗相處得很好。在饅頭小幼幼時就很會討人喜歡，而現在的牠更體貼人了！歡迎來信至ivy0623@yahoo.com.tw，讓這個苦過來、樂觀堅強的孩子，能夠擁有真正溫暖的家。

認養資格：

1. 認養者須徵得家人或室友同意，若租屋者要確認房東是否同意飼養。
2. 認養後須配合後續送養人不定期之追蹤探訪。
3. 若因任何原因無法續養，認養人不得任意將認養動物轉讓予他人，必須先通知送養人並與送養人討論。
4. 同意於認養時與狗狗及送養人合照並簽署認養協議書，並提供身分證影本。

來信請說明：

a. 個人基本資料：姓名、性別、年齡、家庭狀況、職業與經濟來源等。
b. 想認養「饅頭」的理由。
c. 過去養寵物的經驗，及簡介一下您的飼養環境。
d. 若未來有當兵、結婚、懷孕、畢業、出國或搬家等計劃，將如何安置「饅頭」？

花落雲暮間 2

國家圖書館出版品預行編目資料

花落雲暮間 / 木嬴著. --
初版. -- 臺北市 : 狗屋, 民103.09
冊 ; 公分. --（文創風）
ISBN 978-986-328-348-5（第2冊 : 平裝）. --

857.7 103015424

著作者 木嬴
編輯 黃鈺菁
校對 沈毓萍 王冠之
發行所 狗屋出版社有限公司
地址 台北市104中山區龍江路71巷15號1樓
電話 02-2776-5889～0
發行字號 局版台業字845號
法律顧問 蕭雄淋律師
總經銷 知遠文化事業有限公司
電話 02-2664-8800
初版 103年9月
國際書碼 ISBN-13 978-986-328-348-5
原著書名 **《权相嫡女》**，由起點女生網〈http://www.qdmm.com/〉授權出版

定價250元
狗屋劃撥帳號：19001626
網址：love.doghouse.com.tw E-mail：love@doghouse.com.tw